暗鬼夜行

anki-yakou ryoue tsukimura

月村了衛

毎日新聞出版

暗鬼夜行

1

教室に入った瞬間から、汐野悠紀夫《しおのゆきお》は普段と異なる空気を感じていた。

誰かが騒いでいるわけでも、また黙り込んでいるわけでもない。冷たく重い緊張感のようなものが教室全体を包んでいる。だがそれはどこまでも曖昧で、八年に及ぶ教師生活で経験したことのない感触だった。

「起立」日直の坪井《つぼい》が我に返ったように声を張り上げた。「礼っ」

号令に従い、二年二組の生徒達が「おはようございます」と一斉に挨拶する。その声もまた普段と違って、落ち着きのなさが表われていた。

着席、と発する坪井の声も、どこかうわずっているように感じられる。

「おはよう」

出席簿を教卓に置き、担任である汐野は教室を見渡した。

「どうした、今朝は何かあったのか」

努めて明るい口調で訊いてみた。答える者はいない。

ただの沈黙ではなかった。全員が動揺とも興奮ともつかぬ表情を浮かべている。それと、隠し切れぬ好奇心か。

「八田《はった》、おまえ、ちょっと先生にも教えてくれよ」

「えっ、俺？」

試しに男子生徒の一人を指名してみると、彼は狼狽《ろうばい》して言った。

「何も知りませんよ、俺。それより、なんで俺なんすか」

「何も」「知りませんよ」――やはり何かある。汐野は胸の内で確信した。

「ねえ、なんで俺なんすか、先生」

むきになったのか、八田は執拗に訊いてくる。これ以上刺激するのはまずい。朝読書の時間がなくなってしまう。

「悪い悪い。ぱっと目についたから訊いてみたんだ。おまえがイケメンすぎるからかな」

微《かす》かな笑いが起こった。その機を逃さず、汐野は出席簿を開いて出欠を取り始めた。


午前八時四十分、職員室に戻る。欠席者の家庭連絡や授業準備のためだ。二組に欠席者はいなかった。教科書や国語辞典をまとめながらそれとなく見回すと、他の教師達の中にも怪訝《けげん》そうな顔をしている者が何人かいた。

「ねえ、なんだか今朝の様子、変じゃありませんでしたか」

率先して口を開いたのは英語教師の白石茉莉《しらいしまり》だった。帰国子女だという茉莉は、ネイティブ並みの発音と会話能力で同僚達から一目も二目も置かれている。

「え、白石先生もそうお感じになりました？」

応じているのは数学の瓜生武《うりゅうたけし》だ。

「じゃあ、やっぱり」

他にも、そのことに触れている者達がいた。

「あ、そちらでもありましたか」「ええ、うちのクラスでも」「でも、なんなんでしょうね、一体。生徒は教えてくれないし」

一方で、まるで無関心な教師達もいる。

「木崎《きざき》先生のクラスはどうでした？」

茉莉が隣席の木崎透《とおる》に話を振る。

「さあ、別に。いつも通りでしたけど」

そっけない答えが返ってきた。そんな会話を交わすこと自体が無駄であるとでも言いたげな態度であった。

「汐野先生」

同僚達のやり取りに耳を傾けていた汐野は、突然背後から呼びかけられ、椅子ごと振り返った。白髪の多い髪をひっつめにして束ねた国語の伊藤《いとう》ツヤ子であった。

「その後どうですか、藪内《やぶうち》さんの読書感想文は」

定年間近のツヤ子は、図書室の司書のような役割を半ば自主的にやってくれている。

「ああ、あれは県の方でも評判いいって聞いてます。でも、正式な選考会はまだ先ですから、今の段階ではなんとも……」

「大丈夫ですよ、藪内さんなら。あの感想文、とってもよく書けてたから」

老女性教諭は顔中の皺《しわ》を丸めて微笑んだ。

「はあ、ありがとうございます」

恐縮して一礼する。文芸部の顧問を務める汐野は、藪内三枝子《みえこ》の感想文を駒鳥《こまどり》中学の最優秀作として『全日本少年少女読書感想文コンクール』に出品した。

最近の高校入試ではますます内申の割合が高くなる傾向があり、部活動や文化活動の成果も大きく影響する。そのため、各中学はなんらかの特色を打ち出し、個性ある学校運営を目指すようになった。これといった特徴のない駒鳥中学では、以前から読書感想文の指導に力を入れ、その実績を以《もっ》て学校のセールスポイントたらしめんと企図していた。朝の時間に朝学習ではなく朝読書を充てているのもその一環である。

ゆえに駒鳥中では、毎年読書感想文を夏休みの宿題としていた。二学期の初日に提出された作品の中から、特に優れたものを選んで市の選抜大会に送るためだ。市の代表に選ばれた作品は県のコンクールを経て中央審査会へと出品される。

藪内三枝子の感想文は先週めでたく市の代表となり、県の選考へと進んだ。そのことは朝礼で全校に報告され、彼女は何かにつけて大仰な校長から「我が校の誇り」とまで褒めそやされた。上機嫌の校長は、ついでに汐野まで「君の指導力の賜物だ」などと職員室で持ち上げたものだ。

「最近は公立の図書館も酷《ひど》いことになってるっていうのに、子供達がこうして読書に親しむのは本当によいことですわ。汐野先生もそう思われるでしょう？　大事な本を勝手に捨てて、ほんと、図書館を一体なんだと思ってるのかしらねえ」

ツヤ子が言っているのは、県が公立図書館の運営を民間企業に委託した問題である。効率化や住民サービスを口実にベストセラーの購入を優先させたその企業は、県内の図書館が保管していた古い蔵書をあらかた廃棄してしまった。その中には貴重な郷土資料も多数含まれていたため事態が表面化したのである。市民団体の調べで、近隣の県も同様の状況にあることが判明した。

まったく嘆かわしいとしか言いようのない話であるが、今この瞬間に話題とすべき必然性はどこにもない。担任を持たないツヤ子は、今朝の異様な雰囲気にはまるで気づいていないようだった。

八時四十四分。準備や雑談を切り上げて教師達が立ち上がる。四十五分から一限目の授業が始まるのだ。

不安とも言い切れない、漠然とした想念を抱えたまま、汐野も足早に二階の教室へと向かった。

火曜の一限は二年四組だ。

野駒《のごま》市立駒鳥中学校は、一学年につき一、二クラス程度の小規模校である。現在一年生は二クラスで、三年生は一クラスしかない。今年の二年生だけが例外的に多く四クラスまである。また地域には古くからの住民と、新興住宅地に転入してきた新しい住民とが共存していた。

いじめ防止に神経質な昨今の風潮もあって、目立ったいじめや暴力事件もない。教師にとってはやりやすい学校と言えるだろう。

しかしそうした環境は、やる気のある教師にとってはよい職場となるが、そうでない教師にとっては、徹底して手を抜ける甘えの場ともなりかねない。

かつての汐野は、後者であった。少なくとも三年前までは。

今はもう違うんだ――そんな思いを胸に日々教鞭《きょうべん》を執っている。教師のやる気が生徒に伝わると、生徒もまたこちらへと歩み寄ってきてくれる。もちろんすべての生徒がそうであるとは限らないが、充実した手応えを実感できた。

だがその日は、校内にどうにも落ち着かぬ空気が漂っていた。しかも時限の進行に従い、その空気は濃度を増しているように感じられた。どのクラスの生徒達も一様に普段とは異なる顔を見せている。各人各様とも言えるその表情が何を示しているのか、国語教師でありながらはっきりとした言葉に集約できない己の非才が呪わしかった。

［非才］［呪わしい］――いけない、そんなふうに思っては。またあの果てしない奈落へと落ち込むだけだ。今の自分には未来がある。ただ前進あるのみだ。

自らを叱咤《しった》し、なんとか午前中の授業をやり抜いた。

そして、昼休み。汐野は校内巡回に取りかかった。

三階建ての校舎を一通り見て回り、一旦校庭に出て工事中である西側の体育館を覗《のぞ》く。異状はない。

老朽化した体育館は耐震補強も兼ねた工事の真っ最中であった。本来なら夏休みの間に完了しているはずだったのだが、着工が大幅に遅れたため、二学期にずれ込んでしまったのだ。保護者や地元有力者が、いわゆる学校統廃合問題を巡って対立しているのがその主たる原因であった。文部科学省の方針により、教育委員会では公立学校の統廃合を推進している。それに併せて、小中一貫化をも進めようというものである。

駒鳥中学校の校舎全体が相当の築年数を経ているのに対し、隣接する学区には比較的新しく設備の整った学校が多い。小中一貫校となると、当然生徒数は増加する。現在の駒鳥中学の規模ではとても対応できない。そこで近隣他校に「校舎移転」する形で、駒鳥中学を廃校とする案が浮上した。その場合、駒鳥中学の校名は消滅することになるため、古くからの住民は猛反発している。対して新規の住民には小中一貫化を望む声が多い。議論は紛糾するばかりでまとまる気配さえなかった。

廃校になるなら補強工事など不要ではないかという意見が出される一方で、それに真っ向から反対する意見もある。結論は容易に出ず、とりあえず耐震基準を満たす程度の補強工事を行なうという線で落着したのだが、その対立は今も水面下で燻《くすぶ》っている。

バスケットゴールの前ではバスケ部の部員が自主的に軽い練習を行なっていた。「気をつけてやれよ」と声をかけてから、古い銅像のある校庭の北側へと向かう。

進むにつれ、銅像の背後から生徒達の騒ぎ声が漏れ聞こえてくるのに気がついた。よくある学校の怪談ではないが、陽当たりが極端に悪いこともあって、普段から近寄る者はそう多くない。それだけに、何かよからぬことをしようとしている生徒が一度は目をつける場所ともなっているのだ。

ずいぶん昔からある古い像で、なんでも牛島儀平《うしじまぎへい》とかいう郷土の私小説作家のものらしい。完全に忘れられた作家であり、汐野は読んだことがないばかりか駒鳥中に赴任してくるまで名前すら聞いたこともなかった。しかし駒中が自らの特色として読書感想文を選択した理由は、存外こんなところにあるのではないかと思われる。

汐野は足音を殺して銅像へと近寄った。

「マジかよ」「スゲえ」「フェイクニュースじゃねえの」「ちょっ、こっちにも見せろよ」

そんな声がはっきりと聞き取れる。すぐにピンと来た。

走り寄って銅像の後ろを覗き込む。二年生だ。ひとかたまりになって何かに見入っていた生徒達が、驚いて顔を上げる。

「こら、おまえ達」

逃げられないよう、中心にいた松元幸太《まつもとこうた》を押さえつける。

「スマホの持ち込みは禁止だとあれほど言われてるのを忘れたのか。どうせLINEでも見てたんだろう」

幸太が自発的にスマホを差し出すのを待って受け取り、本人に断ってから画面を見る。やはりLINEであった。ため息をついて表示されていたメッセージになにげなく目を走らせる。次の瞬間、息が止まった。

そこにはこう記されていた。

[藪内の読書感想文、昔の入選作のパクリだって]

放課後、学年の職員が集まって話し合いが行なわれた。

「生徒達の様子がおかしかったのは、これが原因だったというわけね」

苦々しさの極みとでもいった表情で、学年主任の筈見清子《はずみきよこ》が吐き捨てる。大ベテランである彼女の前には、幸太のスマホが置かれている。

読書感想文が市の代表に選ばれて以来、三枝子は校内で一躍時の人となっていた。そのことを祝う者も、また嫉《ねた》む者もいる。もしそれが盗作だったとしたら、生徒達の間に曰く言い難い感情が渦巻いたとしても不思議ではない。

三枝子は野駒市教育委員会教育長の娘でもある。本人は真面目で無口なタイプだが、親の七光で贔屓《ひいき》されていると陰口を叩く生徒や保護者がいるのも事実だ。

「全校生徒に拡散しているということは、つまり保護者に伝わるのも時間の問題ということね。いいえ、すでに伝わっていると考えた方がいいわ」

まず保護者への影響について口にしてしまうあたりが清子らしい。だが昨今では、清子の懸念も決して杞憂とは言い切れない。ＬＩＮＥをはじめとするＳＮＳのトラブルは、放置するとたちまち炎上し、学校関係者だけでなく無責任な野次馬を巻き込んだ大騒動ともなりかねないリスクがある。そうなると生徒達の動揺は避けられない。

肉付きのよすぎる清子は視線を汐野に戻し、

「汐野先生、続けてちょうだい」

「はい」

ずっと立ったままでいた汐野は、手にしたメモを一瞥《いちべつ》してから報告を再開した。

「問題の投稿があったのは二年二組の生徒が中心になっているグループＬＩＮＥでした。松元幸太は二年三組ですが、二組の生徒と仲がよく、このグループにも参加していました。発言者は二年四組の志村蓮《しむられん》で、投稿時刻は昨日の午後四時十六分。ですが彼は自らの投稿であることを否定しています」

冷静を装って報告する汐野に、生徒指導主任の佐賀日出男《さがひでお》から鋭い質問が浴びせられる。

「それで、女子生徒の読書感想文、あれは本当に本人が書いたものに間違いありませんか」

「はい、藪内は提出時に全力を出しきったと言っていました」

「本人が言っても証拠にはならんでしょう。汐野先生は執筆の過程で指導したりはしなかったんですか」

「もちろんしております。質問や相談にも応じていますし、夏休み中の図書室で本人が書いているのを目の前で見てもいます。もっとも、最初から最後まで監視していたわけではありませんが」

自分を注視している教師達の間から、大きなため息が漏れ聞こえる。

「しかし生徒の資質や、普段書いている文章からして、私は本人の作であると思いました。少なくとも、疑うことはありませんでした。第一、過去の入選作品は残らずチェックしておりますし」

「では、盗作である可能性はないと断言していいわけですね？」

「それは……」

迂闊にも皆の前で口ごもってしまった。

「あの、盗作の可能性が少しでもあるのだとしたら、一刻も早く委員会（教育委員会）に連絡した方がいいのでは」

永尾晋一《ながおしんいち》教務主任の提案に、ざわめきが広がった。

もし県代表に選ばれてから盗作だと発覚した場合、問題は比較にならぬほど大きくなる。県代表に選ばれなかったとしても、すでに市の代表になっているのだから報告する必然性は充分にあった。

だが盗作でなかった場合、生徒に与える心の傷は計り知れない。

教師達は互いに顔を見合わせ、途方に暮れたように囁き交わしている。

「よろしいでしょうか」

決然と手を上げたのは茉莉だった。

「どうぞ、白石先生」

清子の許可を得て茉莉が発言する。

「盗作かどうかはともかく、当事者である藪内さんと志村君は今どこにいるんでしょうか」

三枝子も蓮も、校内で他の生徒達から好奇の視線を向けられている。また実際に囃《はや》し立てられたりもしたらしい。茉莉が心配するのも当然と言えた。

「藪内は体調が心配なので保健室に、志村は生徒指導室に待機させています。藪内には養護の淡《あわ》水《みず》先生がついて下さっています」

汐野は茉莉の方を向いて答えた。

少し安心したように息をついた茉莉は、すっと背筋を伸ばして言った。

「ここで議論していても始まりません。まずは志村君に事実確認を行なうことが先決かと思います。それから藪内さんのケアも」

「私も白石先生と同意見です」

体育の蒲原政次《かんばらまさじ》がすぐさま迎合するように口を挟んだ。「蒲原先生は独身の白石先生を狙っている」というのが職員室内〈井戸端会議〉における中年女性教師連の一致した見解であるそうだ。

「確かにその通りだわ」

顎《あご》のあたりの肉を震わせるように頷《うなず》いた清子が室内を見回し、

「聴き取りは藪内さんの担任でもあり、感想文指導の全体を把握しておられる汐野先生に担当してもらうのが適切でしょう。もちろん私も同席します。いいですか、汐野先生」

「はい」

そう答える以外、選択肢はなかった。

何か言いたそうな目で汐野を睨む教師もいたが、表立って抗議する者はいなかった。

「汐野先生」

茉莉に呼びかけられ、振り返る。

「生徒のメンタルに注意して、くれぐれも慎重にお願いします」

「分かりました」

我ながら空疎な返答だった。［メンタルに注意］。それどころか、この聴き取りはどう転がっていくか知れたものではない。すでに噂は拡散している。嫌な予感が募るばかりだ。

一同に向かい、清子が険しい表情で会議を締めくくった。

「生徒の心の問題を考えると、出品作の取り下げ申請は時期尚早かと思います。まずは事の真偽を確認すること。学校としての公式見解はその後に考えましょう」

2

清子と一緒に生徒指導室へ入る。厳密に言うと生徒指導室として使用している教材室である。生徒の前で「生徒指導室」と呼称すると生徒が萎縮してしまうため、専ら教師間の符牒《ふちょう》として使われていた。

教材室は六畳ほどの小部屋になっている。机に向かってうなだれていた蓮がちらりとこちらを見たが、またすぐに顔を伏せてしまった。

「ごめん、待たせちゃったな」

声をかけた汐野に対し、蓮は応じようともしなかった。

清子は何も言わず、汐野を目で促す。頷いて蓮の向かいに座った汐野は、まず相手の様子を観察した。

蓮は机に額が付きそうなくらい深く俯《うつむ》いて押し黙っている。

「俺じゃねえから」

汐野が口を開く前に、蓮はふて腐れたように言った。

「俺、あんな書き込みしてねえから」

汐野は没収した蓮のスマホを取り出し、机の上に置いた。

「先生がそれを預かったとき、問題の投稿は消去されてた。でも、そのスマホから送信されたことは間違いないんだ」

「投稿時間は見たのかよ」

「ああ。帰宅した生徒の一人に電話して確認してもらったよ。昨日の午後四時十六分だった」

「そのとき俺は、大庭《おおば》や厚木《あつぎ》らと一緒にサッカー部の練習を見物してたんだ。スマホは鞄に入れて教室に置きっぱなしにしてあったから、誰かが勝手に俺のスマホを弄《いじ》りやがったんだ」

悔しそうに涙を滲ませ、蓮は変声期特有のしゃがれた声で訴えた。大庭も厚木も、蓮と同じ二年四組の生徒で、普段からつるんでいることは汐野も把握していた。

「本当だよ、先生。俺、あんな書き込みなんて絶対にしてねえよ。第一、藪内のことなんか全然興味ねえし。盗作とかパクリとか、知らねえっつーの」

「本当か、志村」

「嘘じゃねえって。大庭や厚木、それから他の奴らにも聞いてくれよ。俺、四時にはもう教室にいなかったから。帰るときに自分のスマホを見たら、知らない書き込みがあったんでもうアタマに来て、それですぐに消したんだ。なのに誰も信じてくれねえ。みんな俺がやったって……チクショウ、チクショウ……」

級友達に信じてもらえなかったということがよほどショックだったのか、悔しさに全身を震わせているその様子は、とても嘘をついているようには見えなかった。

横に座っている清子と視線を交わしてから、汐野はまっすぐに蓮を見据え、

「分かった。約束する。大庭達には先生が責任を持って確認しておく。それで、志村、もしおまえの言う通り誰かがおまえのスマホを使ったとしたら、そいつはスマホがそこにあるのを知ってたということになるな」

「うん」

「知ってたのは誰だか分かるか」

「さあ、みんなに言い回ったりはしてないけど、特に隠したりもしてなかったから……たまたま俺が鞄から出し入れしてるとこを見た奴だっているかもしれないし」

「パスワードはどうなんだ」

「俺、自分のパスワードを鈴原《すずはら》カリンの誕生日にしてるって、学校で話したことあるから」

鈴原カリンとは中高生に人気だというアイドルグループの一員である。芸能プロの公式サイトや本人のSNSを見れば、誕生日などすぐに分かる。たとえ友人であっても、パスワードについてそこまでの情報を伝えるとは、愚かとしか言いようはない。おそらくは調子に乗って、級友達に吹聴したのだろう。

つまり、書き込みをした者の特定は不可能に近いということだ。

「もしかして、最近誰かと揉めたりしなかったか。喧嘩とまではいかなくても、口喧嘩とか、ちょっとした言い合いとか」

眉根を寄せてしばらく考えてから、蓮は答えた。

「分からない。俺、中学になってから誰かとモメたこともないし」

「小学校のときは」

駒鳥中学には、蓮と同じ小学校から進学してきた生徒が全体の二割ほどいる。

「そりゃ小学生のときはケンカくらいしたよ。でも中学になっても覚えてるようなのは一つもないよ」

「あなたが忘れても、相手は忘れてないかもしれないわよ」

清子が意地の悪そうな口調で言う。

「絶対ないって保証はできないけど、はっきり言って、俺、いじめっ子とかじゃなかったし。恨まれてそうな奴なら他にいっぱいいるし」

汐野は普段の蓮について考える。一見すると威勢はいいが、人一倍孤立を恐れ、周囲の顔色を窺《うかが》いながら発言するようなタイプだ。また地元の複数の小学校からは、いじめの前歴のある生徒が何人か入学している。そうした攻撃性の強い子の中に蓮は含まれていなかった。

「分かった。すまなかったな、志村。先生達は本当のことが知りたかっただけなんだ。今日はもう帰っていいぞ」

「あの、俺のスマホは……」

机の上のスマホを不安そうに指し示す蓮に、清子が説教じみた口調で告げた。

「元はと言えば、あなたが校内にスマホを持ち込んだりしたことからこんなことになったのよ。普段の生活態度が大事だといつも言ってるでしょう。今回のことはしっかりと反省するように」

清子の言ったことは決して間違ってはいない。しかし、蓮のようなタイプの生徒には逆効果となる可能性も考えられた。強圧的な清子のやり方は、生徒に対して概ね効果的である反面、裏目に出る場合も大いにあり得る。

蓮は反抗的な目で清子を見上げたが、それでも頭を下げて謝った。

「すみませんでした。反省してます。もうスマホを学校に持ってきたりしません」

スマホを返してもらいたい一心なのは明らかだったが、それを指摘しても仕方がない。汐野はスマホを取り上げ、蓮に向かって差し出した。

「本来ならご両親にお渡しするところだが、今回は特別だぞ」

清子が責めるようにこちらを見たのが分かった。

「ありがとうございます」

ぶっきらぼうな口調で言い、スマホを受け取った蓮はそのまま生徒指導室を後にした。

本来ならば清子の了承なしにスマホを返却できないところだが、今の場合、重要なのは事態をこれ以上ややこしくしないことだと判断した。清子も分かっているのか、何も言ってはこなかった。

一旦職員室に戻り、大庭と厚木に電話する。すでに帰宅していた二人は、異口同音に蓮のアリバイを裏付けた。サッカー部員や他の生徒達にも確認しておきたかったが、今はそれより三枝子の聴き取りが先だった。女子生徒を放課後の遅い時間まで引き留めておくわけにはいかない。

急ぎ保健室へと向かう。

汐野達が入っていくと、養護教諭の淡水詠子《えいこ》がほっとしたように立ち上がった。

「あっ、ご苦労様です」

三枝子は、椅子の一つに腰掛けたままじっとこちらを見つめている。どうやら体調の心配はなさそうだが、眼鏡の奥の瞳がどんな色を浮かべているのか、蛍光灯の光がレンズに反射してよくは分からなかった。

「淡水先生、ありがとうございました」

汐野が礼を述べると、詠子は三枝子を元気づけるように、

「藪内さん、とてもしっかりしてて、私、いつも感心してるくらいですから。ね、藪内さん」

詠子から同意を求められ、三枝子はお義理めいた笑みを浮かべた。

三枝子は二年二組の生徒で、しかも文芸部の一員だ。彼女の性格と文章については他の教師よりもよく知っていた。

幼い頃から本が好きで、小学校でも図書室に入り浸っていたという。そのため友達と呼べるよ

うな親密な交友関係はないが、完全に孤立しているわけでもない。級友達とは適度に距離を保ちながら付き合っているようだった。中学では男子に比べ、女子の方がはるかに大人だ。互いに空気を読んで踏み込むべきでない領域は侵さない。それでうまくやっている。本人は特に孤独を感じているようでもないし、彼女の両親もまた娘を信頼し尊重しているとのことだった。

入学してすぐ、三枝子は文芸部に入部してきた。顧問の汐野には、彼女の才能はすぐに分かった。少なくとも他の生徒とは比較にならぬほどしっかりした文章を書くことは確かであった。将来の夢は文筆業、できれば作家になりたいという。そんな言葉を投げかけられたとき、汐野は自嘲の念を苦笑に隠してごまかすしかなかったが、ともかくも彼女には文才があったのだ。

三年前から、汐野は市の選抜大会に送る感想文の選定を担当していた。二学期に入って提出されたおびただしい作品に目を通した結果、今年の最優秀作だと感嘆したのが三枝子の感想文であった。

課題図書ではなく自由図書で、芥川龍之介の『羅生門』を三枝子は選んだ。感想文の題名は『生きることの罪と業』。

完成までの三枝子の苦心を、汐野は間近で見てよく知っていた。それもあって、盗作であるなどとは思いもしなかった。

「では私は隣の部屋にいますから、何かありましたらすぐに呼んで下さい」

詠子が退室するのを待って、汐野と清子はそれぞれ手近にあった椅子に腰を下ろし、三枝子と向き合った。

「待たせて悪かったね」

できるだけ優しく言うと、三枝子はとんでもないというふうに首を左右に振った。

「今日は本当に大変だったね」

「はい」

「あれは本当に立派な作品だった。でも、嫌だよね、現代社会って。イタズラとか、気まぐれとか、そんなちょっとしたことから誰かが流した噂があっという間に拡散してしまう。先生達は一刻も早くこんな騒ぎを静めなくちゃならない。分かってくれるね？」

「はい」

「君にはとても不愉快なことだと思うけど、これからいくつか質問をさせてもらってもいいかな。君の疑いを晴らすためにも、どうしても必要なことなんだ」

「ええ、はい」

三枝子は膝の上に揃えて置いていた両の拳を強く握り締めた。平気なように見えて、さすがに緊張しているらしい。

「誰かがＬＩＮＥに、君の読書感想文が盗作だと書き込んだ。藪内さん、君は誰かの感想文を参考にしたりしましたか」

「先生」

三枝子は憤然と顔を上げた。

「先生は知ってるはずでしょう。私がどんな思いで読書感想文に取り組んでたか」

昨年、汐野が学校代表に選んだのは当時三年生だった男子生徒の作品だった。三枝子もそれなりによい作品を書いたのだが、懸命に背伸びしようとしている部分がかえって幼さと感じられたため、汐野は最優秀の評価を与えなかった。それが三枝子にはショックだったらしく、今年こそはなんとしてでも学校代表にと、夏休みに入る前から真剣に準備を始めていた。

最初から課題図書ではなく、自由図書でいくという方針も彼女自身で決めたものだ。読書とは押し付けられるものではないというのが三枝子と汐野の一致した見解であったからでもある。

最初は太宰治で書こうとしていたが、どうしても感想が従来のパターンに嵌《は》まってしまうと言って断念。夏目漱石、森鷗外と読み進め、最終的に選んだのが芥川龍之介の『羅生門』であった。

その過程を、汐野はまのあたりにしていた。

「ああ、知っている」

汐野はできるだけ力強く頷いてみせる。

「さっきも言った通り、先生は君の作品だと信じている。でも、こうなった以上——」

「こうなった以上？」

言い方がまずかったのか、三枝子の様子が一変した。

「こうなった以上、なんだって言うんですか。それって、私のせいみたいに聞こえるじゃないですか」

「なんです、先生に対してその言い方は」

涙を浮かべて抗議する三枝子に対し、清子が横から口を挟む。本人は意識していないだろうが、横柄な威圧感がどうしようもなく滲んでいた。

いつもは年齢以上に大人びて見える少女だが、なんと言ってもまだ中学二年生だ。三枝子はいよいよ激昂《げきこう》した。

「私は被害者なんですよ。一生懸命読書感想文を書いただけなのに、あんなことＬＩＮＥに書かれて、みんなからパクリだって言われて。もっと酷いことも言われました。私にどうしろって言うんですか。盗作じゃないって証明しろとでも言うんですか。だったら、逆に盗作だって証明して下さい。証拠でもあるんですか。一体どこの誰の感想文を盗んだって言うんですか」

「あなた、ちょっと落ち着きなさい、何もそんなことは言ってませんよ」

狼狽した清子が必死になだめようとするが効果はない。日頃が日頃だけに、むしろ逆効果であった。

「どうしたんですかっ」

そこへ詠子が飛び込んできた。隣の部屋まで三枝子の叫び声が聞こえたらしい。

「大丈夫よ、藪内さん」

詠子は急いで三枝子に駆け寄る。

「淡水先生、私、私……」

三枝子は白衣の詠子にしがみついて嗚咽《おえつ》し始めた。

最悪だった。「やっていない」という明確な証言さえ取れればそれでよかったはずなのに。関係者を納得させるため、具体的な詳細を聞き出す段取りを組み立てていたのがすべて無駄になってしまった。

「汐野先生、筈見先生、今日はここまでにして下さい」

詠子がきっぱりと言う。黙って従うしかなかった。

後は詠子に任せ、清子と二人、悄然《しょうぜん》として保健室を出た。

職員室に戻った汐野は、待ち構えていた教員達に聴き取りの概要を報告した。

「すると、結果として何も分からなかったということですか」

瓜生が言わずもがなの感想を口にする。悪意はないと分かっているのだが、今はその無神経さが腹立たしい。

険しい視線を向けてきたのは茉莉だった。「生徒のメンタルに注意して、くれぐれも慎重に」とあれほど釘を刺されていたのに、三枝子をいたずらに刺激してしまったのだから無理もない。

弁解の言葉を口にしようとしたとき、

「汐野先生は生徒に甘すぎるんじゃないですか」

生徒指導主任の佐賀がその場の空気と正反対の意見を発した。

「志村にしろ、藪内にしろ、もっと厳しく問い詰めればよかったんだ。そんな中途半端なやり方じゃ、生徒は押さえられませんよ。昔と違って、今の子供はこっちが手出しできないことを知ってますからね。一度ナメられると、信じられないくらいあくどいことも平気でやる」

だがそのおかげで茉莉の矛先は汐野から佐賀へと移った。

「佐賀先生は、二人が嘘をついているとでもおっしゃるんですか」

「そうは言ってません。その可能性があると言ってるんです」

「失礼ですが、教育とはまず教師と生徒がお互いに信頼し合うことから――」

茉莉の隣席から失笑が漏れた。木崎であった。

佐賀はまるで生徒でも指導しているかのような口調で言った。

「白石先生も現場でそれなりに経験を積まれたはずでしょう。教師は生徒の指導者であり、また管理者でもある。決して生徒の友達ではありませんよ」

教務主任の永尾も佐賀に同調する。

「私達の務めは、教育現場をつつがなく健全に管理することです。佐賀先生のおっしゃることはもっともだと思います。それに、志村と藪内の両方ではなく、どちらかが嘘をついている可能性だってあるわけじゃないですか」

屈辱の羞恥に頬を染めて茉莉は俯いてしまった。

その横顔が嚙み殺しているものは汐野にも分かる。いや、自分だけではないだろう。この場にいる職員全員が考えているはずだ――「ならば、嘘をついているのは志村なのか、藪内なのか」と。

疑い出せばきりがない。果てのない疑心暗鬼だ。そして今や、皆がその渦に吞み込まれつつある。

あれは志村の飛ばしたデマだったのか。

それとも、三枝子が本当に盗作をやったのか。

汐野の想念は、それまでの話の流れを断ち切るような清子の発言によって霧散した。

「先生方にお願いします。志村君も藪内さんも否定している以上、今回の件は誰かのイタズラによるものと思われます。生徒や保護者から問い合わせがあった場合はそのように対応して下さい。単なるイタズラですから、学校としての公式発表の必要もないと考えます」

この段階でそう決めつけていいのだろうか――

確かにそう結論づけることは可能だし、各方面に対し最も影響の少ない着地点であると言える。

しかし、もしそれが間違っていたら。

汐野は胸の奥底から湧き起こる疑念を抑えることができなかった。

3

やがて六時三十分の最終下校時刻を迎えた。何人かの教師が、自発的に校門付近での下校指導や交通安全指導に出た。

教員の勤務時間は四時四十五分までだが、一般企業のようないわゆる残業代は一切支給されない。そのことを異常であると思う人間は教師になるべきではない。それだけのことである。

三枝子もすでに帰宅した。詠子の話では、「おうちの方に連絡しましょうか」と尋ねたところ、「大丈夫ですから」と本人が断ったという。学校での騒ぎを両親に知られたくなかったのかもしれない。

汐野は職員室の自席で明日以降の『総合』や『学活』の準備にかかった。具体的には、文化祭に向けての目標を整理したプリント作り、それに各委員会のスケジュール表作成だ。学年で内容を揃える必要があるので、全クラスに配布しなければならない。噂話に余念のない中年女性教師連は定時で帰ってしまっている。教師達への説明は明朝行なうしかなかった。彼女達の機嫌を損ねると厄介だ。なにしろずっと職員室にいて噂話に耽《ふけ》っているから、どんな中傷をされるか分からないし、そうなると根回しの必要な仕事がスムーズに行かなくなる。

個人の仕事は八時から始められればいい方だ。授業ノートのチェックなど、やるべきことは山ほどある。しかし今日は思いがけぬトラブルがあったため、着手する気力はとても残っていなかった。

思い切って早めに切り上げ、荷物をまとめて学校を出た。これ以上仕事を続けると明日の授業に差し支える。

それに、今夜は――

最寄りの北駒駅《きたこま》に向かった汐野は、ちょうどホームに到着した上り電車に乗り込み、四つ先の野駒駅で下車した。住宅街にある北駒駅と違い、市の中心部である野駒駅周辺は繁華街として比較的賑わっている。

商業ビルの建ち並ぶ駅前から少し歩き、表通りを一本入ったところにあるイタリアン・レストラン『ポッツォ』のドアを開ける。時刻は九時を十分ほど過ぎていた。

間口の狭い小さなビルの一階にある店で、あまり知られていないが、このあたりでは高級の部類に属するレストランである。もちろん値段もそれなりに高い。

軽く息を弾ませて店内に入ると、いつもの席から浜田沙妃《はまださき》が微笑みかける。

「今日は早かったたね」

腰を下ろした汐野に、明るい声をかけてきた。

「ごめん、また約束の時間に間に合わなかった」

「何言ってるの。あたしだっていいかげん分かってるわよ。学校の先生がどんなに大変か」

屈託のない沙妃の笑顔を見ていると、心底救われるような気がしてくる。着心地のよさそうな黒いニットを上品に着こなしたそのいでたちは、野駒市のような地方では場違いなほど垢抜けて見える。

メニューを手にウエイターが近寄ってきた。疲れすぎて選ぶのも面倒なので、おすすめのディナーコースを注文する。沙妃も同じ物を頼んだ。

「それと、ワインはバローロで」

「かしこまりました」

ワインはいつも沙妃が選ぶ。汐野にはそんな知識はない。また恥ずかしいことに、教師の給料では外食のたびに高級ワインなど注文できるものではなかった。

すぐに運ばれてきたワインで乾杯してから、汐野は今日学校で起きたＬＩＮＥ事件について話した。

守秘義務があるので本当は話してはいけないのだが、交際中の沙妃とはそうしたことを構わず話し合っている。二人の将来のために、学校に関する情報は共有しておく必要があるのだ。また、それでなくても特に今夜は沙妃に話を聞いてもらいたい気分であった。

最初は興味深そうに聞いていた沙妃が、次第に「大変だったわね」などといった相槌さえも打たなくなった。思った以上に、この件を真剣に捉えているらしい。

「ちょっと待って」

あらましを伝え終えた頃、沙妃がナイフとフォークを置いて尋ねてきた。

「感想文の選定って、そんなに責任重大な仕事だったの？」

「そういうわけじゃないいんだけど……」

汐野は自分の感情を整理しながら言葉を探した。

「大事な仕事には違いないけど、厳しく責任を問われるほどのものかと言うとちょっと違うかな」

そのあたりのニュアンスは沙妃も承知している。

「だったら、あなたがそんなに責任を感じる必要はないんじゃないの。LINEの書き込み自体、嘘であろうと本当であろうと、生徒がふざけてやっちゃったことなんだし」

「そりゃそうなんだけど、沙妃ちゃんも知っての通り、ウチの学校は読書感想文コンクールへの出品にやたらと力を入れてる。それだけに周囲からの無言の圧力が凄くってね。自分は関係ないって顔をしながら、もう、ね。いやいや、僕の気のせいなんかじゃないよ。正直、居たたまれないほどのプレッシャーなんだ」

沙妃は納得したように再びフォークを取り上げ、メインディッシュのコトレッタ・アッラ・ミラネーゼを口に運び始めた。学校という特殊な環境にある職場の異常さを、彼女には日頃から話しているということもある。また汐野の性格と立場を誰よりも――そう、他の誰よりもだ――理解しているということもあるだろう。

「で、どうするの。このまま噂が広がったりしたら」

「怖いこと言わないでくれよ」

汐野は大仰に応じてみせる。

「犯人は不明だが、学年主任はデマだと言ってる。よくあるイタズラだって。外部にもそう説明することになっている」

しかし沙妃は念を押すように、

「本当にデマなのね？」

「こう見えても僕は、過去の入選作品は一通り読んでいるんだ。藪内の感想文はパクリなんかじゃないよ」

沙妃ではなく、むしろ己に言い聞かせているような気がした。

ようやく安心したように、沙妃はワイングラスに手を伸ばす。

「ならいいけど、もし万一、噂が収まらずに広がるようなことにでもなったら……」

汐野は黙った。

沙妃の言わんとすることはよく分かっている。成り行き次第によって、事は二人の将来に関係してくるからだ。


沙妃とは、三年前に地元のファンタジー系読書会で知り合った。その頃の汐野は、深い鬱屈と挫折感とを抱え、教師の仕事だけでなく、あらゆることにまったく意欲を持てない状態だった。

その読書会も、学生時代の先輩に誘われて、さして気乗りのしないまま参加したものだった。最近流行りのお手軽なRPGもどきか、漫画のような小説でも読んでいるのだろうと思っていたら、そうではなかった。ケルトの神話から泉鏡花、ル＝グウィンからウンベルト・エーコ、果てはドイツロマン派から江戸の黄表紙まで、硬派な幻想文学を対象とする本格的な読書サークルだった。

リサイクルショップを兼ねたチェーンの新古書店しかないような地方に、そんなサークルがあるとは意外というよりなかった。久々に知的好奇心を刺激された汐野は、積極的に会の催しに参加するようになった。やがて汐野に声をかけてきたのが、沙妃だった。

最初は、もっぱら谷崎潤一郎やレオ・ペルッツの話をしていたと思う。よく言えば清楚で可憐な、悪く言えばかわいらしいだけの若い女性だと思っていた沙妃が、実は深い文学的素養を持っていると知り、汐野は俄然《がぜん》彼女に惹かれ始めた。

沙妃の方もまんざらではなかったはずだ。サークルとは関係なく二人だけで逢い、ウラジーミル・ソローキンやイタロ・カルヴィーノについて語り合う。そんな交際が熱烈な恋に変わるのに時間はかからなかった。

——結婚しよう。

意を決してそう切り出したとき、沙妃の双眸《そうぼう》がまるで値踏みするかのように自分の全身を眺め渡したことを、汐野ははっきりと覚えている。ほんの一瞬のことだったが、それは確かに〈値踏み〉と言うしかない、複雑な計算が入り混じる視線であった。

——どうしたの？　僕じゃ駄目かい？

急に不安を覚えてそう訊いたとき、沙妃は初めて自らの素性について明かした。

——浜田勝利《かつとし》って、知ってる？

——県会議員の？　ああ、名前だけなら。

地元の人間なら知らない者はいないだろう。次期県知事の座は確実とも噂される有力者である。

——父なの、あたしの。実はあたし、浜田勝利の娘なの。

心底驚いた。それまで沙妃からは、「サラリーマンの娘」とだけ聞かされていたからだ。

それにしては服装が上質で所持品も高価なので、大企業の役員か何かの家庭だろうと思っていたのだが、まさか政治家の娘であったとは。

——君自身の気持ちを教えてほしい。結婚するほど好きじゃないって言うんなら、僕はきっぱりと諦める。

こんな自分にもプライドはある。ストーカーじみた未練を見せるくらいなら、きれいに別れて二度と逢わない覚悟であった。

だが沙妃は、汐野にしがみついてきて言った。

——何言ってるの。嬉しいに決まってるじゃない。大好きよ、本当に。

——だったら……

沙妃は顔を上げて冷静な口調で言った。

——あたしは汐野さんと結婚したい。でも、父がなんて言うか……父はね、あたしの結婚相手は自分が決める気でいるの。今どきおかしいんじゃないのって思うだろうけど。

おかしいとは思わない。現在でも上流社会では——ことに地方では——閨閥《けいばつ》が想像以上に大きな意味を持つ。以前なら一笑に付したかもしれないが、成人して以来、汐野はそういうことの重大さを身に染みて感じる機会が何度かあった。

要するに、しがない公立中学校の一教師では、浜田議員のお眼鏡に適《かな》う可能性は極めて低いということだった。

——でもあたし、汐野さんと一緒になりたい。

汐野を抱き締める沙妃の両手に力が入った。

——思い切ってお父さんに話してみる。あたし、汐野さんとお付き合いしてるって。とにかく一度会ってって頼んでみるわ。

その時点では、沙妃の熱い想いに感激しつつも、どこかで期待は禁物だと己を戒めていたように記憶する。

数日後、沙妃から弾むような声で連絡が入った。

——お父さんが会ってくれるって。

指定された日曜日、精一杯外見を整え、野駒市でも最高級と言われる住宅街にある浜田家を訪れた。

石像よりも硬く緊張していて、最初にどう挨拶したのかは覚えてもいない。

しかし浜田議員の反応は、汐野にとって予想外とも言えるものであった。

汐野の全身を頭から爪先まで眺め渡した議員は、挨拶より先に「こりゃあいい」と呟いた。

浜田は汐野の手を強く握り締め、気味が悪いくらい親しげにもてなしてくれた。

——いやあ、待っとったよ。さあ、遠慮せずに座ってくれ。酒はいける方かね？

——はあ、嗜《たしな》む程度ですが。

——うん、ますますいい。酒はほどほどが一番だ。

沙妃の母の和江《かずえ》も交え、型通りの自己紹介を交わした後、浜田の目配せで和江はなぜか奥へと引っ込んだ。いぶかしむ汐野に向き直った浜田が、唐突に切り出した。

——汐野君、君はうちの娘と結婚したいそうだね。

——はい。

身を乗り出しかけた汐野を遮り、浜田は続けた。

――浜田家は代々政治家の家系でね、娘の婿には私の地盤を引き継いでもらう必要がある。君は合格だ、汐野君。

――あの、合格とは、どういうことでしょうか。

浜田は機嫌のよさそうな笑みを漏らし、

――君のルックスだよ。女性受けするのは間違いない。映画俳優みたいな気取った二枚目ではないが、その方がかえって親近感を持たれやすい。最近の選挙を制するのはこの女性票なんだ。二十代から七十代、八十代まで年齢層を問わずね。君は絶対にテレビ映えする。国政に打って出ても充分に通用するはずだ。分かるだろう、汐野君。

正直に言って自分ではよく分からなかった。学生時代から、なんとなく異性に好かれる方だという自覚はあったが、ここまであからさまに褒められたことはない。しかもかなり特殊な褒め方だ。

――ただし、立候補するにはそれなりの段階を踏まねばならない。今どき、私の秘書を何年か務めたくらいではアピールにもならんからね。君は教師だそうだが、まさに打ってつけの戦略がある。なんでもいい、君は今の職場でできるだけ評価を高めるよう努めたまえ。そして教育委員会に入るんだ。委員は四十代以上が普通だと聞く。君は少々若すぎるが、地方公務員法では『委員は年齢に偏りが生じないように配慮する』と定められてるんだ。現在野駒市の委員は爺さんばかりだそうだから、なんとでもなるだろう。私には教育委員会に顔の利く友人も多くてね。全面的に協力してくれることになっている。年々進学熱が高まる一方の県下で、教育改革の実績を主軸に打ち出すという選挙戦略だ。こいつは特に主婦層に効く。政策の勉強などどうにでもなるし、君の政治的スタンスも娘から聞いている。はっきり言って、そんなものは重要じゃないんだ。大事なのは票を集められるかどうかだけだ。ともかくこの秘策を実行できるのは君しかいない。もうぴったりだ。どうだね汐野君、この作戦に乗ってくれると言うのなら娘をやろうじゃないか。

汐野は乗った。結婚のためにはやむを得ないというような消極的な理由からではない。心の奥底を刺激され、奮い立った。

政治家になる。なんとしても政治家になって、これまでの鬱屈を晴らしてやる――

翌日から生まれ変わったように教師としての仕事に励んだ。誠意を持って生徒と接し、保護者とも積極的に話し合う。面倒な学校の仕事に率先して取り組む。そうした努力が功を奏し、校内での評価や生徒からの人気も次第に高まりつつあった。

そんな矢先に起こったのが、今回の騒ぎであったのだ。

「どうしたの。溶けちゃうわよ」

気がつくと、デザートのジェラートの皿が目の前にあった。

沙妃は上品な手つきでジェラートを口に運んでいる。しかしその目は、用心深く汐野の様子を窺っていた。

「あなたが教育委員会に異動できるように、父が根回しを進めてくれているところなのよ」

「分かってる。お義父さんには感謝してるよ。ご期待に背くようなことは絶対にしない」

「だといいけど、あたし、ただの先生の奥さんにはなれないから」

親身になって話を聞くというより、共犯関係にあるような口振りで、沙妃は冷酷とも取れる予防線をそれとなく張ってきた。

責めるつもりはない。そもそも政治家への転身が結婚の前提条件なのだ。

共犯関係。適切な表現ではないか。汐野は胸の中で繰り返した。自分と沙妃とは、正しく共犯関係にある。そんな絆であったとしても、つながっていると信じられるだけ幸いだ。

嫌な汗に濡れた手で、汐野はデザート用のスプーンを取り上げた。

4

翌朝、出勤した汐野は事務員の真島恵《まじまめぐみ》から声をかけられた。

「おはようございます。あの、汐野先生」

「あっ、おはようございます。なんでしょうか」

恵は手にしたメモを見ながら、今朝保護者から問い合わせの電話が合計七本あったことを告げた。受け持ちである二年二組の生徒の保護者は二名で、後の三本は二年の他のクラス、二本は他学年の保護者からだった。

「一応、先生にもお知らせしておいた方がいいかと思いまして」

やはり噂は保護者の間にも広まっていたのだ。学校の教育目標として普段から『読書感想文の全校指導』を標榜《ひょうぼう》しているだけに、コンクール応募作品の選定に不正があったのではないかという疑念は保護者にとって放置できないものであったらしい。

気がつくと、周囲の教師達が冷ややかな目で自分を注視していた。汐野が視線を向けると、彼らは一様に知らぬ顔で立ち上がり、出席簿を手に各々足早に職員室を出ていった。

学校の朝は一日の中でもことのほか忙しい。あれこれ考えている暇はない。汐野も出席簿を持って二年二組の教室に向かう。

階段の手前で、汐野は背後から聞き慣れた柔らかい声に呼び止められた。

「汐野先生」

禿頭《とくとう》の短軀。校長の久茂昭二《くもしょうじ》であった。

「あっ、おはようございます」

慌てて挨拶した汐野に、校長は苦い顔で言った。

「汐野先生、今日の一限は空いているそうですね」

「はい」

授業がなくても、教師には無限とも思える仕事が待っている。そんなことは先刻承知のはずの校長が、他人事《ひとごと》のような口調で命じた。

「じゃあ朝読書が終わったら、悪いけど校長室まで来て下さい。お話がありますので」

言い終わるや否や、校長は踵《きびす》を返して去った。なんの話かは明白だが、強いて頭から振り払い、汐野は階段を駆け上った。

教室に入ると、昨日の朝とは大きく異なり、喧《かまびす》しい声が耳を聾《ろう》した。

「本当にやったのかよ、藪内」「いい度胸してるよなー」「やめなさいよ、あんた達」「ねえー、どっちなんだよー藪内、教えてくれよー」「やめなさいったら」「よく学校に来られたもんよねえ」「ねえねえ、これってイジメになるの?」「さあ、知らない」

騒いでいるのはクラスの半数で、後の半数は不穏な面持ちで黙りこくっている。

藪内三枝子はじっと俯いたまま、無責任な暴言や興味本位の冷やかしに耐えていた。

「やめないか。静かにしろ」

厳しい態度で生徒に向き合う。一時的に全員が黙った。

「例のLINEの件ならはっきりしている。あれは生徒が持ち込んだスマホを誰かが勝手に使って書き込んだイタズラだった。君達が騒ぐことは何もない」

沈黙の中、挙手する生徒がいた。学級委員長の藤倉美月《ふじくらみつき》だ。

「なんだ、藤倉」

指名された美月が、憤然とした面持ちで立ち上がる。

「イタズラだっていうのは本当なんですか」

「どうしてそんなことを訊くんだい」

「本当のことが知りたいだけなんです。私達はみんな、入学したときから読書感想文の大切さを教えられてきました。それが駒鳥中の伝統なんだって。私も夏休み中かけて一生懸命書いたんです。なのに代表に選ばれたのが盗作だったとしたら、納得なんて絶対にできません。みんなだっておんなじ気持ちだと思います」

何人かの男子が、そうだ、いいぞとおどけた口調で野次を飛ばす。

「それに、このままじゃ藪内さんだってつらいと思います。私だったら絶対に耐えられません。

だからこそ知りたいんです、本当のことを」

「分かった。座れ」

視界の隅で三枝子の様子を捉えながら応じる。俯いたままの三枝子の表情は、はっきりとは読み取れず、激情をこらえているようにも、また心を閉ざしてやり過ごそうとしているようにも見えた。

「イタズラであることは本当だ」

美月と、そしてクラス全員に向かってそう告げた。

「証拠でもあるんですか」

「ある。問題の書き込みには〈昔の入選作のパクリ〉とあった。先生は過去の入選作を手に入る限り読んでいる。藪内の感想文は間違いなく本人の作品だ。先生が保証する。だから君達は落ち着いて普段通りの学校生活を送ってほしい」

美月や他の生徒達は釈然としない表情を浮かべている。

これ以上何か言い出さないよう、汐野はすかさず出席簿を取り上げて出欠を取り始めた。


朝読書の時間を終えて職員室に戻った教師達がそれぞれの教室へと出かけていく中、汐野は憂鬱な気分を押し殺して校長室へと向かった。

「失礼します」

軽くノックして中へ入る。

机を前にして座した久茂校長の側に、教頭の安宅《あたか》賛拾郎《さんじゅうろう》が立っていた。校長とは対照的に、身長が異様に高い人物だ。一九〇センチ近くはある教頭が、入室してきた汐野を嫌な目付きで観察するように見下ろしている。

「ああ汐野先生。まあ、そこにお座り下さい」

校長の机に向き合う形で、備品のパイプ椅子が一つだけ置かれていた。あらかじめその位置に用意されていたのだ。

これではまるで面接、いや尋問じゃないか――

内心に反発を抱きつつも、一切表に出すことなくパイプ椅子に腰かける。

「いやあ、汐野先生、読書感想文の指導、いつもご苦労様です。先生が作家志望だったという話は耳にしてましたが、そういう志と申しますか、経験や勉強が我が校の教育目標に大いに役立ってくれたというわけですな。先生の評判は他の先生方からもかねがね伺っておりますよ」

まず相手を持ち上げるところから始めるのが校長の常套《じょうとう》手段だ。油断してはいけない。

「ところで、先生もすでにお聞きになっていると思いますが、一部の保護者が昨日の件を問題視しているようで、何人かが学校に問い合わせてきたんですよ」

来た――予想した通りの展開であった。

「私としては先生の指導の成果に満足しておったものですから、まさに寝耳に水といったところでしてな。学年主任の筈見先生はじめ、他の先生方に訊いてみたところ、どうやらイタズラらしいということでほっとしておったんですが、中にはもっと詳しい説明を要求してきた保護者もいるそうじゃないですか。『このままでは納得できない』とか言って」

奇《く》しくも先ほど美月が言ったのと同じ文言が飛び出した。

「読書感想文コンクールへの出品は我が校独自の教育目標であり、誇り得る伝統です。そこになんらかの不正があったとしたら放置するわけにいきません。ことに当該生徒は教育長の娘さんですからね。何かと勘ぐる人もいるでしょう。保護者が憂慮するのももっともだとは思いませんか」

「もっともだとは思いませんか」。同意を求めているようで、実はこちらを責めているだけだ。平気でそんなレトリックを使ってしまうところに、校長の厚顔ぶりが表われている。

こちらをじっと睨みつけている安宅教頭の視線が烈しさを増す。最初から校長に言いつけられていたのかもしれない。たとえ命じられていなくても、そのようにふるまうのが忠犬と揶揄《やゆ》される安宅の人間性だ。

「校長先生のおっしゃる通りです」

ひたすら下手に出るしか選択肢はない。校長に反抗すれば、教育委員会へ推薦してもらえなくなるからだ。

「しかし、我々が第一に考えるべきことは生徒のケアであると思います。実際、私のクラスでも生徒に著しい動揺が見られました。当事者の女子生徒は言うまでもありません。教師の責任として、生徒の不安をまず取り除いてあげる必要があります」

「ええ、それは先生の言う通りです」

校長が慌てて同意を示す。建前論にはとりあえず賛同しておく。それが校長の保身術である。

「一方で校長先生の配慮も当然のことと理解しております。そこで、生徒を安心させ、保護者に納得して頂くためにも、問い合わせがあった場合は、調査の結果イタズラであることが判明したと強調するように徹底されてはいかがでしょうか」

　校長の顔を潰さぬよう持ち上げつつ提案する。

「昨今は些細《ささい》な噂やデマであっても、対応を誤ればたちまち炎上して取り返しのつかない騒ぎになってしまいます。過去の事例を私なりに調べてみたのですが、今のうちに学校としての態度をはっきりさせておくのが正しい対処法かと」

「しかし汐野先生、本当にイタズラなんでしょうか。もし後になってそうじゃないなんてことになったりしたら……」

「心配はありません」

　汐野は美月達に聞かせたのと同じ説明を繰り返した。自分でも漠然とした不安を感じてはいるのだが、ここはあえて断言するしかなかった。

「なるほど、さすがは汐野先生だ」

　校長はようやく安堵したようであったが、

「しかし、実際に問い合わせてくる保護者にはいいとしても、噂はすでに広まっているそうじゃないですか。潜在的な不安を消してしまうにはどうやって……」

「学校の連絡メールを使ったり、プリントのような形で配布したりすれば、かえって大事に見られる可能性があります。学年集会でそれとなく『根拠のない噂話に踊らされぬように』と生徒に伝えるのがいいでしょう。皆安心するでしょうし、保護者には生徒から自然と伝わるはずです。同時に校長先生から、こうした騒ぎを防止するためにも、学校へのスマホの持ち込み禁止を改めて訓示して頂ければ一石二鳥となってより効果的かと存じます」

本来ならそうした訓示は生徒指導主任の仕事だが、わざわざ校長の見せ場として盛り込んだ献策だ。

「なるほど、なるほど」

校長はしきりと感心している。教頭は少し首を傾《かし》げているようだが、何が気になっているのか、うまく言葉にできずにいるようだ。

もちろん汐野自身は、ベストの策であると考えている。あくまで現状としては、だが。

「分かりました。では今日の五限に。汐野先生、申しわけありませんが、訓示用の原稿を用意して頂けませんか。事実関係に間違いがあったりしてはいけませんからね。経緯を一番よく知っている汐野先生に書いて頂くのが最善です」

ただでさえ授業ノートのチェックが手つかずなのに、よけいな仕事が増えてしまった。

心の中で舌打ちしつつ、汐野は快活に返答する。

「すぐに用意します」

「お願いしますよ、汐野先生」

「はい。では失礼します」

そのまま退室しようとしたとき。

「ちょっと待て」

安宅教頭に呼び止められた。不安を覚えつつ振り返る。

「なんでしょう」

「危うく聞き忘れるところだった。委員会の方はどうするんだ。この件について報告しておこうかと思うのだが」

「校内のイタズラですので、報告する必要はないと思いますが」

「しかし全国読書推進協議会が主催して、内閣府と文科省が後援するコンクールだよ。仮にイタズラであったとしてもだ、生徒動向みたいな形で報告を上げておくだけでもだいぶ違うんじゃないのかね。こんな言葉は使いたくないが、アリバイというやつだ」

姑息な安宅の面目躍如といったところか。事態がどう転ぼうと、自分達の責任だけは回避する手を打っておこうというのだ。校長も安宅のそういう〈気配り〉を買っているからこそ腹心として重用している。絶妙としか言いようのないコンビであった。

当然校長は教頭の提案に賛同するかと思われたが、今回は違った。

「それはどうでしょうか。この段階で報告するのはかえってマイナスのような気がします。第一、委員会に報告したら、その時点で管理の不手際を印象づけることになる。そこを衝かれたら反論のしようもないでしょう。ここは汐野先生を信頼して、『イタズラなので報告の必要はないと判断した』、これで押し通すのが一番です」

老獪《ろうかい》な校長らしい策であった。［汐野先生を信頼して］。こちらを評価しているように見せかけつつ、恫喝《どうかつ》のニュアンスを含んだ予防線を張っている。何かあった場合、すべての責任を自分一人に押し付ける肚《はら》なのだ。教頭を上回る用心深さである。

「これは私の考えが至りませんでした。校長先生のおっしゃる通りです」

教頭がすかさず迎合する。呆れるくらいの臆面のなさだ。

汐野もまた、適度に校長を持ち上げてから職員室に引き揚げた。まだ朝であるというのに、すでに放課後のような疲労を感じていた。

職員室に戻った汐野は、早速訓示用原稿の作成にかかった。あまり時間はかけられない。机の上には生徒達のノートが山積みになっている。ただでさえ中学教師はオーバーワークなのだ。

幸か不幸か、空疎な言葉の連なる作文は得意であった。何も考えずに常套句や定型文をすらすらと淀みなく並べられる。〈陳腐な表現〉を避けるどころか、それらを多用した文章の方がよいと見なされるから楽なものだ。

かつて自分は〈新たな表現〉を切り拓こうと、どれだけ苦しんだことか。あの歳月が、意味もなく無用なものであったようにさえ思えてくる。

いや、実際無用であったのだ。これから自分が向かおうとしている世界にとっては――校長のための原稿を手早く片づけ、授業ノートのチェックにかかる。次いで溜まりに溜まった膨大な雑務に着手する。

やがて一限の終わりを告げるチャイムが鳴った。少しの間を置いて、教師達が早くもくたびれ果てた顔で戻ってきた。

その中に学年主任の清子を見つけ、立ち上がって校長との話し合いについて報告する。茉莉や瓜生達も、周囲で耳をそばだてていた。汐野は彼らにも聞こえるように――時には彼らの方にも視線を向けつつ――明瞭な声で説明した。ただし教頭が提案したアリバイや校長の策については触れず、教育委員会には特に報告はしないという結論だけを手短に告げた。

「分かりました。私も校長先生の意見に賛成です」

至極あっさりと応じ、清子は大儀そうに自席へと戻った。

たとえ校長に対して異論があったとしても、ここで口にすればよけいな摩擦を生むだけである。それが分かっているから、誰も表立っては何も言わない。第一、そんな時間はない。全員が次の授業の用意で手一杯なのだ。

「汐野先生、よかったですね、イタズラで」

英語の教材を集めながら、茉莉が明るい声で言った。

向かいから瓜生も賛同する。

「スマホなんか二度と持って来ないように、校長先生がきつく言ってくれるといいですね」

その発言に、茉莉はノートを束ねようとした手を止めて、

「でも、あんまり強く言いすぎると、かえって反発したりするんじゃないでしょうか」

「ああ、それも考えられますね」

瓜生や他の教師達が大きく頷く。みな中学生の指導に苦労しているからだ。

休み時間はあまりに短い。汐野も急いで二限の準備に取りかかった。

「汐野先生、大丈夫でしょうか」

背後から話しかけてきたのは、社会を担当している末松寛雄《すえまつひろお》だ。一年二組の担任をしている。

「大丈夫かって、どういうこと？」

ノートや教科書を束ねながら聞き返すと、

「今の話だと、もしもの場合、汐野先生が全部の責任を負わされることになるんじゃないかって
……」

立ち上がって末松を見る。童顔で背の低い末松は、汐野と同じ大学の一年後輩であった。彼は

また、沙妃と知り合うきっかけとなった読書会の常連参加者でもある。沙妃との交際についてはもちろん秘密にしているが、同僚の中では最も信頼できる友人だった。

「まあ、校長先生が決めたことだし。それにあの感想文が藪内の作だって僕が確信しているのは確かなんだ」

「そうですか。ならいいんですが」

「でも心配してくれるのは嬉しいよ。ありがとう」

「いえ、そんな」

再びチャイムが鳴った。教師達が足早に職員室を後にする。

汐野と末松も、それぞれの教材を手に教室へと向かった。

5

その日の五限に、二年生の学年集会が開かれた。噂はすでに全学年に広まっているのだから、全校集会にすべきかとも考えたのだが、そうなると大仰になりすぎて意図に反する。やはり学年集会くらいがちょうどよいのだと汐野は己に言い聞かせた。

体育館が工事中のため、学年集会は校庭で行なわれた。重苦しい雲の垂れ込めた曇天で、肌寒いほどに光の乏しい日であったのは幸いだった。

朝礼台に上った校長が、汐野の用意した原稿に従い話を進めていく。本題のカムフラージュにと、枕として適当な話題をいくつか並べておいたせいか、生徒達の多くがすでにうんざりとした表情を浮かべていた。決して長いものではないはずなのだが、大人と子供の体感時間は大きく異なる。生徒にはやはり退屈であったか。

「……でありますから、我が校ではスマホの持ち込みを禁止しております。皆さんも各自でその理由をよく考え、理解するよう努めて下さい。一昨日も誰かのイタズラによって人を傷つけるデマが流されました。皆さんはこのような、まったく根拠のないデマに振り回されることなく、正しい学校生活を――」

校長の訓話が問題の箇所に差しかかった、まさにそのときであった。

「おい」「なんだよコレ」「なんだなんだ」「見ろよ」「ウソだろ」「マジか」

生徒達の間にざわめきが広がり、たちまち全体に大きく広がっていった。

朝礼台の左右に並んでいた教師達は、一体何が起こったのかさえ分からず、互いに顔を見合わせるばかりである。かつてなかった異例の事態に、校長も口をぽかんと開いたままでいる。

「なんだ、おまえらっ。一体何をやってるんだっ」

体育教師の蒲原が真っ先に飛び出して、生徒達の乱れた列に割って入る。汐野達もその後に続いた。

「おい、どうしたって言うんだっ」「みんな、落ち着いて列に戻りなさいっ」「コラッ、騒ぐんじゃないっ」「ちょっと、どきなさいっ」

教師達の怒号が背後で聞こえる。汐野は構わず蒲原の後を追って騒ぎの中心部を目指した。

「おまえか、江口《えぐち》！」

蒲原が生徒の一人の手首をつかんでいる。一組の江口新太《あらた》だった。騒ぎを起こした張本人らしい。

「なんだこれはっ。おまえ、今の校長先生のお話を聞いてなかったのかっ」

「すみません、すみませんっ」

泣きそうな顔で謝っている新太の袖口から覗いているのは、明らかにスマホであった。どうやら学生服の袖口にスマホを隠して、器用に操作していたようだ。

「学年集会の最中にこんなものっ」

怒りにまかせて蒲原が新太のスマホをつかみ取ろうとしている。その行為は後で問題化する可能性があった。たとえ校則を破って持ち込まれたものであっても、本人の同意なしにスマホを取り上げて画面を見たりすることはプライバシーの侵害ともなりかねないからだ。

「いけません、蒲原先生っ」

汐野は慌てて蒲原を止めようとした。しかし興奮した蒲原も新太もスマホを放そうとしない。

「落ち着いて、二人とも落ち着いてっ」

そのとき、スマホの画面が不可抗力的に汐野の視界に飛び込んできた。

「あっ」

思わず声を上げていた。二人を制止しようとしていた手を放し、呆然と立ち尽くす。

「なんだ?」

蒲原がつられてスマホを覗き込む。

ＬＩＮＥの画面。そこに最新のメッセージが表示されていた。

［藪内のパクリ元は１９７２年全国優勝作品］

生徒達、そして教師達の騒ぐ声が、汐野の耳にはどこか遠い湖の岸辺に群れる鵞鳥《がちょう》の囀《さえず》りのように聞こえていた。

「江口っ、なんなんだこれはっ。ちゃんと説明してみろっ」

スマホをもぎ取った蒲原が怒鳴っている。

我に返った汐野は、蒲原と新太の間に割って入り、

「江口、ちょっとスマホを見せてもらうけど、いいな？」

新太がわずかに頷くのと同時に、蒲原の手の中にあるスマホを凝視する。

送信者の名前は［大木亜矢《おおきあや》］となっていた。二年二組の生徒である。

「何があったんですか、汐野先生」

立ち騒ぐ生徒達を押しのけ、ようやく駆けつけてきた清子に、蒲原の持つスマホを指し示す。

それを見た清子は、すぐさま周囲に向かって声を張り上げた。

「学年集会は中止します！　全員教室に戻るように！」

汐野と清子、それに佐賀も加わって、ただちに江口新太の聴き取りを行なった。

あれだけ禁じられていたにもかかわらず、スマホを持ち込んでいた新太は、学年集会の最中にこっそり弄っていた。そして問題の書き込みを目にして思わず声を上げてしまい、周囲に知られるところとなってしまったというわけである。

「昨日の今日だというのに、何を考えてるの、あなたは」

新太は担任の清子から大目玉を食らった。

「このスマホは学校で預かり、後日、ご両親にお返しします。いいですね」

すっかりしょげ返った新太は、「はい」と同意を示すばかりであった。

間を置かず大木亜矢の聴き取りを始める。

「あたしじゃありません！　誰かがあたしのスマホを盗んだんです！」

亜矢は半泣きになって主張した。

彼女によると、スマホはカバーをかけてペンケースの中に隠してあった、それがなくなっているというのである。カバーは手製で、百円ショップで購入した既製品にライトグリーンのフェルトを貼り付けたものだという。

「その隠し場所を知っていた者はいるのかな」

担任である汐野の問いに、亜矢はいよいよ狼狽して、

「芝田さん、小出さん、高橋さん、堀井さん、遠藤さん、吉田さん、それに五十嵐さん、あ、森さんも知ってたかも、それから近野さんも……」

指を折って数え始めた。汐野はその全員の名を書き留め、ため息をついた。

亜矢は交友関係の広い社交派である。どうやらクラスの女子はほとんど知っていたらしい。彼女達全員に、そのことを誰かに喋《しゃべ》ったかと問い質《ただ》すのはほぼ無意味に近い。また特に喋らずとも、蓮の場合と同様に、亜矢がスマホをペンケースから出し入れするのを誰かが見ていたという可能性もある。

「最後にスマホを触ったのはいつか覚えてる？」

「昼休みになってすぐだと思います。メッセージが来てるかどうか確認して、すぐにしまいました。それからエミちゃん、いえ、芝田さんや小出さんや堀井さんと給食を食べて、五限の全校集会になって……ええ、そうです、その間、スマホを入れたペンケースはずっと机の中にありました」

「君はその机の側を離れなかったというわけだね？」

亜矢は懸命に記憶を辿っているようだった。

「ええと、あの……はい、間違いありません」

「じゃあ、教室を出たのはいつ？」

「五限が始まる少し前です。高橋さんと、その、お手洗いに行ってからと思って……校長先生のお話が長くなったら困るから……」

ＬＩＮＥの投稿時刻は、まさに昼休みの終わる一分前だった。

「そのとき、教室に誰が残ってたか、覚えてる？」

「えっ、そんなの、全然覚えてません」

「落ち着いて思い出して。まだ大勢残っていたのか、それとも二、三人だったのか」

亜矢は目を閉じて考え込み、

「大勢じゃありませんでした。二、三人……いえ、四、五人だったかもしれません」

「その中の一人でもいい、誰だったか思い出せないかな」

「ええと……ええと……」

固唾を呑んで返答を待つ。

しばらくして、亜矢は大粒の涙を浮かべた。

「分かりません、覚えてません」

汐野は清子と佐賀を振り返る。

お手上げであった。


「スマホを校内に持ち込むなとあれほど言ったばかりなのに！　校則や教師の注意など気にもしない。近頃の生徒は一体何を考えてるんでしょう。挙句の果てにこんな事態を引き起こして」

怒りを抑えかねたように清子が放課後の職員室で怒鳴る。全員が同じ思いであるとしか言いようはない。

スマホというツールがそこまで大事なのか――

汐野も他の教師達も、皆スマホを所持しているが、改めて慄然《りつぜん》とするばかりであった。単に生徒のスマホ依存とは言い切れない、もっと根深いものがそこにはあるのだ。そしてそれは、駒鳥中だけでなく、この社会全体に地下茎を伸ばしているに違いない。

「筈見先生、お怒りはごもっともですが、スマホの校内持ち込みは我が校だけの問題ではありません。今はそれより――」

佐賀に注意され、清子もようやく落ち着きを取り戻したようだった。

「すみません……そうだ、汐野先生、先生は確か、これまでの入選作はすべてチェックしていると言ってましたね」

予想通りの質問を浴びせられた。

「はい、その通りです」

「だったら、今度の投稿もデマであると断定していいわけですね」

「それは……ちょっと待って下さい」

安宅教頭がすかさず突っ込んでくる。

「どうしたんだ。あれは嘘だったのか」

「いえ、そういうわけではありません。全国コンクールの歴代入選作品集は毎年発行されていまして、私はそれを熟読しています。しかし、七二年となると……最終選考委員の先生方もそこまでは把握していないと思います。第一、当時は一般では市販されていなかったと聞いています」

何人かの教師がスマホをせわしなく弄っている。おそらく、七二年度版の作品集について検索しているのだ。

「一連の書き込みが事実だとするならば、七二年と特定されたことになる。たとえ市販はされていなくても、市の図書館に問い合わせればすぐに分かるだろう。どこかがきっと保管しているはずだ」

「じゃあ、僕が電話してみます。野駒中央図書館なら公立図書館の蔵書がすぐに検索できますから」

教頭の提案に、末松がすかさず机上の受話器を取り上げる。

これですぐに結果が出るだろう――

周囲の教師達もほっしたようにスマホを置く。だが彼らの視線は、より冷たいものとなってスマホの画面から汐野へと移された。

どうにも居たたまれない。体温がみるみるうちに低下していくようにさえ感じられる。

「やっぱり市販はされてないみたいだし、古書店のウェブ目録にも出てませんねえ」

場違いとも思える声を上げたのは、一人スマホを見続けていた瓜生であった。

「本がなくても、受賞者の名前とか題名くらいはどっかに出てるかなって思ったんですけど、九〇年代以前のデータなんてどこにもないですね。文科省や教育委員会の公式サイトにもありませんし……あっ、ダメだ、国立国会図書館サーチで検索してもそんな古いのは出てきませんね……一番古いのでも二十年前かな」

周囲の教師達が瓜生の言葉に耳を傾けている。瓜生も明らかにそれを意識していた。

「それでなくてもパソ通時代のデータさえ残ってないってのに、ましてや七〇年代の読書感想文なんて。誰か個人で上げてくれてる人がいればいいんですけどねえ」

「オークションサイトとかはどうでしょうか」

茉莉に尋ねられ、瓜生がさらに発奮する。

「待って下さい、ちょっと見てみますから」

他の教師達も、再び自分のスマホを取り上げた。

「……ないことはないですけど、やっぱり新しいのばっかりですねえ。古本サーチでも引っ掛かりません。需要自体がないんでしょうね」

瓜生がそう呟くと同時に、

「えっ、そうなんですか……あ、いえ、どうもありがとうございました」

末松が暗い面持ちで受話器を置き、教頭に報告する。

「県内の全図書館に読書感想文の作品集は一冊もありません。例の民間業社の方針で残らず廃棄したそうです。保管スペースの効率化とかで去年から購入しておらず、七二年どころか、三年前のも捨てたって」

「なんだと」

教頭が目を剝いた。元来恐ろしく背が高い教頭のそんな形相は、一際異様な迫力に満ちていた。

行政から業務委託された民間企業による公立図書館の杜撰《ずさん》な運営と、無知から来る文献の廃棄。地方特有の行政問題が、よもやこんな形で自分達に降りかかってこようとは。

民間業者の独善と傲慢に対し、ここで憤ってもどうにもならない。

脱力感に全職員が黙り込んでしまったとき。

「あーっ」

突如大声を上げた者がいた。伊藤ツヤ子であった。

全員が振り向く中、白髪の老女性教諭は細い両眼を大きく見開いて、

「古い作品集、本校にありますっ」

「本当ですか、伊藤先生」

教頭が厳しく質す。

「ええ。書庫の奥で古い台の下敷きになってて処分を免れたのが最近見つかりまして」

「最近というのは、いつ頃ですか」

教頭の質問に、汐野はようやく思い至った。

そうだ、この場合は発見された時期が問題だ――

「ええと、夏休みのちょっと前くらいかしら」

夏休み前か――

落胆が顔に出ているかもしれないが、どうでもいい。

「処分する予定で書庫から図書準備室に出しておいたんですの。でも、夏休みに入ったものですから、業者に連絡し忘れておりまして、ついそのままに……」

図書準備室とは、図書室の奥に併設されている小部屋である。書架から書庫へしまう本を一時的に並べておいたりするほか、傷んだ本の補修等、各種の作業を行なうために使われる。以前は図書委員や文芸部の生徒も出入りしていたらしいが、今ではほとんど使われなくなっている。文芸部の顧問である汐野さえ、蔵書の管理はツヤ子に任せきりで、図書準備室に入った記憶は数えるほどしかない。

「ついそのままって……では、今もそのままになってるってことですか」

勢い込んで訊くと、ツヤ子は小娘のように小首を傾げ、

「あの、ええ、はい、たぶんそうだと……」

最後まで聞かず、汐野は職員室を飛び出していった。中央階段を二階まで駆け上がり、廊下を疾駆する。二年生の教室とは反対側に当たる方向の突き当たりに、図書室がある。

ドアは開いていた。中に入り、奥の扉に直行する。木製の古い扉の向こうが図書準備室だ。

歴史を感じさせると言っても過言ではないような古めかしい扉のノブに手をかける。鍵はかかっていなかった。勢いのまま中に入る。八畳、いや、十畳くらいはあるだろうか。昔の設計だからか、図書室と付随する部屋の間取りにずいぶん余裕がある。今ならとてもこうはいかない。か

って図書室は大勢の子供達が利用する場所だったのだろう。

中央には黒ずんだ古い大テーブルがある。以前入室したときに見た通り、雑多な古本が埃を被《かぶ》ったまま山のように積み上げられている。

その山を端から見渡して、汐野は絶望の呻《うめ》きを上げた。

テーブルの右端に今にも崩れ落ちそうな危ういバランスで積まれているのは、紛れもなく過去の入選作品集だった。

走り寄って一番上にあった一冊をつかみ取る。夢中で表紙を確かめると、『一九七九年度版』と記されている。四六判の上製本だが傷みが著しく、古書の味わいからはほど遠い。湿気を吸って軟化した表紙に手触りの愉悦はなく、しかも全体に反り返ってたわんでいる。小口や天は焦げ茶色を通り越してどす黒く変色しており、昔のドブ川を思わせる嫌な臭気が鼻を衝いた。

後から駆け込んできた教師達が、次々と驚愕《きょうがく》の声を上げる。

「ああっ、あるぞ」「本当だ」「えっ、どこですか」「あそこですよ」「あっ、あれか」「嫌だわ、凄い埃」

本を手に立ち尽くす汐野を突き飛ばすように、清子や佐賀達が作品集を手分けして調べ始める。

「ありませんっ」永尾が悲鳴のような声を上げた。「どこにもないっ」

「ないって、何がないんだ」

聞き返した教頭に、

「七二年度版だけ抜けてます」

「なんだって」

今度は永尾を押しのけて、清子と佐賀が作品集を年度順に床へ並べ始めた。

「本当だっ」佐賀が叫んだ。「七二年だけがないっ」

教頭がツヤ子を振り返り、

「よく思い出して下さい。これらを発見したとき、七二年度版はありましたか。それとも最初から欠本だったんですか」

「そんなこと言われましても、あの通り、湿気と埃でどれも捨てるしかないような本ですから、いちいち確かめてもいませんし……まとめてあそこに置いただけで……」

苦々しい顔でツヤ子の話を聞いていた教頭は、今度は全員に向かって指示を下した。

「テーブルの上にある本を片っ端から調べるんだ。どこかに紛れているかもしれん」

教師達が一斉に本の山に手を伸ばす。

しかし女性教師の中には露骨に嫌そうな顔をする者もいた。こっそりとその場を離れる者も。埃まみれの古本など触りたくもないのだろう。青少年の読書離れをしたり顔で嘆いてみせる教師の本音がそこにある。

古本が嫌なら出て失せろ――

苛立ちを押し隠し、汐野は必死になって本の山をかき分けた。

「台の上とは限らないぞ。この部屋にある本は全部調べろ」

そう言って教頭も自ら壁の書棚を端から順番に点検し始める。清子は丸い体軀を窮屈そうに折り曲げて書棚の裏や隙間も隈なく覗いている。

「だめだ、どこにもない」

瓜生が真っ黒になった手で額の汗を拭いながら言った。

「念のため書庫も調べてみてはどうでしょう」

佐賀の提言に、教頭はまたもツヤ子に向き直った。

「伊藤先生、最初に発見した場所はどこですか」

「あ、書庫の方です」

一同は一旦図書室を出て、その隣にある書庫に入った。長年重いカーテンが閉め切られたままになっている書庫は、整理が行き届かず、単なる物置と化している。九〇年頃までは書庫と図書準備室は自由に往き来できたらしいが、今では双方をつなぐドアは釘付けされている上に、重い書棚が置かれて大人でも一人では動かすことができない。

最初に入った蒲原がカーテンを開けると、埃が濛々《もうもう》と舞い上がった。さすがに全員が顔をしかめる。

「あそこです」

ハンカチで口と鼻を覆いながらツヤ子の指差す方を見ると、誰の作であろうか、素人臭い石膏像を載せた木製の台が置かれていた。

「あの下にあったんです。あの台、だいぶぐらぐらしてますでしょう？　それで安定させる下敷きとして、どなたか昔の先生があの本の束を突っ込んだんじゃないかと思うんです」

なるほど、ツヤ子の言う通りであった。汐野は石膏像と台をどかしてみたが、そこには乾燥し切った虫の死骸がいくつか転がっているだけだった。

「こうなったら書庫も全部確認してみるしかないか」

教頭がその言葉を発したとき、一年の英語を担当する京田比呂美《きょうだひろみ》が「もうヤダ」と泣きそうな声を漏らした。他の教師達は聞こえなかったふりをする。

全員の殺気だった視線が汐野の全身に注がれた。

「皆さん、ここは僕が調べますので、皆さんはどうか職員室にお戻り下さい」

気を利かせたつもりで声を上げた。比呂美は「当たり前よ」とでも言いたそうな顔をしている。

しかし教頭が吐き捨てるように言った。

「君が信用できんからみんなでやってるんだ。皆さん、すまないが生徒のためにも、もう一息頑張って下さい」

疲れ果てた教師達が無言で作業にかかる。汐野も気まずい思いで手と目を動かし続けた。

結局、七二年度版はどこからも発見されなかった。


職員室はかつてないほど重苦しい空気に包まれていた。時刻は十一時を過ぎている。しかし、誰であろうと帰宅できるような雰囲気ではなかった。

「すると一学期の間、図書室の鍵は少なくとも日中は開いていて、誰でも自由に出入りできる状態だった、それは図書準備室も同様で、また夏休みの間も基本的に同じだった、ということですね？」

教頭に念を押され、ツヤ子はくどくどと小さい声で弁解するばかりであった。

「はい、私は図書室にも図書準備室にもよく出入りするものですから、いちいち鍵をかけるとどうしても不便で……それに、生徒達がいつでも自由に本と親しめるようにと思い……そりゃ私だって規則は存じておりますが、読書に重点を置くのが我が校の方針でもありますし、前任の先生だって……でも下校時にはちゃんと施錠してましたよ、私。夏休み中は汐野先生がよくいらして、図書室で生徒に読書感想文の指導をなさっておられましたから、やはり日中は開けておいた方がいいのではと……そもそも私は、図書室の管理人でも司書でもなんでもないんですよ。なのに、どうして私が……」

「分かりました、伊藤先生。もう結構です」

際限なく続きそうなツヤ子の話を教頭が遮る。

「となると、七二年度版は最初から抜けていたのか、それとも誰かが盗んだのか、調べようもないということだな」

「待って下さい、それはあの書き込みが真実であるという前提に立っての話ですよね？　この段階でそうと決めつけるのは早計ではありませんか」

挙手しながら発言した末松に対し、佐賀が反論する。

「しかし、実際に本校から過去の作品集が発見されており、よりによって七二年度版だけがない。この事実は無視するわけにはいかんでしょう」

「図書準備室に過去の作品集が置かれていることを知った犯人は、七二年度版だけがないことに気づいてあんな投稿を行なった——ということでしょうか」

「そんな仮説だってあり得るという話ですよ」

一理ある、と汐野は思った。

確かにそれだと、藪内三枝子の感想文が盗作かどうか判定できないため、面白半分に好きなだけデマを流せる。

「七二年度版と決めつけるのもどうかと思いますね。犯人は、実は別の年度からの盗作だと知っていて、七二年度版だけ持ち去ったのかもしれない」

「やめて下さい、犯人だなんて。そんな言い方、生徒に対して教師がするべきじゃないと思います」

憤然と言ったのは茉莉である。

その指摘に、末松も佐賀も黙ってしまった。生徒第一の建前をいつの間にか忘れていることを衝かれたのだ。

「すみません、軽率でした」

末松は素直に謝り、また恥じ入るように俯いた。口許には曖昧な笑みを浮かべている。それがこういうときの末松の癖だった。汐野にはその笑みが、この場をごまかそうとしているのか、あるいは自らの憤懣《ふんまん》を紛らわせようとしているのか判然としなかった。普段は快活な男なのだが、その笑みに対してだけはいつも違和感を感じる。

「でも白石先生のおっしゃりようだと、まるで問題の投稿を行なったのが生徒であると決めつけてるように聞こえるんですけど」

皮肉な口調で木崎が言う。

鋭い。そして、その通りだ。

こうなってみると、投稿者は生徒とは限らない。少なくとも図書準備室に入れた者全員に可能性がある。

茉莉は真っ赤になって黙ってしまった。かわいそうだが、〈墓穴を掘った〉というやつだ。己を正義だと信じて疑わぬ者ほど陥りやすい陥穽《かんせい》に、茉莉もまた知らずして落ち込んでいた。

「あんな馬鹿げたイタズラをするのは生徒に決まってるじゃないですか。木崎先生は、まさか我々の誰かがやったとでも言うんですか」

蒲原が怒りの形相で茉莉を擁護するが、逆効果でしかなかった。

「いえ、僕は別にそんなこと言ってませんよ。ただ生徒であるとは限らないという可能性を指摘したまでで」

木崎は小憎らしいまでに平然と返す。

「まあまあ、投稿者が誰かはともかく、作品集が関係していること自体、フェイクというか、目くらましである可能性もあるんじゃないですか。近頃はネットで読書感想文の代作を請け負う業者もいると聞きますし」

常に中立を保とうとする瓜生が割って入った。

それに対しても、別の教師から異論が投げかけられる。

「でも仮にそうだとすると、それこそ調べようがないじゃありませんか。我々がいくら会議したって無駄でしょう」

「それは……確かにその通りですが、だからと言って、学校として放置しておくわけにも……」

瓜生の声は尻つぼみに小さくなり、最後の方はほとんど聞き取れなかった。

どこまで行ってもきりがない。疲労が際限なく募るばかりだ。

「皆さん、お疲れのようですから、今日はこの辺にしておきましょう。明日の授業もあることですし」

場を締めたのは、それまで黙って聞いていた久茂校長であった。

「問題の作品集ですが、七二年度版以外のものもチェックしておく必要がありそうですね。それは、汐野先生にお任せしましょう。いいですね、汐野先生」

「分かりました」

それでなくても被告人席に座らされている気分だ。他に返答のしようはない。

汐野は職員室の隅に積まれた古本の山を見た。

今から自分一人であれを全部調べなければならないのか——


自宅マンションに帰り着いた頃には、すでに日付が変わっていた。

古い入選作品集の詰められた紙袋二つと、通勤に使っているバッグを投げ出すように玄関へ置く。念のため紙袋は二重にしてあったのだが、重さのあまり底が抜ける寸前だった。家まで保ってくれただけでも幸いだ。

持ち手の紐の痕が真っ赤に残る両手をさすりながら、汐野は洗面台へ直行する。古書の埃で汚れた顔を洗い、室内着のトレーナーに着替える。それからコンビニで買ってきた唐揚げ弁当とペットボトルの玄米茶をダイニングテーブルの右側に置き、左側には古新聞を敷いてその上に作品集を積み上げた。

北向き１ＬＤＫのマンションで、古いのと陽が入らないのとで家賃は相場よりかなり安い。本が多いため広めの部屋を探してここを見つけた。ゆえにリビングは書庫兼用で、本を満載したスチール書棚やカラーボックスで埋め尽くされている。日中は仕事で不在だから、北向きで暗いのは気にならない。冬場は寒いが、日光で本が変色するよりはましだった。それに部活を担当していればもちろん、していなくても教師は学校行事や地域の祭事などで土日も駆り出されることが多いのだ。

残る寝室にはベッドと仕事用の机を置いている。机の上は学校関係の書類やノートで乱雑に散らかっているため、作品集のチェックはダイニングテーブルで行なうしかなかった。

時間がないので弁当を食べながらチェックを開始する。古本の臭気を気にしている場合ではない。

発見されたのは『一九六一年度版』から『一九八八年度版』まで、七二年度版を除く二十七冊である。最初に六一年度版を取って表紙を開いてみる。駒鳥中の古い蔵書印が押してあった。学校で購入したものに間違いない。

次に目次を調べ、芥川龍之介の『羅生門』について書かれた感想文を探す。

全日本少年少女読書感想文コンクールは小学校低学年の部、中学年の部、高学年の部、中学校の部、高等学校の部に分かれている。さらには内閣総理大臣賞、文部大臣賞、全国読書推進協議会長賞、優秀賞、奨励賞などがあるが、そうした区分に関係なく丹念に調べる。ここで見落としてはなんにもならない。

『羅生門』について書かれた感想文は一作だけあった。題名は『下人の運命』。高等学校の部で、新潟県の高校一年男子の作品。全国読書推進協議会長賞を受賞している。

三枝子の作品のコピーを手許に置き、勢い込んで読み始めたが、文章の一致点はなく、テーマも着眼点も違っていた。

脂の粘つくような唐揚げを咀嚼《そしゃく》しながら目次に戻り、念のため芥川作品を採り上げた感想文を残らずリストアップする。『或阿呆の一生』『侏儒の言葉』、そして『蜘蛛の糸』の三作があった。いずれも同様にチェックしたが、三枝子のものとは一切類似していないと確信できた。

貧相な弁当を食べ終える頃には、汐野の手は埃で真っ黒に汚れていた。弁当のプラスチック容器と割り箸をコンビニのレジ袋に入れてゴミ箱に投げ入れ、流し台で手を洗う。

ペットボトルの茶を一口含んでから、再び古本の山に向かう。しかし昼間の疲れのせいか、強烈な眠気が襲ってきた。仕方なく買い置きのカフェイン入り栄養ドリンクを飲んだ。

中学校教諭の平均労働時間は週六十時間以上。労働基準法が原則としている週四十時間を大幅に超えている。一か月に換算すると、残業時間が過労死ラインと呼ばれる八十時間以上の教員が全体の六割にも上るという。

腹立たしいのは、これがあくまで〈平均〉であるという点だ。マスコミはいつでも平均値の統計で物事を報じる。彼らの貧弱な想像力では、それが真実をまるで捉えていないことに思いが及ばないらしい。平均はあくまで平均であって、楽をしている教師と、そうでない教師とが極端に分かれているにもかかわらず、すべて一緒くたに語られているのが我慢ならない。

どんなに学校の仕事があろうと、定時に平気で帰ってしまう教師も多い。その皺寄せは当然一部の教員にのしかかる。彼らが自発的に動くことによって、紙一重で維持されているのが現在の学校というシステムだ。しかもベテラン層の大量退職時代を迎えて、そのシステムも今や完全に破綻の時を迎えようとしている——

汐野は頭を振ってよけいな雑念を払いのけ、目の前の古本に集中する。日頃溜まった鬱憤が、睡魔と手を組んで襲ってきたらしい。

今はそんなことを考えている場合じゃない——

二十七冊の中で、『羅生門』を扱った感想文は全部で九作だった。その九作については一言一句照らし合わせるように確認する。やはり三枝子の作品との一致点は皆無であった。

すべての作業を終えたとき、時刻は午前五時に近かった。急いで浴室に入り、全身に付着した埃をシャワーで洗い流す。仮眠を取りたかったが、今眠れば寝過ごしてしまう危険が大きい。明日、いや今日の授業の用意もある。

結局汐野は、一睡もすることなく出勤せざるを得なかった。それでも学校に着いたのは、始業時刻ぎりぎりであった。

汐野の出勤を待ち構えていたのか、職員室にいた教頭が「おはよう」と早口で挨拶しながら近寄ってきた。

おはようございます、と挨拶を返す間もなく詰問された。

「それらしいのは見つかったかね」

具体的な目的語が省かれているが、意味は問い返すまでもない。

「いいえ。ありませんでした」

同時に周囲から囁き声が漏れ聞こえた。室内を見渡すと、大勢の教師達がこちらを見つめていた。

落胆の視線、憤怒の視線、それに憫笑《びんしょう》の視線が入り混じっている。中には悲観や同情の色を浮かべている者もいたが、なぜか声をかけてくる同僚はいなかった。

「確かかね」

「はい、間違いありません」

「君の『間違いない』は信用できんからね」

教頭の嫌みにかろうじて耐える。

「それは私の不徳の致すところですが、今回は徹夜で確認しましたので」

「全部かね。全作ちゃんと確認したのか」

「はい、他の芥川作品の感想文まで残らずチェックしました」

「すると、それ以外はチェックしとらんのか」

「えっ、そこまでは……でも、違う本からの盗作は考えにくいのでは……」

教頭もさすがに言いすぎたと思ったのだろう、

「分かった。私は校長先生にご報告してくる」

そう言い残して退室していった。

汐野はため息をついて自席へと向かう。

「汐野先生、覚悟しといた方がいいですよ」

ぽつりと小さな声がした。

茉莉であった。こちらに視線を合わせずノートを束ねている。

「どういうことですか、白石先生」

「教室に行けば分かります」

それだけ言って茉莉は立ち上がり、他の教師達同様に職員室を出ていった。どうやら忠告であるらしい。

「昨日のＬＩＮＥの内容、生徒だけでなく、保護者全体にまで広がっているみたいですよ」

後ろを通りかかった末松がさりげなく耳打ちしてくれた。

「それだけじゃなくて、古い作品集が図書室から見つかったことまで」

「なんだって」

驚いて末松に聞き返す。

「一体どうして――」

「さあ、昨日は我々みんな図書室の周辺で右往左往してましたからねえ。生徒の誰かがこっそり様子でも見てたんじゃないでしょうか」

もしそれが本当なら、事態を説明して理解を求めるのはいよいよ困難になる。

「ともかく今は生徒を抑えないと。僕も気が重いですよ」

末松もまた足早に立ち去った。

覚悟を決めて、汐野は出席簿だけを持って教室に向かった。

廊下を歩いているだけでも、学校全体の騒然とした気配が伝わってくる。振動する空気が、徹夜明けでささくれた神経を歯医者のドリルの如く激烈に穿《うが》つ。確かにそれは恐怖であった。教師達の視線の意味をようやく悟る。

教室の中は他のクラスと同じく大騒ぎの様子だった。外にまで漏れ聞こえるその中身は、やはり予期した通りのものだ。

意を決してドアを開ける。

その瞬間、生徒達が口を閉ざし、一斉にこちらを凝視した。

途轍もない圧迫感の中、汐野は内心を押し隠して教壇に立つ。「起立」の声は誰からも上がらない。

日直はどうした——そう叱ろうとしたとき、

「先生」

沈黙を破って、委員長の藤倉美月が立ち上がった。

「昨日、図書準備室で古い入選作品集が発見されたと聞きました。本当ですか」

「誰がそんなことを言ってるんだ」

「誰だっていいでしょう」

「よくはないよ」

「でも、社会の西《にし》先生は、情報源の秘匿は報道記者の鉄則だって言ってました。先生は私から情報提供者を聞き出して、罰でも与えようと考えてるんですか」

言葉に詰まる。学級委員長に選ばれるだけあって、美月は年齢以上に大人びてしっかりしている。気が強い上に正義感もまた強い。

内申を持ち出せば、中学生は教師の言いなりになる——教師がそう考えていることを、生徒の方が見透かしている。それが中学校の現実だ。

「『誰から訊いたのか』なんて、そう言ってるとしか思えません」

美月が畳みかけてくる。成績は上の下といったところだが、本当の意味で頭の切れる生徒だ。

「それを訊いたのは、みだりに噂を振りまくのはよくないと――」

「今一番大事なのは、その噂の真偽だと思います。先生は、藪内さんがどんな立場に置かれているか、どんな気持ちでいるか、分からないとでも言うんですか」

三枝子を引き合いに出してきた。頭のいい戦法だ。美月と三枝子は、仲がいいと言うほどの関係ではなかったはずだ。しかし委員長として級友を案ずる態度を取ることによって、自らに正当性と大義のあることを示している。まったく心憎いばかりである。

当の三枝子は、例によって俯いたまま表情を見せない。

「分からないはずがあるか。藪内の感想文を指導したのは先生なんだぞ」

「だったら、本当のことを教えてくれてもいいじゃないですか」

生徒達は沈黙したまま、じっとやり取りを見守っている。いつものように、混ぜっ返したり野次を飛ばしたりする者もいない。それだけに汐野は深刻な危機を感じた。

「分かった。とにかく座れ」

美月を着席させて数秒の時間を稼ぐ。考えるための時間を。

本来ならば教員の間で方針を決めてから教室に臨むべきだった。クラスによって教師が違うことを言っていると、後で生徒の間に不信感を募らせることになるからだ。

もはや躊躇《ちゅうちょ》していられる状況ではなかった。

「古い作品集が発見されたというのは本当だ。廃棄処分されるはずのものが偶然残っていた」

生徒達の間に大きなざわめきが広がる。

それを抑えようと、汐野は声を張り上げた。

「しかし、七二年度版だけは抜けていた。図書準備室にはなかったんだ」

全体が一瞬にして静まり返る。

「最初からなかったんですか。それとも誰かが勝手に持ち出したんですか」

副委員長の山形匠《やまがたたくみ》が着席したまま質問を発した。

「それは分からない。先生達はみんな、図書準備室にそんな本があるなんて知らなかったくらいだ」

「じゃあ、昨日のＬＩＮＥが本当かどうか、調べようがないってことですか」

匠に向かって大きく頷いてみせる。

「そうなんだ。みんなを不安にさせたかもしれないが、それですぐに返答できなかったんだ」

もっともらしい言い方ができた。心の中でほんの少し安堵する。

「この件については、先生達が責任を持って対処するし、調べられることはできるだけ調べもする。その結果についても、君達にきちんと報告するつもりだ。だからもうしばらく先生を信じて待ってほしい」

納得しかねるといった視線で美月がこちらを見つめている。

同時に生徒達が互いに囁き交わす。

本当かな――どうだろう――だって、肝心の本がないんだし――それが先生達の嘘かもしれないじゃない――あっ、そうか――

不快なノイズを遮るように、汐野は声を張り上げた。

「では出席を取るぞ」

三枝子の表情は最後まで分からぬままだった。

その日の放課後、久茂校長以下、全学年の教師が職員室に集まって緊急職員会議が開かれた。

まず最初に、各学年の生徒指導担当から生徒達の動揺が報告された。

「三年生のクラスは想像以上に深刻な状況に陥っています。こんな大事な時期に、今の状況を放置していれば受験勉強に影響が出るのは避けられません」

三年生の生徒指導担当を務める五木新輔《いつきしんすけ》が悲痛とも取れる切実な声を上げた。

まさに五木の訴える通りである。すべての教員が今さらながらに事態の重大性を再認識する。

安宅教頭がツヤ子の話に基づく図書準備室での一連の経緯を改めて説明し終えたとき、一年生の学年主任で、書道部の顧問でもある塙塔一郎《はなわとういちろう》が首を傾げながら発言した。

「繰り返しになって恐縮ですが、昨日ＬＩＮＥに投稿した何者かは、七二年度版が抜けていると知ってたことになりますよね」

「それはどうでしょうか。偶然だってこともありますし」

首を捻《ひね》る五木に対し、塙は続けた。

「確かにあり得ますが、七二年度版だと特定している以上、偶然というのは考えにくいんじゃないでしょうか」

「塙先生の言う通りだ」

教頭が首肯する。

「となると、犯人、いや何者かは、発見された古い作品集が図書準備室に放置されているのをやはり知っていたということになりますな」

「その通りです。あってはならないことですが図書準備室は事実上、誰でも入れる状態にあった。生徒であろうと教職員であろうとです。つまり、ＬＩＮＥに書き込みを行なったのが誰であるのかを特定するのは困難だということです」

塙の論理は明快であった。

「また逆に、こうも言えます。書き込みを行なった人物は、図書準備室に置かれていた作品集の中に、七二年度版があったかなかったかを知っている。もし最初からなかった場合、盗作であるというのは単なるデマだ。逆に七二年度版が存在していて、誰かがそれを持ち去ったのだとしたら、盗作である可能性を否定できなくなります」

汐野は密かに瞠目《どうもく》した。

塙は汐野と同じくらいの年齢で、一年生の学年主任に抜擢されただけあって仕事はできる。しかし普段はどこか茫洋《ぼうよう》として何を考えているのか計りかねるところがあって、これまで汐野は彼とは距離を置いていた。なんとなく肌が合わないという直感もあった。

その薄ぼんやりとした風貌から、そこそこ有能ではあるがそれだけの人物と見なしていたのだが、これからはもっと用心して接すべきかもしれない。なんと言っても、汐野には秘めたる野心があるのだ。それを見抜かれるのは極めてまずい。

「そしてここが一番肝要なのですが、仮に後者で、しかも盗作が事実であるとした場合、少なくとも藪内三枝子もそれを発見していることになる。そうでないと、盗作なんかできませんからね」

「すると、持ち去ったのは藪内さんだとでもおっしゃるんですか」

茉莉が塙に質問を放つ。

「ええ、その可能性もあります。自宅に持ち帰ったか、あるいは校内のどこかで読んだか。その上で盗作の誘惑に負けてしまった。『羅生門』の感想文をコピーもしくは模倣した後で図書準備室に戻したか、どこか別の場所に隠した。LINEに書き込んだ人物は、それを知っていたということになりますね。しかし藪内三枝子が七二年度版を図書準備室に戻した可能性は、まずないと言っていいでしょう。なぜなら、七二年度版が発見されて一番困るのは藪内三枝子だからです。むしろ、すでに処分した可能性の方が高い。いずれにしても、投稿者は彼女の行動をすべて把握していたわけです」

「やめて下さい」

たまりかねたように茉莉は塙を睨《ね》め付けた。

「何もかも仮定の話じゃないですか。この段階で藪内さんが盗作したのが事実であるかのように話すのは控えるべきだと思います」

「あっ、いえ、決してそんなつもりじゃ……すみません、つい調子に乗ってしまって」

舞台俳優の如く滔々《とうとう》と語っていた塙は、傍目《はため》にもかわいそうなくらい狼狽し俯いてしまった。

茉莉のような気の強いタイプがどうにも苦手なようである。

「待って。今の場合、塙先生の推論はとても論理的なものだと思いますわ」

割って入ったのは清子であった。他の何人かもその意見に頷いている。

「生徒を思いやる白石先生のお気持ちは分かりますが、盗作はあり得ないとする汐野先生の根拠が崩れてしまった以上、塙先生の指摘は当を得ていると言ってもいいんじゃないでしょうか」

汐野は周囲の冷たい視線が再び己に向けられるのを感じた。意図したものではないだろうが、清子の言動は常に自分を責めているように思われてならない。

「まあ、どっちにしたって、何も分からないってことに変わりはありませんけどね」

木崎が身も蓋もないことを口にする。

一同の徒労感が倍増した。だが彼の言う通り、これ以上いくら話したところで埒《らち》が明かないのは確かであった。なにしろ具体的な証拠は一つもないのだ。

校長は詮方ないといった表情で従前の方針の維持を伝える。会議は終わった。

6

土曜日、汐野は学校の仕事を終えてから沙妃の実家を訪れた。沙妃と会うためではない。沙妃の父である浜田議員に呼び出されたのだ。

「厄介なことになっとるようだな」

応接室で待っていた浜田は、汐野の顔を見るなり苦々しげに漏らした。

「盗作の話は娘から聞いている。汐野君、君は事の重大性が分かっているのか」

浜田の詰問に、汐野は答えるすべを持たなかった。職員室でしているような、通り一遍の説明で済ませられる相手ではない。一つ間違えば政界への出馬どころか、結婚そのものが泡と消えるのだ。

横に座った沙妃も、無言でこちらの様子を窺っている。

「教育長には私から話した」

「えっ」

うなだれていた汐野は顔を上げて浜田を見る。

「今頃何を驚いとるんだね」

まるで嘲笑するかのような浜田の口振りだった。

「それは、事実関係がはっきりしてからの方がよいのではと」

「何を悠長なことを言ってるんだ、君は」

返す言葉もない。野駒市教育委員会の藪内雄三《ゆうぞう》教育長こそ、浜田の息のかかった有力者であり、汐野の引き立てを約束してくれている人物であるからだ。

そして何より、他ならぬ藪内三枝子の父でもあった。

「それで教育長はなんと……」

「頭を抱えとったよ。娘の読書感想文が県のコンクールにまで進んで喜んどったのが、一転して盗作疑惑だからな。幸い県の方ではまだ把握しとらんようだし、噂を伝えに来る者があっても自分のところで止めているそうだ。しかしまあ、教育長としては生きた心地もないといったところかな」

「お嬢さんに直接お訊きになられたとかは」

「もちろん真っ先に訊いたらしい。娘さんは『やってない』の一点張りだそうだ。ただでさえ難しい年頃だから、それ以上はどうにもならんと言っとったな」

教育委員会の教育長であっても、世間一般の親と同じく、思春期の娘には手を焼かされるものと見える。

浜田自身も困り果てているようだ。

「せっかく君がうまいことお嬢さんの感想文を代表に押し込んでくれたというのに、これでは逆効果どころか、とんだ時限爆弾を押し付けられたようなもんだ」

「お言葉ですが、僕は三枝子さんの作品が優れていると思ったからこそ学校の代表にしたのであって、教育長のお嬢さんだから推薦したわけでは——」

「馬鹿、そんなことはどうだっていい」

浜田に一喝されてしまった。

沙妃も呆れたようにこちらを見ている。

「いいか汐野君、この件はうまく処理してくれよ。万が一にも盗作ということになれば、藪内さんの辞任は避けられん。もはや事実がどうであったとしても、盗作とは絶対に認めるわけにはいかん」

「しかし、本当に盗作であった場合、隠蔽《いんぺい》は難しいのでは」

「それをうまく処理しろと言ってるんだ」

「はあ……」

具体案など一切ないまま、浜田は無茶な要求を繰り出した。

「処理の仕方を誤れば藪内さんの協力は難しくなる。つまり、君を引き上げることができなくなるということだ」

「はい、よく分かっております」

汐野はただひたすらに低頭するしかなかった。

その後一時間あまりも浜田の叱責を受け続けた。まるで先生に叱られる小学生のようだと内心で自嘲する。

辞去する際、沙妃は玄関先まで見送りに来てくれたが、いつものように駅まで同行しようとはしなかった。

「お父さんにはあたしからうまく言っとくから、あなたはお仕事に専念して、ね？」

そんなことを口にしていたが、汐野には単なる言いわけにしか聞こえなかった。

「ああ、分かってるよ」

「頑張ってね。あたし達の将来がかかってるんだから」

分かっている。嫌と言うほど。

屈辱と危機感とを嚙み締めて、汐野は浜田家を後にした。


自宅マンションに戻り、休む間もなく机に向かう。作成すべき授業用の資料や課題が山積みになっているのだ。土日の大半を費やしてそれらを片づけねばならない。それでも土日があるだけ、運動部の顧問に比べるとはるかに恵まれていると言えた。

学生の頃から使っている万年筆を手に取って仕事にかかったが、どうにも集中できず、十分あまりで投げ出してしまった。

背もたれに体を預け、染みの浮き出た低い天井を仰ぐ。

頭をよぎるのは例の問題に関することばかりだ。それと、浜田に対する異論と憤懣。「うまくやれ」と命令するのは簡単だが、一体どうやればいいのか。

なんとしてでも解決策を見出さねば——

再び机に向かった汐野は、万年筆を握り直して新しいレポート用紙にいくつかの項目を箇条書きにしていった。

一、盗作か否かをはっきりさせる。それが分からないと対策の立てようがない。
二、ＬＩＮＥの投稿者が何者かを突き止める。その動機は一体何か。
三、藪内三枝子周辺の人間関係を調べる。彼女を恨んでいた者はいないか。
四、保護者である藪内教育長に対する嫌がらせという可能性は。

そこまで書いて、愕然となり万年筆を放り出す。

三枝子の父親に対する嫌がらせ——

自分で書いておきながら、おぞましさに鳥肌が立つ。地元の名士である藪内は県の政財界に多大な影響力を有している。県会議員との親交も深く、ことに浜田とは気脈を通じた仲である。もしそうだとすると、事は自分の手に負えるものではない。

耐え難くなってレポート用紙を握り潰す。

考えすぎだ。第一、盗作でないことさえはっきりすれば、すべては問題なく解決するではないか。

だが、それにしても。

妄念は果てしのない堂々巡りを繰り返す。

自分がどうしてこんなことに頭を使わねばならないのか。それでなくても学校の仕事が溜まっているというのに――

そうだ、そもそも教師の仕事が人間の限度をはるかに超えて過酷すぎるから悪いのだ。

いや、そもそも自分はどうして教師になどなってしまったのか。

なりたかったわけでは決してない。これまで子供の教育に関心を持ったことなど一度たりともなかったはずだ。単に就職できなかったときの保険として、大学で教職課程の単位を含む授業を選択していただけだ。それでも当時は、単なる滑り止めで、自分が本当に教師になるなどとは夢にも思っていなかった。

なのに折からの就職氷河期で、地方の国立大学生は新卒であっても希望するような企業には入れなかった。もっとも汐野は、花形の有名企業や大企業に入りたかったわけではない。

志望はあくまで小説家だ。

学生時代にデビューできれば最高だった。入学当初、大学の文学サークルを覗いてみたりもしたが、すぐにやめた。サークルのメンバーは、日がな一日幼稚な議論――それも議論のための議論だ――を戦わせているばかりで、建設的なことは何もしない。そのくせ、あわよくば作家になろうなどと夢見ている。

自分だけは違う。こんな連中とは根本的に異なっている。

そう信じてひたすらに本を読み、短篇を執筆しては各文芸誌の主催する新人賞に応募を繰り返した。大半は三次選考にも残らなかった。肥大した自尊心が傷つかなかったと言えば嘘になるが、逆にそれくらいハードルが高くなければ作家のありがたみもないと自らに言い聞かせた。

そのうち二次選考に残るようになり、名前が誌面に載った。もちろんペンネームである。作家とはそれらしい筆名を持つものだと思い込んでいたからだ。

ついに短篇が「文芸潮流」に掲載された。受賞作ではなかったが、誌面の都合か何かで、佳作か奨励作の名目で載ったのだ。限りなくお情けに近い扱いであったが、それでも作者である汐野には嬉しかった。

――凄いですね、汐野さん。

そう言ってくれたのは、ゼミの後輩である末松ただ一人であった。もっとも、筆名や投稿のことを話していたのが末松だけであったから当然だ。

掲載を機に、前から欲しかった万年筆を買った。執筆はパソコンだが、愛用の万年筆を常時揃えているのが作家であると、筆名と同じく思い込んでいた。

ともかくこれで俺に実力があると証明された――そう意気込んだものである。

だが、それきりだった。いくら待っても、出版社や編集者からの電話がかかってくるわけでもない。ましてや担当が付くわけでもない。以前と同じ、投稿に精を出す日々がひたすら続くだけだった。

気がつくと卒業の時を迎え、汐野は国語教師の職に就いた。

なあに、一時的な腰掛けだ――本気でそう思っていた。

構うものか、俺は作家になるのだから――

昼間は職務として学校に勤め、夜は執筆に当てて一日も早い正式な作家デビューを目指すのだ。

しかし中学校の現実を知り、愕然とした。執筆どころではない。昼も夜も、早朝も真夜中も、仕事に追われる毎日だった。

それでも最初の一学期はなんとか耐えられた。

こうなったら夏休みに集中して執筆するしかない――そう考えて激務に耐えた。

甘かった。この上なく甘かった。

夏休みの教師は、学期内と同様に多忙であった。部活もあれば研修もある。休み中の生活指導や地域の見回りもある。必然的に頻繁な登校を余儀なくされる。ことに新任教師は、ベテランが嫌がる面倒な部活の顧問を押し付けられることが多かった。汐野の場合は、ただ若いからというだけの理由で野外活動部とハンドボール部の顧問を任された。

野外活動部は文字通りキャンプやハイキングを行なう部活で、土日や連休を利用して野山に出かける。そのために他の運動部同様、普段から放課後に体力増進のトレーニングを行なっている。またテントやガスコンロといった装備の使い方や手入れの仕方も学ばねばならない。ザックやウエア、ウォーキングシューズなどの個人装備は自費購入だ。夏休みの合宿は言わばハイライトであり、三日前後のキャンプのために、ミーティングを繰り返してはプランを練り、その上で学校の承認を受ける。

汐野にとっては、平日の放課後だけでなく、貴重な夏休みを潰される憎むべき試練でしかなかった。

ハンドボールもそれに劣らず難物で、まったくの未経験であるからルールを覚えるだけでもかなりの時間を費やさざるを得なかった。

いずれの部活も、生徒の安全確認や練習の見守りなど、気を抜ける瞬間はないに等しい。何かあれば、理由の如何にかかわらず教師の責任にされるのだ。

汐野の勤務態度が投げやりなものとなるのにそう時間はかからなかった。生徒は教師のやる気のなさを敏感に察知する。そしてそれは、たちどころに保護者に伝わる。

最初の学校は五年で異動になった。いずれも評判は最悪に近かったのではないかと思う。

作家への夢も無惨に萎《しお》れ、最後の年は無機的に雑務をこなすだけの日々が続いた。心象としては家畜の世話をしているのとなんら変わるところはなく、感性が刻々と鈍麻していくのを時折思い出したように自覚するのみだった。

そんな頃、汐野は沙妃と出会った。そして予想もしていなかった転機が訪れた。

折から駒鳥中学へ転任となった汐野は、生まれ変わったかの如く熱心に教師の職務に取り組んだ。

希望した通り、文芸部の顧問に任じられたのも幸いした。時間を奪われるのは同じだが、体力や筋力を使う運動部に比べると負担は小さい。何より、活動の内容に興味が持てた。文学は自分本来の道でもあるからだ。読書指導に力を入れている駒鳥中では、授業に熱を持って取り組めた。

一方で、意識して「理想的な教師」をひたすらに演じる。「かつては文学志望でしたが、今は教育こそ天職と感じます」と。

そうした態度から、駒鳥中で汐野は生徒や保護者から良い先生だとの評判を得た。それは汐野の、また沙妃と浜田の狙い通りでもあった。ＳＮＳの発達したこの時代に、前任校での悪評が伝わらなかったのは僥倖《ぎょうこう》だった。

ここでしくじるわけにはいかない――

そう呟いて、万年筆を握り直す。

この難局を乗り切るために、どんな手を打てばいいのか。

レポート用紙に思いつきを書き出しては斜線で消す。何度も執拗に繰り返す。

冷気の染み入る深夜の自室で、汐野は黙々と机に向かい続けた。

7

週明けの月曜も、学校は見えない影のようなものに包まれたままだった。

だが長らく工事中であった体育館が、来週末にはようやく完成するとあって、校長や教頭達は業者や役所の担当者との打ち合わせ、立ち会い等に忙殺されている。盗作疑惑の件は、必然的に汐野が任される形となった。解決して当たり前、できなければ責任をすべて負わされるという、割に合わないどころかのっぴきならない立場である。

それでも汐野にとっては、この不本意極まりない現在の境遇から抜け出すために、なんとしてもやり遂げねばならぬ任務であった。

生徒も教師も、双方が互いに落ち着かぬまま一日の授業をなんとか終え、汐野は校舎西側にある文芸部の部室に向かった。左右を書道部室と手芸部室に挟まれた、インドア系部活御用達のような場所だ。

部員達には、あらかじめ部室に集合するように伝えてある。

現在、文芸部には三年生一名、二年生五名、一年生二名の総勢八名が所属している。通常、三年生は受験勉強のため夏休み前に引退するが、ただ一人、中路哲平《なかじてっぺい》のみ今も酔狂に顔を出していた。

「大体揃ってるな」

部室に入った汐野は、緊張の面持ちで待っていた七人を見渡して言った。こんな騒ぎの最中に呼び出されたのだから、彼らが身を硬くしているのも当然である。

「君達も予期していただろうとは思うが、集まってもらったのはほかでもない、今回のイタズラについてだ」

「事件」「犯行」といった言葉を慎重に避ける。

「先生はあたし達の中に犯人がいるって言うんですか」

真っ先に反応したのは二年生の佐川咲良《さがわさくら》だ。

「違うよ」

イタズラを行なったのが生徒だと決まったわけじゃない――そう続けようとして思いとどまった。生徒でないとすれば次に考えられるのは教師である。教師に対する疑念を生徒に示唆するのはまずい。

「今、君達の仲間である藪内が大変つらい立場に置かれている。先生は何よりも藪内の潔白を証明したいと思っているんだ。そこで君達に協力を頼みたい。いいかな」

ある者は力強く、またある者は不安そうな面持ちで、それぞれが「はい」と返答した。

危険な賭けであった。LINEへの書き込みの実行者が文芸部員である可能性は皆無ではない。もしこの中に実行者がいた場合、こちらの手の内を見せてしまうことになる。だが、それはそれで、実行者のリアクションを引き出す契機になるのではと判断した。

三枝子本人は今度の騒ぎが発生して以来、放課後は直帰することが多く、部室にはほとんど来なくなった。今日は数日ぶりに顔を見せていたらしいが、少し前に帰ったという。

汐野は大きく頷いてみせ、

「君達は夏休みを通して、藪内と一緒に図書室で感想文を書いていた。先生が一緒に考えるときもあった。そのとき、藪内に何か変わった様子はなかったかな」

部員達は互いに顔を見合わせている。思い当たる節はないようだ。二人きりの一年生である広《ひろ》野果穂《のかほ》と池辺由乃《いけべゆの》も、小首を傾げて黙っている。

「どんなことでもいい。先生がいないとき、もしくはいても気づかないようなことはなかったかな」

「さあ、藪内は一年のときからすごく真面目に本を読んでて、夏休みもいつもみたいに真剣に感想文書いたし、変わったことなんて特に……なあ？」

二年生で部長を務める芦屋将人《あしやまさと》が、首を捻るようにしながら皆に同意を求める。全員が一斉に頷いた。

「そうか。ひょっとしたら、先生にはなかなか言えないことでも、同じ部員の君達になら何か相談をしたかもしれないと思ったんだが」

「少なくとも、感想文に関することならむしろ逆だと思いますよ」

哲平がどことなく皮肉な口調で言った。

その言い方に引っかかりを覚えて聞き返す。

「逆って、どういうことだ」

「先生は藪内さんに付きっきりだったってことですよ」

「それは、藪内が誰よりも熱心に質問したりしてきたから……」

「僕らからしたら、彼女が優遇されてるようにしか見えませんでした。そりゃ藪内は文芸部でもダントツの読書家ですけど、あれだったら学校代表になったり市の代表になったりするのも当然だって、みんなして話してたくらいです。だから、藪内の感想文については僕らなんかより先生の方がよく知ってるはずですよ」

部長の将人も口を揃える。

「その様子を間近で見てたから、あれが盗作だなんて、僕達は最初から信じてませんでした。それだけは確かです」

返す言葉がないとはこのことだった。

自分としては学校の目的に沿うよう適切な指導を行なったつもりであったのだが、生徒全員に公平であったとはとても言えない。

気がつけば全員がこちらを見つめている。これまで見たこともないような――いや、単に気づかなかっただけかもしれない――冷ややかな視線だ。

今日まで文芸部の顧問として、自分は生徒達に尊敬されているとは言わないまでも、信頼されていると思い込んでいた。だがそれは、文字通りの思い込みでしかなかったのだ。

　本来文芸部は、小説や読書について気軽に語り合える部活であったはずである。しかし駒鳥中は、それでなくても生徒に競って読書感想文を書かせている学校だ。ことに汐野が顧問を務める文芸部員には、意識的か無意識的かを問わず、さまざまなプレッシャーがかかっていたことだろう。部員達もそれを自覚して日夜励んできたことは想像に難くない。

　こうなると、文芸部員は信用できないどころか、最も疑わしい存在に思えてくる。彼らは三枝子が顧問に贔屓されていると見なし、密かに嫉妬心を抱いていた可能性があるからだ。

　もしかしたら彼らは、三枝子が教育長の娘だから汐野が感想文を念入りに指導して入選レベルに持っていったとさえ思っているのかもしれなかった。

　疑い出すときりがない。自分にとって、校内では比較的居心地のいい場所であったはずの文芸部室が、歌舞伎で言う戸板返しのように一転して針の筵《むしろ》と化してしまった。

　部員達の視線が痛い。まさに針の如く全身に突き刺さる。

　早く――早く何か言わなければ――

「あ、そうだ」

　不意に咲良が声を上げた。

「いつだったか、正確には覚えてないけど、夏休みだったのは確かです」

「何か思い出したのか、佐川」

　思いがけず救いを得たような気持ちで咲良に向き直る。

「はい、藪内さんと図書室から帰る途中、高瀬《たかせ》さんとすれ違ったことがあったんです」

「高瀬って、二年一組の高瀬凛奈《りんな》か」

「そうです。そのとき、高瀬さんが藪内さんの方をちらっと見て……ほんの一瞬だったたんですけど、藪内さん、なんだかとても変だったたんです」

「変って、どんなふうに」

「なんて言うか、怒ってるような、それでいて、どこか嗤《わら》ってるような……よく分かりません、なにしろ一瞬のことだったし……でも、高瀬さんと藪内さんて、互いに話したこともないように思ってたから、凄く印象に残ったんです。その日は別れるまで、話しかけても『ええ』とか『うん』とか言うばかりで、あんまり答えてくれなくなって……その後は別に変わったところもなかったから、今まで忘れてたんですけど」

高瀬凛奈は演劇部の部長を務める生徒で、上級生を差し置いて一年生にして文化祭で主役を演じ、一躍名を馳せた校内の有名人である。人目を惹く生来の華やかさに加え、利発さ、聡明さを併せ持つ。

「それが今度のことに何か関係あるのかなあ」

将人の疑問に対し、咲良本人も自信なさそうに、

「さあ、どうかな、あたし、思い出したから言ってみただけだし」

「でも今の話、高瀬が犯人だって言いたいわけ？」

「違うよ。だって、それだけじゃ高瀬さんが藪内さんに言いがかりを付ける理由にもならないじゃない」

将人と咲良のやり取りに、哲平も大仰に腕組みをする。

「確かに、演劇部のスターと藪内とじゃ、なんの接点もないよなあ」

いや、接点はあるのだ――

汐野は早まる動悸を懸命に押し隠す。

三枝子と凜奈との間に接点はある。しかも、自分だけが知る接点が。

演劇部の活動に明け暮れているだけあって、凜奈の成績は学年の平均程度である。しかし普段から芝居の台本や戯曲集を読んでいるせいか、文章力があり、国語の成績だけが突出して良い。その上、役に入り込む訓練を続けているため、登場人物の感情や心理を把握する能力に長《た》けている。その特質は読書感想文にも如実に反映されていた。

一年生の頃はまだそれほど目立ったものではなかったのだが、今年度に入ってからは伸長著しく、夏休み明けに提出された読書感想文は、三枝子の作品と甲乙付け難い完成度を持っていた。

実は汐野は、夏休み中に一度、凜奈から執筆中の感想文について意見を求められたことがある。自由図書で志賀直哉の『暗夜行路』を選んでいた。まだ草稿の段階であったが、その出来に感嘆した汐野は、いくつかの助言を与えるとともに大いに励ましたのだった。

二学期になって提出された完成作品を前に、汐野はしばし考え込んだ。

全校の代表として、三枝子の作品を採るか、凜奈の作品を採るか。

熟考の末、三枝子の作品を選んだ。人間心理への踏み込み方が、三枝子の方がわずかに優《まさ》っていると感じたからだ。その判断には自信があるし、現に市の選抜大会で入選した。

しかし――

手塩にかけて指導した成果に執着はなかったと言い切れるか。三枝子が藪内教育長の娘であることが一度も頭をよぎらなかったと言い切れるか。

「汐野先生」

咲良の声に我に返った。

「あの、今の話、役に立ちそうですか」

「そうだなあ、現時点ではあんまり関係なさそうだね」

「そうですか」

がっかりしている咲良と、周囲の部員達に、平静を装って声をかける。

「しかし、高瀬にあらぬ疑いをかけるようなことになってはいけない。みんな、事の次第が明らかになるまでは、今の話は誰にも口外しないように。分かったね」

「はい」

全員が同意するのを確認し、汐野は一人文芸部室を後にした。

廊下を歩きながら、記憶の底を必死にまさぐる——三枝子に、あるいは凜奈に、それぞれ相手の感想文について話さなかったかどうか。

大丈夫だ、話していない。心の中で確認する。それでなくても競い合って感想文を書いている生徒に、他の生徒の作品についての評価など漏らすわけがない。指導する上での基本であるから、うっかり口を滑らせたということもないはずだ。

そもそも駒鳥中では提出された感想文の厳密な順位など決めていない。しかし各学年の優秀作品を数編ずつ選び、『生徒作品集』という形で小冊子を作成し全校生徒に配布している。国語担当の各教師が、授業で使用するためだ。その中には当然三枝子の作品も、また凜奈の作品も掲載されている。

つまり生徒達は――そして教師と保護者達は――両者の感想文を読んでいるのだ。ぱらぱらと流し読みしただけの者も大勢いるだろう。他の国語教師がどういう指導をしたのか、汐野も完全に把握しているわけではない。それでも中には、二人の作品をじっくりと比較検討し、甲乙付け難い、いや、凜奈の作品の方が明白に優れていると感じた者もいるに違いない。

だとしても問題はないはずだ――

およそ読書感想文の評価には、「発達段階にふさわしい選書であるか」「感想が素直に表現されているか」などといった教育的観点が入ってくる。そうした点について他の国語担当教師の意見を聞きながら、三枝子の作品の方が優れていると自分が判断した。そこに批判される余地などない。

安堵の息を吐いた汐野は、しかしある可能性に気づいて足を止めた。

凜奈に意見を求められたのは、確か図書室で仕事をしているときだった。文芸部室にはエアコンがないため、夏休み中は文芸部員の指導を図書室で行なうことが多かった。

あのときは文芸部員も帰った後で、他の生徒もおらず、そのまま一人で仕事を続けていた。

――汐野先生。

そう呼びかけられて顔を上げると、入口近くに高瀬凜奈が立っていた。

――なんだ、高瀬か。

――あの、ちょっといいですか。

――いいけど、どうした。

――広野に今日文芸部の指導があるって聞いて。

一年生の広野果穂は、演劇部と文芸部を掛け持ちしている唯一の生徒である。

――それで、あたしも先生に見てもらおうと思って、感想文、持ってきたんです。こんなのでいいのか、自分でも気になってて。

――なかなか熱心じゃないか。よし、見てやろう。

凜奈はバッグから原稿用紙を取り出した。

――まだ書きかけで恥ずかしいんですけど。

本人の言う通り、原稿用紙の枠外には走り書きのメモが数多く記されていた。

――ほう、『暗夜行路』を選んだのか。

早速目を通す。一読、感嘆した。

――こりゃあよく書けてる。文章がとてもいいし、作品と真摯《しんし》に向き合っているのが端々から感じられる。今年の全校代表レベルじゃないか。

――ほんとですか。

喜色を表わす凜奈に、

――ああ、本当だ。ただし、何点か弱いところもある。例えば、ここだ。自分でも気がついてるみたいだけど、主人公の時任謙作が大山に登って救いを得るクライマックス。その解釈が、どうもありきたりっていうか、型通りに過ぎるんだ。

——あっ、やっぱり。あたしもそう思ってたんですよね。

凜奈が顔を寄せるようにして、自分の原稿を覗き込む。長く柔らかな髪が汐野の頬に触れた。校内でも知られた美少女だ。胸が波立たなかったと言えば嘘になる。

——どうすればいいんでしょうか、先生。

——それはだな、君ならではの視点で解釈することだよ。

動揺を悟られぬよう留意して答えた。

——もっと具体的にお願いします。

——間違っていてもいいから、感じたままに書くことだよ。君ならきっとできる。

——つまり、お芝居の役作りと同じってことですか。

——うん、その通りだ。いいたとえだな。そうそう、役作りの際の解釈だ。

懸命に思い返す。そんなやり取りをしながらいくつかのアドバイスを行なった。それだけだ。他の生徒の感想文について言及したりはしなかった。

その後は夏休みが終わるまで凜奈とは顔を合わせることさえなかったし、感想文の進み具合についても知らなかった。凜奈が感想文の指導を求めてくることは二度となかったからだ。

だからこそ提出された凜奈の感想文を読んだとき、予想をはるかに上回る出来に改めて驚いたのだ。凜奈は恐るべき洞察力を発揮して自分の助言をうまく採り入れ、『暗夜行路』という、中学生にしてはだいぶ大人びているが、ある意味定番の作品に独創的なアプローチを試みていた。

あのとき図書室には、確かに自分達二人しかいなかった。

そして、自分が凜奈の作品を三枝子の作品と同等に評価していたことは誰も知らない。ただ一人、凜奈本人を除いて。

［今年の全校代表レベルじゃないか］

迂闊なことを言ったものだ。

中学生ながら観察力に優れた凜奈ならば、自分が本心からその言葉を発していたことくらい容易に見抜いたであろう。

しかし咲良の話からすると、三枝子の方が凜奈を意識していたように取れる。

もし仮にそうだとすれば、三枝子はどうして凜奈を意識するに至ったのか。

考えられる仮説としては——凜奈が自ら三枝子に告げたのだ、「あたしの作品は全校代表レベルなの」と。

いや、凜奈本人が直接言わずとも、誰かに漏らした言葉が間接的に三枝子に伝わった可能性もあるではないか。例えば、果穂のような共通の知人を通して。

もっと考えれば、三枝子の知人である必要もない。凜奈に憧れる取り巻きは大勢いる。そのうちの一人が凜奈から話を聞き、我が事のように三枝子の前で自慢したということもあり得る。

汐野はハンカチを取り出して顔の汗を拭い、再び歩き出した。いつまでも廊下に突っ立っていては不審に思われるだけだ。

歩きながら考える。汗がシャツを伝わって滴り落ちる。

何もかも想像でしかない。だが想像の通りであるとすれば、三枝子の作品が代表に選ばれたのを、誰よりも嫉んでいたのは凜奈ということになる。

片や演劇部のスターで、片や文芸部の地味な生徒だ。日頃から取り巻きに囲まれている凜奈が納得できなかったとしても不思議ではない。

いや待て――

果たして凜奈はそんな性格だったろうか。担任ではないので断言はできないが、どうも違うような気がする。

主に一年生の女子生徒から成る熱狂的な取り巻きがいるのは事実だが、それは彼女達が一方的に慕っているのであって、凜奈自身が能動的に組織したわけではない。凜奈は誰に対してもおおらかに接しており、特定の集団に君臨しているというようなことはなかった。むしろ当人は、どちらかと言うと何事に対しても冷めた視線を持ってはいないか。優れた観察者としての俳優に特有の視線だ。

凜奈本人ではなく、取り巻きの誰かだとすればどうだ。敬愛する凜奈を差し置いて三枝子の作品が校内代表に選ばれた、許せない――そんな義憤に駆られた生徒の一人だ。

いずれにしても、きっかけは自分の一言ということになる。決して不用意とは言い切れない、指導の上でのなにげない言葉であったはずが、こうなってみると悔やまれてならなかった。

［全校代表レベル］とは言ったけれども、［全校代表］とは言っていない。しかし教頭や清子達は、ここぞとばかりに突っ込んでくるだろう。それでなくても校長にマイナス評価を下されるだけでアウトなのだ。

いくら考えても仕方がない――

とにかく、凜奈に訊いてみなければ。「感想文を自分が指導したことについて、誰かに話さなかったか」と。

その質問は、これまで以上に慎重に行なう必要がある。自分が凜奈を疑っていると本人に気取られるようなことは絶対にあってはならない。また生徒と教師の区別なく、他者に知られるのもまずい。

これ以上はないくらい、極めて難易度の高い聴取であった。

職員室に戻ろうとしていた汐野は、踵を返して演劇部の部室に向かった。部室同士が近いため、文芸部員に出くわす危険があったが、やむを得ない。どうせ演劇部と掛け持ちしている果穂のような生徒がいるのだ。

「やあ、邪魔するよ」

努めて自然な態度を装いつつ、演劇部の部室を覗く。

振り返ったのは、一年生の女子ばかりであった。全部で七人。いずれも芝居の台本らしいコピーの束を手にしている。

どの学校でもそうなのだが、演劇部は圧倒的に女子が多い。それどころか、男子の部員は皆無と言っていいくらいだ。駒鳥中も例外ではなかった。

「どうしたんですか、汐野先生」

中の一人が尋ねてきた。

「文化祭の段取りについて訊きたくてね。二年生はいないのかい」

「視聴覚室で練習してます。あたし達はお留守番です」

そう言って彼女達は声を上げて屈託なく笑った。

演劇部は普段の練習に視聴覚室を使用している。文化祭の時期には体育館で全員のリハーサルを行なうこともあるが、体育館はまだ工事中だ。視聴覚室に部員全員は入らないため、一年生は部室で各自台本の読み込みをしているのだという。

「そうか、ありがとう。頑張れよ」

礼を言って退室する。背後で噴き出すような笑い声が聞こえたが、何が面白かったのかまるで分からない。中学生の女子とは概してそういうものなので、今さら気にもならなかった。またそんなことをいちいち気にしていては、中学校の教師など到底務まるものではない。

足を速めて視聴覚室に向かう。

《ああしまった。ぼく、水筒を忘れてきた。スケッチ帳も忘れてきた。けれど構わない。もうじき白鳥の停車場だから。ぼく、白鳥を見るなら、ほんとうにすきだ。川の遠くを飛んでいたって、ぼくはきっと見える》

朗々たる台詞が廊下にまで漏れ聞こえる。凜奈の声だった。

窓から覗くと、黒板の前に立った制服姿の女子生徒が二人、台本を片手に立ち稽古をしている。視聴覚室の後ろに並んだ他の部員達は、やはり台本を手にして、熱心に、そしてうっとりと凜奈の演技に見入っていた。

《この地図はどこで買ったの。黒曜石でできてるねえ》

相手役の少女が台詞を言う。演劇部の副部長を務める二年三組の三隅《みすみ》小春《こはる》だ。凜奈の親友で、よき補佐役でもあると聞いたことがある。

《銀河ステーションで、もらったんだ。君もらわなかったの》

凛奈が小春の台詞を受ける。

汐野は、文化祭で上演される舞台の演目が宮沢賢治の『銀河鉄道の夜』であったことを思い出した。台詞から察するに、小春がジョバンニ役で、凛奈はカムパネルラ役だ。

『銀河鉄道の夜』ならば主役はジョバンニということになるが、演じがいのあるのはカムパネルラの方であるとも言える。凛奈らしい選択だった。

中学校で『銀河鉄道の夜』は難易度が高いのではないかと危惧していたが、二人は生き生きと少年役をこなしている。とても中学生とは思えない表現力だ。

《そうだ、おや、あの河原は月夜だろうか》

小春が客席側、すなわち視聴覚室の後ろ側を指差した。

《月夜でないよ。銀河だから光るんだよ》

凛奈が愉快そうに飛び跳ねながら、口笛を吹いて天井を見上げる。原作に忠実な芝居であった。

リハーサルでもない。舞台装置もない。単なる立ち稽古であるはずなのに、視聴覚室はすでに銀河ステーションと化している。少なくとも女子部員達は、凛奈と小春の創り出す世界に没入していた。

困った――

口実を設けて凛奈一人を連れ出し、あれこれ訊き出すつもりであったのが、これではとてもそんな隙はない。視聴覚室に入っていくことさえできないまま、汐野は二人の演技に見入っていた。

《ぼくはもう、すっかり天の野原に来た。それにこの汽車石炭をたいていないねえ》

小春が車窓から左手を突き出すような仕草をする。

《アルコールか電気だろう》

凜奈は幻の車窓を見渡して、

《ああ、りんどうの花が咲いている。もうすっかり秋だねえ》

《ぼく、飛びおりて、あいつをとって、また飛び乗ってみせようか》

《もうだめだ。あんなにうしろへ行ってしまったから》

突然、銀河ステーションが視聴覚室へと戻った。

「なにあれ」「なんなの」「ほら、あそこ」

気がつくと、部員達が肘でつつき合いながら不審そうにこちらを見ている。ファンが多いだけに、凜奈に対してストーカー紛いの思慕を募らせている男子は決して少なくない。覗きのような行為に対して、演劇部員達は日頃から過敏になっている。

このままではまずいことになりかねない。思い切ってこちらから中へ入ろうとしたとき、汐野の目の前で勢いよくドアが開かれた。

「何か御用ですか、汐野先生」

演劇部顧問の白石茉莉であった。部員達に混じって凜奈と小春を指導していたらしい。椅子に座っていたのか、部員達の陰になって廊下からは見えなかったのだ。

まるで不審者でも発見したかのような目付きで茉莉はこちらを睨んでいる。

汐野は咄嗟《とっさ》に肚を決めた。

「白石先生、急な用事があって捜していたんです」

「私を？」

「ええ、部活中に申しわけありませんが、あちらで少しお話しできませんか」

「分かりました」

茉莉は室内の部員達に向かい、「気にしないでそのまま続けてて」と言い残し、ドアを閉めた。

「すみません、ではあっちの教室で」

先に立って歩き出す。

茉莉を味方に引き入れる――それが自ずと決まった作戦であった。

味方にするといっても、もちろん沙妃との関係や浜田議員との密約についてまで打ち明けるつもりはない。あくまで凜奈の聴き取りに利用するのみである。日頃から何かにつけて「生徒のため」と口にすることの多い茉莉なら、必ず乗ってくるに違いないと踏んだのだ。

空いている教室の一つに入った汐野は、ドアから離れた椅子に座った。茉莉もその近くに腰を下ろす。

「あの、汐野先生」

茉莉の方から口火を切った。本来の性格もあるのだろうが、これまでの経緯のせいか、初手から身構えているような雰囲気を漂わせている。

「演劇部は女子部員ばかりですから、もう少し気をつけて下さい」

「え、なんのことでしょう」

「さっきの汐野先生、まるで不審者の覗きみたいでしたよ」

冗談めかしてはいるが、茉莉の目は少しも笑っていない。実際問題として、普段から演劇部員の保護に神経を尖《とが》らせているのは容易に想像できた。

やはり単身での凜奈との接触を避けたのは正解だった。茉莉の放つ敵意にも似た警戒心に辟易《へきえき》しつつ、汐野は内心で安堵の息を吐く。

「申しわけありません。白石先生のおっしゃる通り、誤解を招いては大変ですね」

「それで、お話というのは」

「実は、高瀬凜奈のことなんです」

汐野は茉莉に、凜奈と三枝子との間に不穏な空気があったと文芸部員が証言したこと、凜奈の感想文が出色の出来で、うっかり「全校代表レベルである」という感想を伝えてしまったことなどを説明した。自らの失言についてはあまり他人に教えたくなかったが、茉莉の信用を得るためには、ぎりぎりまで事実をさらけ出すことが肝要だと感じていた。

「すると先生は、高瀬さん、もしくは高瀬さんの感想文について知っている誰かが、藪内さんに対して嫌がらせを行なったとおっしゃるんですか」

「その可能性があるというだけです。本当に迂闊でした。教師がそんな評価を生徒に漏らすなんて」

「済んだことはしょうがないとして、高瀬さんはそんな軽率な行動をする生徒じゃありませんよ」

「私もそう思います。だからこそ、早い段階でその可能性を否定しておきたいのです。この先、妙な形で高瀬が疑われるようなことにでもなったりしたら、それこそ取り返しがつきませんから」

暫し考え込んでいた茉莉は、やがて用心深そうに言った。

「つまり、私に高瀬さんの聴き取りをやれと」

「私がやるよりも、その方が高瀬も話しやすいのではと思いまして。あるいは私が聞き役で、先生は立ち会って下さるだけでも構いません。お願いします、白石先生。この事態を一刻も早く解決するためにも、どうか――」

「分かりました。確かに私から訊いた方がいろんな意味で無難でしょう。高瀬さんは芸術的な才能があるだけに、人一倍傷つきやすい面もありますから」

立ち上がった茉莉は、率先して視聴覚室へ戻った。

この先は茉莉のしたいようにさせるのが一番だ。何かあった場合、責任の少なくとも半分は茉莉が負ってくれるだろうから。

「みんな、今日はここまでにしましょう」

視聴覚室のドアを開けた茉莉は、まだ立ち稽古を続けていた部員達に向かって言った。

えー、もう少しやらせて下さいよお――そんな声が聞こえてくる。

茉莉は構わずぱんぱんと手を叩き、

「明日は一年生も含めて通し稽古を行ないます。はい、明日に備えて今日はゆっくり休むこと。さあ、分かったら早く撤収。舞台は役者もスタッフもみんなすばやく動くことが成功の秘訣よ。さあ早く早く」

急かされるまま、部員達が各自後ろの机の上に並べてあったスクールバッグを取って視聴覚室から退室する。

「あ、それと高瀬さん」

「はい」

相方の小春とともに、バッグを持って出ていこうとしていた凜奈が振り返る。

「来週末には体育館が完成します。演劇部も文化祭のリハーサルに体育館を使うんだけど、その手続きについて説明するんで、部長だけちょっと残ってくれないかな」

凜奈は一瞬、小春と顔を見合わせたが、「じゃ、また明日ね」と手を小さく振って引き返してきた。小春も「うん、じゃあね」と手を振り返し、最後に視聴覚室を出てドアを閉めた。

さきほどまで華やかなざわめきに満ちていた室内が、放課後の静謐《せいひつ》な気配に包まれる。

「じゃあ高瀬さん、適当に座って」

茉莉にならい、凜奈もその近くに腰を下ろした。

汐野は少し離れた位置に座る。それを見て、凜奈は文化祭の手続きとやらが単なる口実であると悟ったようだ。

「白石先生、これって……」

不安そうに茉莉を見る。さすがに勘のいい生徒だ。

「ごめんなさい、実は高瀬さんに訊きたいことがあって残ってもらったの。少しだけいいかな」

「いいですけど、なんなんですか」

「それがね、例のイタズラの件なの。ＬＩＮＥのイタズラ」

「えっ、あたし、なんにも関係ないですよ。図書準備室の古本のことだって知らなかったし」

「それは先生も分かってるわ。けどね、どうしても確かめておきたいことがあるの」

「それって、みんなに聞かれると困ることですか」

汐野の方を横目に見ながら凛奈が聞き返す。やはり抜群に勘がいい。

「ええ、ちょっとね。だからみんなには内緒にしてね」

「小春にも、ですか」

「ええ」

「そんなの、なんか変だと思う」

「あなたも知ってるでしょう、あのイタズラでみんなが苦しんでるの。それくらい難しい問題なのよ。だからこれ以上、誰かが傷つくことだけはないようにしたいの、そう、あなたを含めて、ね？」

演劇部の顧問だけあって、茉莉の言い方は説得力に満ちている。彼女を味方につける策はどうやら成功だったようだ。

「分かりました。なんでも訊いて下さい」

意を決したように凛奈は茉莉をまっすぐに見つめる。

茉莉もまた粛然と居住まいを正し、聴き取りを開始した。

「高瀬さん、あなた、夏休み中に図書室で汐野先生に読書感想文を見せたそうね」

凛奈の面上に「やっぱり」といった色が浮かび、瞬時に消える。

「はい、まだ書きかけだったけど」

「汐野先生がどういうふうに指導してくれたか、覚えてる？」

「とっても褒めてくれました。自信がついたせいか、おかげでいい感想文が書けたと思う」

「なんて言って褒めてくれたの？」

さりげない訊き方だった。しかし、凜奈はその質問に隠された意味を直感的に見抜いたのか、視線を汐野へと向けた。

はっとしたときには、凜奈はすでに茉莉の方に向き直っている。

「『文章がとてもいいし、作品と真摯に向き合っているのが端々から感じられる』、そう言ってくれました」

演劇少女らしく、少し大仰な台詞回しで再現する。

あのとき、自分の言った言葉のままだ——汐野は衝撃を受けた。

凜奈は肝心の部分は口にしなかった。すなわち、『今年の全校代表レベルじゃないか』。

しかし、ここまで正確に覚えている凜奈が、それに続く台詞を記憶していないとは考えにくい。

知っていて、あえて口にしなかったのだ。

「そのときのこと、誰かに言ったりした？」

「いいえ」

「本当に？　誰にも言ってないのね？」

凜奈はなぜか返答を躊躇した。

「教えてちょうだい。大事なことなの」

どう〈大事〉なのか、凜奈は聞き返したりはしなかった。

本当に聡明な少女だ。ここまでの流れから状況をすべて理解したのだ。

「お願い、高瀬さん」

「一人にだけ、言いました」

「誰？」

「小春です」

副部長の三隅小春。凜奈に比べると控えめだが、決して地味ではなく、充分に目立つ生徒である。成績も優秀で、学年では常に十番台から二十番台をキープしている。凜奈が相棒に選ぶだけあって、包容力のある落ち着いた性格だった。

「でも、あたし、誰にも言わないでって口止めしました。小春は約束を破るような子じゃありません。絶対です」

凜奈は身を乗り出すようにして強調する。

だがこれで、小春にも聴き取りを行なわなくてはならなくなった。

「それは分かってるわ、でもね――」

そのとき、室内のどこかから微かな振動音が伝わってきた。

スマホの着信だ――

汐野は自分の顔色が変わるのが分かった。そして茉莉の顔色も。

教師のスマホは職員室の自席かロッカーにある。校内では教師であってもスマホを持ち歩くことは禁じられているからだ。それでも反射的にポケットをまさぐる。自分は携帯していない。同様に服の上からポケットを確認した茉莉と顔を見合わせ、次いで、音のする方に視線を向ける。

凜奈の足許からだ。そこには、凜奈のスクールバッグが置かれている。

「高瀬さん」

茉莉が表情を強張らせて凜奈に言う。

「悪いけど、そのバッグの中、見せてもらえないかな」

「あたし、スマホなんて持ってきてません」

それまで落ち着き払っていた凜奈が、明らかに動揺しつつ答える。しかし、断続的な振動音は確かにバッグの中から聞こえていた。

「そんな、どうして……あたし……」

「いいから見せて」

一際強い口調で茉莉が命じる。

凜奈は震える手でバッグを持ち上げ、机の上で開いた。

振動音が大きくなった。バッグの内側に配置された収納ポケットから先端を覗かせているのは、紛れもなくスマホであった。

「なにこれっ」

凜奈が自分のバッグからライトグリーンのカバーに包まれたスマホを取り出す。

「こんなの知らない！　あたしのじゃない！」

振動を続けるスマホを手にしたまま、狼狽した様子でこちらを振り向く。

「誰かがあたしのバッグに入れたんです！　こんなスマホ、見たこともないし！」

その途端、着信の振動が途絶えた。

止める間もなく凜奈がライトグリーンのカバーを外す。

「あっ！」

声を上げたのは三人同時であった。

露《あら》わとなったディスプレイに表示されていた文字が、否応なく目に飛び込んできたのだ。

［着信：広野果穂］

呆然としている三人の眼前で、バックライトが薄くなり、やがて消えた。

いち早く我に返った汐野は、凜奈の手からスマホをつかみ取り、

「とにかく、私は一旦職員室へ……白石先生は、高瀬さんを保健室へお願いします」

「はい……さ、高瀬さん」

ショックを受けている凜奈を促し、茉莉は保健室へ向かった。この時間ならまだ詠子がいるはずだ。

凜奈のバッグから発見されたスマホを持って、汐野は職員室へと急いだ。

「どうしたんですか、汐野先生」

駆け込んできた汐野の顔色を見て、末松が怪訝そうに声をかけてくる。

「うん、ちょっとな」

言葉を濁しつつ室内を見回すと、難しい顔で清子と話し合っている安宅の姿があった。

「教頭先生、筈見先生、よろしいですか」

振り返った二人にスマホを示し、それが発見された経緯について手短に話す。

周囲には異変を察知した教師達が集まってきていた。

「これが高瀬のものかどうかは後で確認するとして、広野から着信があったのは確かなんだな？」

念を押す教頭に対し、慎重に答える。

「はい、私も白石先生もはっきりと見ました。しかし――」

「しかし、なんだね？」

「広野果穂という名前が表示されていたのは間違いありません。ですが、広野本人かどうかまでは……」

「なるほど」

教頭が長い顎を撫でる。

「広野って、一年一組の広野さん？」

京田比呂美が甲高い声を上げた。

「そうです、僕のクラスです」

一組の担任である塙が蒼白になって進み出る。

自分達が凜奈の聴き取りを行なっているタイミングでわざわざ電話をかけてきた。どう考えても不自然である。

果穂は文芸部と演劇部を掛け持ちしている。最初に文芸部室に行ったとき、確かに果穂はそこにいた。そして凜奈と三枝子の不穏な遭遇について語る咲良の話を聞いていた――

汐野は反射的に駆け出していた。

「あっ、汐野先生、どちらへ」

塙の問いかけに、足を止めることなく答える。

「広野を探すんです。まだ校内にいるかもしれません」

何人かの教師が後を追ってくるのが分かったが、振り返らずに夢中で走った。

文芸部室に直行すると、一人で文庫本を読んでいた三年生の中路が驚いて顔を上げた。

「おい、広野はいないか」

「えっ、なに、なんですか」

「いいから広野は」

「さっき帰りましたよ」

「いつだ」

「さあ、五分、いや、十分くらい前かなあ」

今の場合、五分と十分では大違いだ。

「どっちなんだ、五分なのか十分なのか」

「え、いきなりそんなこと言われても、正確にはちょっと」

「ここで誰かスマホを使わなかったか」

「スマホ？　部室でですか」

「そうだ」

「いるわけないですよ。あの、何かあったんですか」

「ありがとう、すまなかった」

次に演劇部室に回ってみる。先刻覗いたときには、一年生の女子部員がそこに集まっていた。果穂が立ち寄っている可能性がある。

だが演劇部室にも果穂の姿はなかった。二人の女子生徒がお喋りをしているだけだった。

「あれ、汐野先生、どうしたんですか」

飛び込んできた汐野に、二人が怪訝そうに振り返る。

「ひょっとして、広野がこっちに来なかったか」

「果穂ならさっき来ましたよ」

「今どこにいるか知らないか」

「さあ、先輩達が戻ってきて、今日の練習はおしまいって言うから、みんな一緒に帰ったところです。果穂も一緒に帰ったんじゃないかな」

「ねえ、果穂がどうかしたんですか」

「いや、なんでもない。ありがとう」

身を翻して走り出す。後を追ってきていた塙達と危うくぶつかりそうになったが構ってはいられない。果穂の自宅は裏門の方角だ。帰るとすれば、同じ方向の部員達と一緒に裏門を使うに違いない。階段を駆け下り、裏門へと急ぐ。

まだ校内にいてくれるといいが――

帰宅した生徒を電話で呼び出したり、自宅を訪問したりすれば、保護者にすべて説明しなければならない。そうかと言って、明日になれば、さっき電話がかかってきた時間にどこにいたのか、正確に説明させるのは困難なものとなる。また証人の有無も速やかに確認しておく必要があった。放課後に校内を走り回っている中学生が、特定の瞬間にどこにいたか、翌日まで覚えているとはとても期待できない。

頼む、間に合ってくれ――

一階には生徒はもうほとんど残っていなかった。しかし、裏門の向こうから喧しい女子生徒達の声が聞こえてくる。慌てて門の外に出ると、一団となって下校していく演劇部員達の後ろ姿が見えた。

急いで呼びかけようとして、寸前で思いとどまる。

息を整えてから、自然な態度を装って声をかけた。

「おーい、広野はいるかー」

「はい？」

背の低い少女が振り返った。広野果穂であった。

「白石先生が呼んでるぞー。ちょっと来てくれーっ」

果穂はほんの少し躊躇するように周囲の生徒達を見回す。

「じゃあねー、果穂」「おまえ、茉莉ちゃんに叱られるぞー」「また明日ねー」

上級生や同級生達が口々に勝手なことを言いながら去っていく。

「じゃ先輩、あたし、ここで失礼します……じゃあね、みんなー」

疑う様子もなく、果穂が引き返してきた。

「なんでしょうか」

「うん、職員室で白石先生が待ってるから、僕と一緒に来てくれないか」

「はい」

素直に同行しようとした果穂は、校舎の方から数人の教師が駆けてくるのを見て、急に不安を感じたような面持ちで汐野を振り仰いだ。

生徒指導室で、果穂は唇を嚙み締めるようにして、向かい合った茉莉に告げた。

「あたし、電話なんてかけてません」

「でも、このスマホにあなたの名前が表示されたの。先生もはっきり見たわ」

凜奈のバッグから発見されたスマホを示す茉莉に、

「そんなの、知りません」

立ち会っている汐野と塙は、ともに無言で果穂を見つめる。

「演劇部や文芸部のみんなに訊いて下さい。あたし、みんなと一緒にいましたから」

「それがね、さっき訊いてみたのよ。そしたら、着信があった時間の少し前に、『ちょっと失礼します』って、広野さん一人で文芸部の部室に行ったんです。あたし、掛け持ちしてますから」

「演劇部の部室に行ったんです。あたし、掛け持ちしてますから」

「それは先生だって知ってる。でもね、疑うわけじゃないんだけど、演劇部の部室まで移動する間、あなたは一人で、他には誰もいなかったってことになるの」

「そんなこと言われたって……」

果穂は頑《かたく》なに否定する。

文芸部と演劇部の両方に入部しているだけあって、彼女には芸術に対する興味や好奇心だけでなく、思い込んだらとことん貫こうとする意志の強さがあった。

茉莉は優しく諭すように、

「広野さん、あなたの疑いを晴らすためにも、もしスマホを持っていたら先生に見せてくれないかな」

強張っていた果穂の表情が、急に情けなさそうな弱々しいものへと変化した。

「無理です」

「どうして」

「さっき探したんです。汐野先生に呼び止められた後。そしたら、見つからなくて……バッグの中にあったはずなのに……」

汐野は塙と顔を見合わせた。

「なくなったっていうことは、学校には持ってきていたわけね？」

茉莉はなおも優しく問いかける。

「ごめんなさい。言えば叱られると思って」

「落ち着いてもう一度探してみましょう、ね？」

果穂は足許に置いていた自分のバッグを取り上げ、中身をテーブルの上に一つ一つ広げていく。ノート。教科書。ペンケース。手帳。財布。プリント類。

やはりスマホは入っていなかった。

「どこかで落としたのかもしれないわね」

「それはないと思います。あたし、必ずバッグの底に隠すようにしてたから」

「最後に見たのはいつ？」

果穂はテーブルの上に広げた所持品をバッグにしまいながら、今にも泣き出しそうな様子で答える。

「昼休みにＬＩＮＥをちょっとだけ……バッグに隠したまま、何かを探してるふりをして見ました。特に変わったことはなかったのですぐにバッグを閉じて……放課後は急いで文芸部の部室に行ったから、バッグの中にあったのかどうかも……」

「ちょっといいかな、広野」

塙が勢い込んだ様子で割って入った。

「はい」

「君はスマホにパスワードの設定はしていたの」

「してました。学校でなくしたら大変ですから」

「パスワードを誰かに教えたことは」

「絶対にありません。だって、そんなことしたら意味ないでしょう」

塙の質問は極めて重要だと汐野は思った。

果穂のスマホを使って何者かが電話をかけようとしても、パスワードがかかっている限り使えるはずはない。二年四組の蓮と違い、ヒントを公言したりもしていないという。

するとやはり――

不意に果穂が「あっ」と声を上げた。

「どうしたの」

茉莉の問いに、果穂はテーブルに置かれたスマホを指差した。さっき茉莉が置いたものだ。

「そのスマホ……どっかで見たことがあると思ってたんですけど……」

「えっ、これが誰のだか知ってるのかい」

「あ、いえっ、その……」

塙が勢い込んで訊いたせいか、果穂はかえって口ごもってしまった。それでなくても女子生徒は、告げ口と取られかねない言動を避ける傾向にある。

「お願い、広野さん。これはとっても大事なことなのよ。あなただけでなく、高瀬さんの疑いを晴らすことにもなるの。知ってたら教えて、ね？」

茉莉に懇願され、果穂はしぶしぶ答えた。

「大木先輩のです、二年の」

「もしかして、大木亜矢か」

汐野は思わず叫んでいた。

「はい、大木先輩、よく女子トイレで大勢の先輩達と一緒に使ってましたから……見たことある人は多いと思います」

スマホをつかみ上げて凝視する。手製のスマホカバー。百円ショップで売られている既製品に、ライトグリーンのフェルトを貼り付けたもの。確かに亜矢が話していた特徴と一致する。

消えた亜矢のスマホからは、ＬＩＮＥに［藪内のパクリ元は１９７２年全国優勝作品］というコメントが発信されている。

そのスマホが凜奈のバッグから発見された――

亜矢のスマホに関する限り、果穂の話は事実であった。

担任である汐野自身が大木亜矢の自宅に赴き、本人に確認した。念のために本人と保護者の同意を得て履歴を確認したところ、問題のＬＩＮＥへの投稿記録も残っていた。また紛失中に別の通話やメール等に使用された痕跡はなかった。所在を確認するために大木家の人々がかけてみたときはつながらなかったという。電源が切られていたのである。

パスワードについても尋ねたところ、亜矢は恥じ入るように小さな声で答えた。

——いちいち入力するのがめんどくさくて、あたし、パスワードの設定、してなかったんです。

すると亜矢の母親が、呆れたように叱った。

——あんた、パスワードかけてなかったの？　ママ、てっきりかけてると思って携帯会社に連絡もしてなかったのに！　どうしてあんたはいつもそうなの！

なんとか母親をなだめてから、そのことを知っていた者はいるかと訊くと、亜矢はさらに小さくなって返答した。

——みんなの前で使ってましたから、知ってる人は知ってたと思います。

よく言えば開放的、悪く言えばルーズな亜矢らしい回答であった。

亜矢さんが誤解されるといけませんから——そんな口実で大木家の人々にこの件についての口止めをし、急いで学校に引き返す。

汐野は校長をはじめ、教員達に事のあらましを報告せざるを得なくなった。凜奈と三枝子の確執——そんなものがあったとして、だが——のきっかけとなった自らの失言についても、である。

「……という次第で、高瀬凜奈に聴き取りを行なったところ、彼女のバッグから大木亜矢のスマホが発見されました。しかも今お話ししました通り、発見に至ったのは、私と白石先生が聴き取りを行なっている最中に着信があったからです。偶然であった可能性は否定できませんが、やはり意図的に発見させるため電話をかけたのではないかと思います」

「汐野先生」

挙手しながら立ち上がった塙に向かい、

「なんでしょう」

「すると犯人、いや、ええい、この際犯人と呼んでもいいでしょう、そいつは校内にいて、汐野先生と白石先生が高瀬の聴き取りを行なうのをこっそり見ていたということになりますね。しかもそいつは、大木のスマホの入った高瀬のバッグが側にあることまで把握していた」

「塙先生のおっしゃる通りです。そして、スマホにかけてきた発信者は、広野のスマホを使用した」

「登録名を『広野果穂』に変更すれば、広野本人のスマホでなくても可能なのでは」

「いえ、番号が広野のスマホのものでした。これは広野と大木の確認も取れています」

納得したように着席しかけた塙が再び立ち上がり、

「高瀬のバッグから発見された大木のスマホですが、これは高瀬に濡れ衣を着せようと企んだ何者かが仕込んだのか、それとも、その、高瀬が盗んで隠し持っていたのか――」

「塙先生、高瀬さんはそんなことをするような生徒じゃありませんよ」

茉莉がやんわりと、しかし持ち前のきつい表情でたしなめる。

「あっ、そりゃ僕もそう思いますけど、こうなってみると、あらゆる可能性を検討してみるべきなのでは」

「そんな理屈で、生徒に証拠もなく疑いをかけるのはいかがなものかと思います」

「はあ、すみません」

塙が悄然と着席する。

他の教師の間からは、もはや失笑すら漏れてこない。聞こえてくるのは困惑と疲労の吐息ばかりである。

「汐野先生、続けて下さい」

この上なく苦々しい顔で教頭が促す。

「はい。仮に高瀬が感想文の件で藪内を恨んでいたとしても、なぜ大木のスマホを盗んだのか、あるいは大木のスマホを盗んだかのように陥れられなければならなかったのか、まったく理解に苦しむところです」

「これは、明日にでも高瀬にもう一度聴き取りを行なう必要があるんじゃないのかね」

教頭がいよいよ苦い顔で言う。

「本来ならばそれが一番かと存じますが、とても本人に訊けるような状態ではありませんし、訊いたとしても、本当のことを答えるとは思えません。また私も白石先生同様、高瀬が人を嫉んだりするようなタイプだとは思っておりません。しかし事が事ですので、あえて申し上げれば、彼女は中学生ながら卓越した演技者でもあります。少なくとも、本心なのか演技なのか、確実に見分けるのは難しいと言わざるを得ません」

「あの、今日スマホを盗られたっていう広野ですが、彼女も演劇部員じゃないですか。盗られたふりをして、自分のスマホをどこかに隠したという可能性は……」

「塙先生、いいかげんにして下さい」

茉莉の凄まじい視線にたじろいで、塙は発言の途中で自分の言葉を呑み込んだ。

「はい、すみません」

「つまり、明らかなことは何一つとしてないということですな」

校長だった。教頭とは対照的に、何もかもが他人事のようなタヌキ顔を装っている。

「疑い出せば、全部が怪しい。なんですかな、五里霧中というやつですか」

その通りだ。もっと言えば、暗く湿った霧の中ではあらゆるものが疑わしく、途轍もなく恐ろしい。

疑心暗鬼という鬼だ。

8

その日の帰宅も深夜になった。毎日の仕事に加え、中間テストの問題作成にも着手しなければならなかった。体育館耐震工事に関連し、文化祭の日程変更等で中間テストが後ろにずれ込んだのだ。間の悪いことに、今度のテストは問題の大半を汐野が作ることになっていた。

学校の年間行事というものは、通常では一日たりともずらせるものではない。学校外での研修などもすべて考慮し、緻密に日程が組まれているからだ。それでも今年は特例ということで、夏休みの始まる直前に再調整され、保護者への連絡も済んでいた。

疲労の極に達して自宅マンションに帰り着いた汐野は、着替える気力さえなくベッドに倒れ込んだ。

凜奈のバッグに亜矢のスマホを入れたのは誰か。あるいは凜奈が自分で隠していたのか。果穂のスマホを使って電話をかけてきたのは誰か。そのとき凜奈の聴き取りの最中であったのは偶然か。またどうやってパスワードを解除したのか。

そもそも――七二年度版の作品集はあったのか、なかったのか。

分からない。分からない。分からない。

考えようとすればするほど、意識が混濁の泥沼へと引きずられる。抗《あらが》うすべもなく汐野はそのまま眠りに落ちた。

喉が焼けるような渇きに目が覚めた。はっとして腕時計を見る。朝の五時近かった。慌てて飛び起き、必要最低限の身支度をしてから喫緊の仕事を片づける。朝食を取る暇などありはしない。ドアに施錠するのももどかしくマンションから走り出て、最寄りの野駒新田《のごましんでん》駅まで駆けつけた。ホームに入ってきた電車に寸前で乗り込む。危ないところだった。この電車を逃したら完全に遅刻していた。

電車を降りると、改札のあたりで同僚の何人かと出くわした。彼らもやはり、連日の激務と一連の盗作騒ぎに疲弊しているのだ。

その気分は職員室にも蔓延していた。誰もがもううんざりだという顔をしている。そして、諸悪の根源であるかのようにいまいましげな目で汐野を見る。

耐えられない。だから考えないようにする。実際に考えている余裕などない。出席簿をつかんですぐに職員室を出る。際限のない激務と忍耐の一日が今日も始まる。

その日は三限を除いて各クラスでの授業が詰まっていた。唯一空いていた三限も、校長と教頭に呼び出され、昨日とほぼ同じ説明を繰り返させられた。それから同じ叱責を受け、同じことを要求された。一日も早く解決せよと。

六限の授業を終えた頃には、一日分の体力をすべて使い果たしたような気分だった。しかし目の前には仕事がうずたかく積み上げられている。

昨年度の中間テスト問題のチェック。今年度のテスト問題作成。何より、一連の騒ぎへの対処。三隅小春への聴き取りも行なわねばならない。やはり茉莉に同席してもらった方がいいだろう。それとももう一人、学年主任の清子か、生徒指導の佐賀か——

職員室の自席でそんなことを考えていたとき、いきなり声をかけられた。

「汐野先生、ちょっと」

三年の社会を担当している西琢郎《たくろう》であった。普段から顔色の悪い男だが、今は病的なまでに蒼ざめている。

「どうかしたんですか、西先生」

「これを見て下さい」

西は手にしていたノートパソコンを開いて汐野の前に置いた。ディスプレイに表示されているのは駒鳥中学の学校公式サイトで、学校関係者の誰もが見慣れたものであった。

「これが何か?」

「このページです」

横からキーを操作して、西は『こまどり新聞』と題されたページを開く。

いわゆる学校新聞で、経費削減の必要から駒鳥中では数年前に紙での発行を停止し、学校サイト内のページで公開していた。他のページを担当しているのは教頭をはじめとする教師達だが、こまどり新聞だけは新聞部が自主的に作成している。汐野は西が新聞部の顧問であったことを思い出した。

開かれたページの見出しを目にして、汐野は声を失った。

［駒鳥中ＬＩＮＥ騒ぎの一部始終――］

愕然として読み進める。そこには、時系列に沿って事の発端から、過去の入選作品集の発見と七二年度版の欠如、さらには「某生徒のバッグから、盗まれたはずの別の生徒のスマホが発見された」ことまで記されていた。生徒の実名はすべて伏せられているが、少しでも校内の事情を知る者からすれば、誰であるのかは一目瞭然であった。しかも記されている内容は、限りなく事実に近い。いや、むしろ事実そのものであるとしか言いようはなかった。

更新時刻は今日の十二時三十八分。昼休みの最中だ。

取り返しのつかない事態である。学校サイトは学校関係者や保護者のみならず、外部からも自由に閲覧できる。

感情を抑え切れず叫んでいた。

「西先生、これはどういうことですかっ」

西は憔悴《しょうすい》し切ったような表情で、

「こまどり新聞の記事は私がチェックしてからアップすることになっているのですが、今朝生徒からデータで渡された記事のヘッドラインだけを見たところ、『学校にスマホを持ってくるのはやめましょう』とあったので、問題ないだろうと思ってとりあえずオーケーを出してしまったんです。もちろん方向性に限っての話ですし、後でちゃんと内容をチェックするつもりでした。ところが、さっきパソコンを開いたら、これが……」

「すでにアップされていたというわけですね。しかも見出しが変わっている」

「そうなんです。アップしたのは新聞部部長の渡辺海《わたなべかい》で、筈見先生が生徒指導室に連れていきました」

「このページはすぐに削除すべきです」

「すでにやりました。今ご覧になっているのはキャッシュです。念のためにと思い、一応汐野先生に――」

「どうして私に」

聞き返すと、西は同情とも非難ともつかぬ口調で告げた。

「だって先生はこの問題の責任者なんでしょう？　それに、筈見先生が汐野先生と一緒に生徒指導室に来てほしいと」

「分かりました」

立ち上がって西より先に職員室を出る。下校する生徒達が挨拶をしてくるが、どれもこれも、なぜか明瞭な言語として耳に入ってこなかった。

海は二年三組の生徒で、担任は佐賀だ。あの記事がアップされてから約三時間。その間に、どれだけの数の保護者が読んだか見当もつかない。最も恐ろしいのは、たとえ目にした者がごく少数であっても、一旦ネットにアップされた記事は果てしもなく拡散していくということだ。

生徒指導室に入ると、佐賀と向かい合って座っていた海が顔を上げた。すでに半泣きの状態である。壁際に立った清子は、険しい表情で海を見下ろしている。

「で、それからどうした、渡辺」

佐賀に促され、海は続けた。

「ですから、僕はてっきり西先生が許可してくれたものだとばかり……それで昼休みにコンピューター室からアップしました」

新聞部の記事は慣例的にコンピューター室からアップする。だがそれは、他の部員や顧問が集まっての上でである。

コンピューター室は普段施錠されているが、鍵は職員室のドアのすぐ側に掛けられていた。他の部屋の鍵と同じく、教師の指示を前提として、生徒が単独で持ち出せるようになっている。

「どうして放課後を待てなかったんだね」

西の問いに、海はつかえつつも懸命に答える。

「一生懸命書いたから、この記事を、少しでも早く、みんなに読んでもらいたいと思って、それで……西先生だって、報道は即時性が大事だって、いつも言ってるじゃないですか」

「だからと言って、他人を傷つけるような内容をだね――」

「許可が出たと思ったんです。僕、何度も確認したでしょう？」

「それは……」

今度は西が口ごもる。おそらく、渡辺の確認を聞き流したのだ。

無理もない、と汐野は思う。教師全員に疲労が蓄積している。今朝はことのほかそんな気配が濃厚だった。西もまた例外ではなかったということだ。

「じゃあ、見出しを変えたのはどういうわけだね？　西先生のチェックの後、君は独断で変更した。それじゃあ確認の意味がないじゃないか」

佐賀が西への助け船を出すように言う。

「見出しだけです。内容は変えてません」

「その見出しが刺激的すぎると思わなかったのかい」

「それだって、西先生が日頃から『ヘッドラインはいかに読者の興味を惹きつけるかが重要だ』って言ってたから……」

教師全員が黙り込む。

ジャーナリズムについての西の教えをことごとく活かしているのだから、誰もにわかには反論できない。

「分かった。君は新聞部員として立派に活動している。だけどね、記事を推測で書いてはいけない。先生はそうも教えていたはずだ」

西が諭すが、己の体面を取り繕っている感は否めない。

「推測じゃありません」

心外そうに海が西に向かい、

「僕、ちゃんとウラを取りました」

「ウラを取ったって？」

なんとか教師の威厳を保とうとしていただけに、西の裏返った声はこの上なく滑稽に聞こえた。

「ウラって、渡辺、おまえ、何を……？」

「昨日の夜、僕のスマホにメールが届いていたんです。発信者は『匿名』ってなっていて、イタズラかなって思ったんですけど、読んでみたら、『盗まれた大木亜矢のスマホが高瀬凜奈のバッグから発見された』って書いてあったんです。まさかと思って、二組の芝田さんや小出さん、高橋さん達に電話してみたんです。あ、番号は新聞部の女子が知っていました。僕達、前からこの件の取材を進めてましたし。ともかく電話したら、『なんで知ってんの』ってみんな驚いてて」

新聞部部長である海の聡明さに、汐野は憤慨を通り越して舌を巻くよりなかった。

芝田、小出、高橋。いずれも亜矢と最も親しい面々だ。亜矢とその家族には口止めした。いきなり大木家に電話しても事実を認める可能性は極めて低いと推測される。高瀬家はなおさらだ。だから海は、亜矢の友人達に電話した。おそらくはカマをかけるような話し方で。スマホ依存の傾向があり、交友関係の広い亜矢なら、きっと友達に「ここだけの話よ」と電話せずにはいられないだろうと踏んだのだ。

それだけの知性がありながら、どうして学校サイトに載せるような愚かしい行為を——

歯噛みする汐野の気持ちを代弁するように、それまで黙って聞いていた清子が怒鳴った。

「だとしてもよ、載せていいものと悪いものの区別くらいつかないの。あなたは自分が何をやったか分かってるの」

「新聞部はみんな凄くこの事件に惹かれてて……学校中が知ってるんですよ、ＬＩＮＥの書き込みや見つからなかった七二年度版の話。それに、昨日のスマホの件だって大木さんの友達はほとんど知ってた。みんなお喋りな上に、それぞれＬＩＮＥとかやってます。なのにただ隠すって言うんですか、先生達は」

［先生達は］。

海の放った最後の一言は格別に鋭利であった。痛みのあまり、［先生達］は反論すらできずにいる。隠蔽に走った自分達の姑息さを、生徒に指摘されたのだから。

「そりゃ、僕だってよくないかなとは思ったんですけど、一度記事を書き出したらもう止まらなくなって……だからあんなに西先生に念を押したんじゃないですか」

再び涙声になった海に、西はいよいよ言葉を失うばかりである。

今朝、西がちゃんと海の話を聞いてさえいれば――

自分達がいくら悔やんでもどうしようもない。

「これって、僕の内申に影響するんでしょうか」

本当に涙をこぼしながら、海が周囲の教師達を見回す。

「僕、野駒中央付属を志望してるんです。あそこ、内申の比重が大きいって塾の先生が……部活を頑張れば内申はよくなるって入学のときに先輩が言ってたし、僕、運動はダメだから、それで新聞部に入って……なのに、こんな……ねえ、どうなんですか、先生。はっきり教えて下さい、先生」

中学生らしい海の問いに、即答できる教師はその場にはいなかった。

異例すぎる事態であり、内申としてどう評価すればいいのか、見当がつかないということもある。また迂闊な言質を取られても、後で責任が取れないという計算もある。

「どうなんですか、佐賀先生、筈見先生、汐野先生」

「あなたね、気持ちは分かるけど、今はそんなことを言っている場合じゃないでしょう」

清子が精一杯の威厳を見せるが、ごまかし以外の何物にも聞こえなかった。

海はハンカチを取り出して涙を拭う。

「そうだ、発信者だ」

我に返ったように佐賀が叫んだ。

「アドレスを調べればいい。渡辺、おまえのスマホを見せてくれ」

「持ってません」

「なに？」

「だって、学校に持ってくるのは禁止じゃないですか。家に置いてありますよ」

恥の上塗りとしか言いようはない。汐野は佐賀の間抜け面を横目で睨んだ。

「でも、フリーアドレスだったのは確かです」

涙を拭きながら海が発した一言に、全員が落胆する。

フリーアドレスの場合、警察などの公的機関が個人情報開示の請求をしない限り、発信者の身許を特定することは難しい。今回のケースでは不可能に近いと言っていいだろう。

それを知っているからこそ、発信者は大胆にも新聞部部長の海にメールを打ったのだ。

海を帰宅させてから、汐野は清子、佐賀、西とともに校長室へ直行した。そこで校長と教頭が聴き取りの結果を待っているのだ。

気が重いどころではない。気が遠くなりそうなところをかろうじてこらえ、汐野は西と交互に報告した。

「西先生、つまり君が記事の全文をちゃんとチェックさえしていれば、こんなことにはならなかったというわけか」

真っ先に叱責してきたのはやはり教頭であった。

「すみません、なにしろ今朝は忙しかったものですから……」

「そんな言いわけが通るとでも思っているのかっ」

見苦しく弁解する西に、教頭が激昂する。他の面々も同じ思いだ。教師が忙しいのは今朝に限ったことではないし、西に限ったことでもない。

「まあまあ教頭先生、今ここで西先生を責めても始まりませんよ」

温厚な態度で校長がなだめる。その態度が、かえって他人事であるかのような距離感を感じさせた。

「ね、そうでしょう、汐野先生」

いきなり校長から矛先を向けられた。西をかばうと見せかけて、自分にプレッシャーを与える外交技術だ。

ここで動揺しているようでは話にならない。校長の期待を上回るリアクションを見せねばならない局面であると悟った。

「はい。まず我々がすべきことは、すでに公開されてしまった記事についてどう対応するか、その方針の決定です。公開されていたのは三時間程度ですが、その間見ていた者が一人もいなかったとは考えにくい。いずれ急速に広まっていくものと思われます。校長先生、一刻も早いご判断をお願いします。我々は一致協力して噂の拡散防止に努めねばなりません」

有能そうな顔を作って一息に言う。内容は空疎だが、正論には違いない。大事なのは毅然《きぜん》とした態度に見えることだ。しかも校長の顔を立てるふりをして、責任を校長に押し戻した。

「私も汐野先生の言う通りだと思います。校長先生、すぐにでも全職員に方針を徹底させておくべきかと」

絶妙のタイミングで清子が同意を表明する。

「分かりました。放課後の部活は中止とし、先生方を職員室に集めて下さい」

「部活中の生徒達にはなんと？」

さらに好都合なことに、西が間抜けな質問をしてくれた。

機を逃してはならない。横からすかさず提案する。

「体育館工事の都合だと説明すればいいんじゃないでしょうか」

「それがいい。その名目で生徒を下校させましょう」

校長がこちらに向かって頷いた。

汐野は密かに息を吐く——この場はどうにか切り抜けられたようだ。

しかし時間をかけて討議したわりには、肝心の臨時会議は大して実りのない結果に終わった。

〈問い合わせがあった場合には、『生徒の個人情報に関わることでもあり、現在慎重に調査中である』とのみ答えること〉

これまでと変わりないだけでなく、どの質問に対する答えなのかも定かでない。

汐野が予想していた通りの展開だった。もっとよい方策があるのなら、とっくに誰かが提案している。それどころか、日毎に問題は増える一方なのだ。

高瀬凜奈、大木亜矢、広野果穂のケアとフォローに加え、新聞部員達への聴き取りも新たに加わった。その手順を考えるだけでも頭が割れそうだ。

事態がかくも複雑且つ厄介なものとなってしまい、教師達は思考を放棄してしまったかのようだった。それでなくても超過重労働の毎日なのだ。どこからどこまでが〈仕事〉なのか、明確な線引きのないのが学校という労働現場である。生徒のＬＩＮＥに端を発する騒ぎなど、読書感想文の担当として一人いい気になっていた奴が自己責任でなんとかすればいいとでも思っているのだろう。

京田比呂美などその典型で、職員会議が終わると同時に、一瞬の躊躇もなく帰宅した。何人かの教師が足早に比呂美に続く。ぐずぐずしているとどんな用を命じられるか知れたものではないと恐れているのが露骨に感じられた。

残っている教師達も、問題の解決策を考えているわけではない。溜まった仕事や明日の準備を片づけねばならないため、やむなく机に向かっているにすぎない。

それでも茉莉や塙達は、自席で仕事をしながら汐野にあれこれと話しかけてきた。

教条的すぎて思考が硬直しているような茉莉はともかく、塙は少し別の意味で事件に惹かれているようだった。

「実は一点、気になっていることがあるんです」

小テストの採点を終えた塙が、そんなふうに切り出した。

ペンを持つ手を止めて、汐野は塙の方を見る。

「犯人はフリーアドレスのメールを使い新聞部部長である渡辺にリークした。新聞部が今回の事件について取材していることを、犯人は明らかに知っていたのです。まあ、学校関係者なら誰でも想像できそうなものですけど、しかしネタを提供されたからといって、内申を気にしているような渡辺が記事にするとは限らない。それに、学校サイトに記事が載ってしまったのは、西先生が渡辺の付けた当初の見出しに安心してしまい、内容の確認を怠ったためです」

西がすでに帰宅しているためか、塙は普段以上に遠慮なく喋っている。

「このように、何重もの偶然が重なって記事がアップされてしまった。つまり、犯人にとっては、学校サイトに記事が出ようが出まいが、どちらでもよかったということにはなりませんか」

「えっと、それはつまり、どういうことなんですか、塙先生」

瓜生が怪訝そうに先を促す。

「掲載されれば儲けもの、掲載されなくても、新聞部部長の渡辺に情報を流せればそれでいい。犯人はそう考えたに違いありません。いずれにしても、遅かれ早かれ大木のスマホを巡る経緯が知れ渡る、とね」

「だから、それってどういうことなんでしょう」

ますます腑《ふ》に落ちない様子で瓜生が問う。

「なんとなく犯人の狙いというか、人間像が浮かんでくるような気がしませんか」

「前から思ってたんですけど、塙先生はミステリーの読みすぎなんじゃないですか」

茉莉が小テストの答案用紙に赤ペンを走らせつつ斬って捨てた。

「あ、分かります？」

場違いな明るさで塙が応じる。

頭は切れるようだが、空気を読まないのがこの男の欠点だ。一年生担当とは言え、よく学年主任になれたものだと思う。

「汐野先生」

答案用紙から顔も上げずに茉莉が発した。

「はい？」

緊張して顔を上げると、茉莉はいかにもそっけなく、

「塙先生にもっと他に読むべき本を教えてさしあげてはいかがでしょう」

「そうですね……」

くだらない——汐野も自分の仕事に向かいつつ適当に答えた。

「プルーストの『失われた時を求めて』とかどうでしょうか」

9

自宅に仕事を持ち帰り、冷えたハンバーガーを頬張りながらやっとのことでやり終える。まだ中間テストの問題作成が残っているが、午前一時を回ったところで気力が尽きた。

浴槽に湯を張る時間が耐えられず、シャワーだけで済ませ、湿ったベッドに潜り込む。

体は疲れているのに、神経がささくれ立って眠れない。最もまずいパターンだ。

『失われた時を求めて』。輾転反側《てんてんはんそく》しているときに、なぜかそのタイトルが頭に浮かんだ。

塙に勧める本としてそのタイトルを挙げたのは、言うまでもなく茉莉の軽口に合わせたジョー

クである。

長大で難解な小説であり、一応は完結しているが、プルーストの死により途中から作者による推敲や加筆修正が行なわれておらず、厳密な意味では未完と言ってもよい。あのときジョークとして口にするにふさわしい作品であったと思う。

世界に未完の長編小説、しかも歴史的名作としての評価が確立している作品は他にいくつもある。例えばバイロンの『ドン・ジュアン』、夏目漱石の『明暗』、中里介山の『大菩薩峠』など枚挙に暇がない。

だがそれらの中にあって、小説家が自らの意識と無意識とを含む人生を、円環的構造を持つ大伽藍に模して時間というものの意味を追求する『失われた時を求めて』は、言わばあらかじめ未完となることが定められた作品であり、小説家による最大の小説論なのである。

かつて汐野は、投稿生活に行き詰まりを感じていたとき、閉塞した気分を打ち破る手がかりとして『失われた時を求めて』の読破を試みたことがある。しかしそれは無惨な挫折に終わったばかりでなく、汐野にそれまで以上の絶望と無力感をもたらした。

いくら読み進めても、プルーストの綴った文章——原文ではなく日本語訳だが——は少しも頭に入ってこなかった。面白くない。心に響かない。自分にはこの名作を理解する能力がないのではとさえ思った。興味を惹かれた円環的構造とやらも、結末まで読まないと全貌が見えない理屈である。その結末までが果てしなく長い。まるで本当に誰かの人生であるかの如く。

どんなに定評ある名作であっても、読む人の能力によって、あるいは読む時期によって、輝いて見えるときもあればそうでないときもある。頭では分かっていても、汐野の焦りはいや増した。

小説の力に触れて、己の壁を打ち破ろう——そんな期待で読み始めたのが、まったくの逆効果となってしまったのだ。

思えば最悪の時期に読んだものだ。卒業の時期が迫り来る中、一刻も早くデビューしようと焦りつつ、文学史上でも希有な大長編に手を出してしまうとは。いつの時代も、学生の愚かしさは変わらない。

自分には面白くない、すなわち価値がないと断じられるほど愚かであれば、まだ救われもしよう。だが、なまじ小説を愛するがゆえに、汐野には『失われた時を求めて』を時代遅れの虚仮《こけ》おどしと見なすことができなかった。読み進めるのも苦痛だが、ページの合間から漏れ出る光のようなものだけは、心のどこかで感得していた。

時を扱う。時を描く。時を跳び、時を遡り、そして時の中で生き続ける。

時間というテーマには、文学の本質が隠されている。そんなふうに考えてもいた。

しかるに自分の書く小説は一体なんだ。小手先のストーリーを追い、修辞を弄し、形だけをきれいにまとめる。新人賞の選考に引っ掛からないのも当然だ。

文芸誌に掲載された受賞作と、自分の落選作とを引き比べる。文章の覇気、躍動感、好奇心。あらゆる点においてエネルギーの総量が違っていた。

今なら分かる。自分が見失っていたものの正体が。だがあのときは、見当違いの方向に向かってもがき続けるだけだった。

やがて汐野は、学生デビューという目標を達成できぬまま教師になって今日に至った。あれ以来、『失われた時を求めて』は読んでいない。手に取ることさえ忌避していた。

よりにもよってそんな本を、塙をからかうネタにしようとは。深い考えもなく口にしてしまったとは言え、つくづくと情けなくなってくる。

日本における教育システムとは、教師と、そして教師が指導する生徒から、心の潤いを剝奪するようにできている。それが現場の実態だ。例のＬＩＮＥの書き込みや、特定不能の発信源から放たれたメールは、そんな狂った世界に発生した悪意の泡なのかもしれない。だから犯人など最初からいない。泡は自然に湧いて出て、ディスプレイの表面で弾けては、無数の悪意を拡散させるだけなのだ――

悔恨と妄想は際限なく襲い来る。それは常に無駄で無益な戦いだ。汐野は毛布を首の上まで引き上げて寝返りを打った。

翌朝は余裕を持って出勤した。朝食を抜いてばかりでは体の方が参ってしまう。教職は体力勝負でもあるのだ。

職員玄関から校舎に入るとすぐに事務室がある。

ドアの前に立つ真島恵の後ろ姿が目に入った。生来の真面目で慎重な性格のせいか、事務員には珍しく、恵の出勤時間はいつもやたらと早かった。

「おはようございます」

そう声をかけて通り過ぎようとしたとき、

「あっ、汐野先生、待って下さい」

恵が助けを求めるように振り返った。

汐野は初めて、恵の前にラフなジャンパー姿の男が立っていたことに気がついた。保護者だろうか。どう見ても中学校にはそぐわない雰囲気の人物だ。

「どうかしましたか」

「こちらの方がお話を伺いたいとおっしゃってて」

「私に、ですか」

「いえ、そういうわけじゃないんですけど」

どうにも要領を得ない。恵も困惑しているようだった。

「先生ですか、どうもどうも、朝っぱらからすみません」

一応は恐縮しているような様子で男が割り込んできた。

「どちら様でしょうか。部外者の方が来校される場合は――」

「はじめまして、私、雲天《うんてん》と申します」

こちらの言葉を遮るように、男は強引に名刺を差し出してきた。

そこにはこう記されていた。

[野駒ニュースランド　社会部記者　雲天忠夫《ただお》]

硬直している汐野を睨め回しながら、男は一方的に話し出した。

「ご存じかどうか知りませんが、ウチはいわゆるネットニュース専門の会社なんです。地域密着型ってやつで、野駒市民の暮らしに関わるニュースを中心にやってます。おかげさまで市民の皆さんから大いにご信頼頂いてましてね、常時新鮮な情報がいくつも寄せられております。その中に、こちらの学校のホームページにおかしな記事が載ったってネタがありまして」

男の名刺を手にしたまま、汐野ははっとして顔を上げる。

「現在は削除されているようですが、投稿者はそのページのスクリーンショットまで添付してくれてました。確かにこちらの学校サイトでしたよ。読んでみましたが、かなり面白い記事でした。あれって、新聞部の生徒さんが書いてるんですってねえ。いやあ、なかなかの逸材じゃないですか」

すぐには本題に入らず、周辺の話題をねちねちと続けている。頬がこけているので老けて見えるが、年齢は三十代後半といったところか。

「はっきりと申し上げておきますが、どんなご用件であろうと、生徒を動揺させるような取材は固くお断り致します」

「生徒さんを動揺させているのは学校なんじゃないですか」

雲天は少しも怯《ひる》まなかった。

「憶測での発言にはお答え致しかねます。どうぞお引き取り下さい。授業の準備がありますので、私はこれで失礼します」

「学校としての見解は何もないって言うんですか」

「取材の申し込みでしたら、正式な手順を踏んで下さい。本校は地域の警察とも連携を密にしておりますので、これ以上本校周辺をうろつかれるようでしたら速やかに通報します。では」

一息に言って踵を返す。そのまま振り返らずに職員室へ直行した。

すでに出勤していた清子と佐賀に、雲天の名刺を渡して余さず報告する。二人とも表情を曇らせて聞いていた。

「ネットニュースの記者ですって？　最悪中の最悪じゃないの」

[最悪中の最悪]。清子自身がそんな顔をして呻く。

「これは私達だけじゃ対応できないわ。校長先生のご判断を仰いだ方が」

それに対し、佐賀が重苦しい声で応じる。

「しかし校長先生はまだいらっしゃってませんよ」

「ではそれまで、我々で手分けしてその男が生徒にちょっかいをかけてないか、学校周辺を見回ることにしてはどうでしょうか」

汐野はそう提案してみた。あの男にはもう二度と会いたくなかったが、生徒達から根掘り葉掘り学校の様子を聞き出されるのはあらゆる意味で阻止する必要があった。

「そうね、生徒を保護する上でもそれがいいでしょう」

頷いた清子が周囲を見回すと、出勤していた教師達が一斉に視線を逸らせた。木崎や比呂美などに至っては、これ見よがしに授業用のプリントやテスト用紙を広げている。

忙しい朝の貴重な時間を、そんなよけいな労働で潰したい教師などいない。それは汐野も例外ではなかったが、直接雲天と応対したのが自分である以上、やらないわけにはいかなかった。

「おはよう」

そこへ安宅教頭が入ってきた。

「あっ、おはようございます」

汐野達は口々に挨拶する。

「どうした、何かあったのか」

一同の異様な雰囲気を察した教頭に、清子が手早く雲天について伝える。

「なんだって」

教頭の顔面が瞬く間に怒りで染まった。

「君達の言う通り、生徒の保護が第一だ。今朝は出欠確認の時間まで全員で通学路の監視に当たることにしよう。校長先生には私から報告しておく」

そして他の教師達を振り返り、当然の如くに声を張り上げた。

「皆さん、お聞きの通りです。ただちに手分けして生徒の見守りに当たって下さい」

教頭の指示には逆らえない。居合わせた全員が露骨なため息を吐きながら立ち上がった。


その日の授業は散々なものとなった。

登校してくる生徒達の見守りに出たときには、すでに何人もの生徒が雲天に話を訊かれた後だった。

校外に出てきた汐野達の姿を見た雲天は、慌てて逃げるように去っていったが、「ネットニュースが取材に来た」という話は、あっという間に学校全体に広がった。

また、学校サイトのページをリアルタイムで見ていた保護者はやはり何人かいたらしく、昨日のうちに主にLINEなどによって広まっていた。こうなるともはや食い止めようがない。まさに燎原《りょうげん》の火であった。

生徒達は皆、心ここにあらずといった風情で、どのクラスでも形だけの授業を進めるのが精一杯だった。

ことに担任を受け持つ二年二組の授業では、学級委員長の美月が何か言いたそうにしきりとこちらの様子を窺っている。授業をしている自分の声が耳に入っているとはとても思えない。それでも彼女はまだいい方で、後方の席の生徒など、少しでも隙を見せれば互いに囁き交わしている。

学校側の不手際で後手後手に回っているという引け目があるから、どうにも強く叱れないということもある。生徒達の方でもそれを見透かし、いよいよ調子に乗って騒ごうとする。これでは正常な授業など望むべくもない。焦れば焦るほど、自分の声が生徒達の胸を素通りしていくのが分かった。

そもそも、自分の方こそ授業に身が入っているとは言い難い。いきなりやってきたネットニュースの記者。このまま引き下がるとは到底思えない。生徒からなんらかの情報は得たであろうし、保護者に事情を訊いて回っていることも充分に想像できる。

それだけではない。あの男なら、すでに三枝子の読書感想文を入手していてもおかしくはない。市のコンクールの入選作だから手に入れるのは簡単だ。その次はオリジナルとされる感想文と比較しようとするに違いない。近隣の図書館に七二年度版はないと判明しているし、ネットで検索した限りでは国会図書館にもヒットはない。だが実際に足を使って捜し回ってみれば、どこかで見つかる可能性は捨て切れない。

果たしてネットにどんな記事を書かれることか、もう気が気でなかった。

凜奈も果穂も昨日から欠席している。それだけでも大きな問題なのだが、立て続けに発生したトラブルに振り回され、対処がやはり後手に回っている。分かってはいてもどうしようもなかった。

しかし二人の欠席は、考えようによっては不幸中の幸いとも言えた。それでなくても盗まれたスマホを巡る疑惑と好奇の目が彼女達に集中している。そんなときに登校しても、彼女達の神経が耐えられるかどうか。ＬＩＮＥで学校の様子は把握しているかもしれないが、こんな状態の場にいて直接刺激されるよりはましだろう。

「袁傪《えんさん》は部下に命じ、筆を執って叢中《そうちゅう》の声に随《したが》って書きとらせた。李徴《りちょう》の声は叢《くさむら》の中から朗々と響いた。長短凡《およ》そ三十篇、格調高雅、意趣卓逸、一読して作者の才の非凡を思わせるものばかりである。しかし、袁傪は感嘆しながらも漠然と次のように感じていた」

副委員長の山形匠を指名して教科書を朗読させる。中島敦の『山月記』である。他の生徒では、演劇部か文芸部でもない限りここまでうまくは読めない。さすがに予習をしてきているのか、匠は李徴の如く朗々と読み上げている。しかしそれでも、そぞろに浮ついた気持ちは隠しようもなく表われていた。

汐野自身の心も、匠の読んでいる箇所を超え、その先を追っている。

《成程、作者の素質が第一流に属するものであることは疑いない。しかし、このままでは、第一流の作品となるのには、何処か（非常に微妙な点に於《おい》て）欠けるところがあるのではないか、と

──》

その一節に、短篇が載った後に落選を続けた己自身の傲慢と自虐とを思い出す。

今でこそ文学史に名を残す存在だが、生前は広く認められていたとは言い難い中島敦もまた、李徴の如く、自らを誇り、自らを嘲って日々を無為に過ごしたのか。だとしたらその精神のありようは、過去の自分となんら変わるところがない──

駄目だ。教師である自分が、授業中にそんな益体もない想念に囚われていては。

「よし、そこまで」

教科書を手にしていた匠が着席する。

「なかなかいいじゃないか、山形。声もいいし、演劇部に入ったら白石先生が大喜びしてくれるぞ」

気の利いた冗談を言ったつもりが、笑う者は当の匠を含めて一人もいない。いや、中にはわずかに憫笑を浮かべた者がいたかもしれないが、どうでもいい。教師の冗談はまず受けないものと心得るべしだ。気にせずすぐに頭を切り換えるのが授業の秘訣である。

「よし、次は、そうだな、芝田」

「えー、あたしー?」

芝田エミが立ち上がって続きを読み始める。

「時に、残月、光、ひややや、冷やかに、しろ? はく? あっ、しらつゆか。白露は地に……地に……」

「地に滋《しげ》く」

「地に滋く、樹間? を渡る冷風は……」

匠に比べると酷いものだが、一生懸命読もうとしているだけ、まだましな方だと言えた。

虚しい気分でエミの音読を聞きながら、三枝子の方を見る。

今回の件が表面化した最初の日に聴き取りを行なって以来、三枝子とはこの問題についてまともに話し合っていなかった。「極力刺激すべきではない」という詠子の忠告――というより警告か――に従ったのだが、折を見てもう一度話してみようとは思っていた。しかし事態がここまで複雑化しては、正直に言って話しかけることさえ恐ろしい。何かあった場合、責任を取らされるのが目に見えているからだ。認めたくはなかったが、〈とにかく責任を回避する〉という教師の生存本能が自分の身にも染みついているらしかった。

こうして様子を窺っている限りでは、殺伐とした教室内にあっても、三枝子は黙然と教科書に視線を落としている。底意地の悪い周囲の生徒達も、次々と発覚する新事実に夢中になって、今さら三枝子をからかう気にもなれないのであろう。落ち着きのない教室でひたすらに教科書と向き合っている三枝子は、深い原始の森に独り座しているかのようだった。

大丈夫だ――

そう己に言い聞かせる。こんな生徒が、盗作などしているはずがない。

盗作の事実さえなければ、少なくとも自分は大丈夫だ――

肩から背中にかけてのし掛かる疲労をこらえて六限まで終え、職員室で息も絶え絶えに座っていると、安宅教頭が険しい顔で呼びに来た。

「汐野先生、ちょっと来てくれないか」

てっきり校長室に呼び出されるのだろうと思ったが、違っていた。

教頭は校長室ではなく、応接室に入っていった。

室内では、ソファに座った人物が校長と何やら小声で話し合っていた。

「失礼します。汐野先生をお連れしました」

教頭の声に、来客が振り返る。神経質そうな中年男性だが、鼻筋が通っていて、若い頃は相当な二枚目だったろうと思われる。

その人物が誰であるか思い出して、汐野は身を強張らせた。高瀬一臣《かずおみ》氏。凜奈の父親である。職業は確か不動産管理と聞いた。早い話が、近隣の地主でアパートやマンションのオーナーだ。家賃収入で暮らしているようなものだから、平日のこんな時間に来校することも可能なのだ。

汐野を見て、高瀬は軽く頭を下げた。去年の文化祭だったか、何かの折に挨拶したことがあった。

「まあ、座って下さい」

校長に言われ、汐野は教頭とともに腰を下ろす。

「汐野先生、こちらは高瀬凜奈さんの保護者でいらっしゃる高瀬さんです」

「はい、以前にご紹介頂いたことがあります。どうもご無沙汰しております」

丁寧に挨拶したが、高瀬は渋い表情を浮かべたままである。どう見てもよい兆候ではあり得ない。

「高瀬さんはね、お嬢さんのことを心配して見えられたんです」

「汐野先生、娘のバッグから誰かのスマホが発見されたというのは本当ですか」

はい、としか答えようはなかった。

「昨日は娘が朝になっても起きてこないから、風邪か何かで具合が悪いのだろうと思っていたのですが、どうもそうじゃないらしい。そこで妻と二人でなんとか話を聞き出したところ、娘にとんでもない濡れ衣が着せられてるそうじゃないですか」

「いえ、そんなことは決して――」

否定しようとした汐野を遮り、高瀬は続けざまに言った。

「娘は相当なショックを受けています。親としてはそれだけでも耐え難いのに、どうやら裏では不穏な動きがあるらしい」

「不穏な動き、と申されますと――」

意味が分からず聞き返すと、高瀬は苛立たしげに舌打ちし、

「教育長の娘さんの読書感想文に関してよくない噂が立ってるって話は、私も父兄の皆さんから聞いてはおりました。しかし、まさか裏にそんなことがあって、自分の娘まで巻き込まれるなんて、想像もしていませんでした」

「ですから、一体なんのことだか私には――」

高瀬はこちらの愚鈍さを憐れむような目付きで言った。

「学校統合案のことですよ」

汐野はようやく理解する――高瀬は単に娘の凜奈を心配して来校したのではなかったのだ。

もともと野駒市は中流の新興住宅地で教育熱心な家庭が多く、折から流行の兆しを見せている小中一貫教育が受験に有利だと考えている層が厚い。彼らは駒鳥中学を校舎移転して小中一貫化するという案を支持しているのだが、地元の伝統を愛する古くからの住民は廃校に反対の立場を取っている。

藪内三枝子の父である教育長は、民意の反映としてかねてより学校統廃合を推進しようとしている。

そして他ならぬ高瀬一臣こそ、反対派住民のリーダーと目されている人物であった。

「教育の場である学校において、こんな卑劣な陰謀が進行していただなんて、はっきり申し上げて衝撃以外の何物でもありません。そりゃあ確かに私は駒鳥中学の廃校に反対の立場を取っています。しかし、だからと言って、娘にこんな酷い仕打ちをするなんて、常軌を逸しているとしか言いようはない。廃校推進派の人達は、生徒のことなんてどうでもいいとでも思っているんでしょうか」

高瀬は一気にまくし立てた。娘である凜奈の置かれた立場を考えれば当然と言ってもいい。

代々の地主である高瀬の一族は、曾祖父の時代、あるいはもっと以前から地元の小中学校に通っている。彼のような住民が郷土の学校に愛着を抱く心情は充分に理解できる。

一方で、新興住宅地に流入してきた人々にとっては、小中一貫教育のメリットはこの上なく魅力的に映っているに違いない。高瀬がそうした人々に建売住宅やマンションを提供している地元不動産業者の一人であるという点が、皮肉と言えば皮肉であった。

そもそも教育委員会が公立学校の統廃合を推し進める背景には、文部科学省による小中学校適正配置基準の見直しがある。少子化により生徒数は年々減少の一途を辿っているため、学校数を減らすことによって学校の維持費、教職員の人件費を抑制しようというものだ。

すべては財務省の財政制度等審議会が公立小中学校の統廃合を文部科学省に求めたことが発端である。国立教育政策研究所の試算によれば、三校以上を一校に統合した場合、数億円規模の予算削減効果が期待できるという。

反面、そうした効果を享受できるのは国と都道府県のみであり、市区町村にはメリットがないという指摘もある。なぜなら公立校の人件費は、国が三分の一、都道府県が三分の二を負担しており、非常勤講師や用務員、調理員などの人件費を除いて市区町村には負担がかかっていないからである。

さらには、バスや電車など交通手段の整備を考慮すると、市区町村の負担が増大するとも言われている。

いずれにしても、万事が政府の都合である。『地方創生』と言い換えられた、体のいい収奪でしかない。そんなことのために、本来は起こるはずではなかった住民同士の諍《いさか》いを全国各地で引き起こしているのが現状だ。

「賛成派の人達や教育委員会が、ここまでして廃校を推し進めるというのなら、私達にも考えがあります」

「落ち着いて下さい、今回の件は住民運動と関係があるわけでは――」

汐野は慌てて高瀬を押しとどめる。

「じゃあ誰が一体なんのためにこんな手の込んだ嫌がらせをすると言うんですか。反対派である私の娘がバッグに誰かのスマホを仕込まれた。これは狙い撃ちされたとしか考えられないじゃないですか」

抗議しているうちに興奮したのか、高瀬の勢いはとどまらなかった。

「しかもですよ、事の始まりは藪内教育長の娘さんじゃないですか。盗作疑惑でしたっけ？　こんなことは言いたくありませんが、仮にですよ、仮に盗作が本当だとしたら、教育長は辞任ものだ。それだけはなんとしても避けたいところでしょう。だからこんな馬鹿げたことを企んだんだ。

盗作騒ぎを私の娘のイタズラということにしてうやむやにする。そうなると今度は逆に私の立場がなくなってしまう。藪内さんにしてみれば、一石二鳥というやつなんじゃないですか」

さまざまな意味で汐野は二の句が継げなかった。

高瀬の仮説は筋が通っている。一瞬「なるほど」と思ってしまったほどだ。

だが、それはあくまで「盗作が事実である」という仮定に基づく話だ。

校長と教頭は、何も言わずに黙っている。ここでよけいな発言をすれば、後々どんなとばっちりを食うか知れたものではないからだ。

それは汐野とて同じである。教育委員会を束ねる藪内教育長を疑っているように取られるのはまずい。そうかと言って、住民同士の争いに巻き込まれるのも大いに困る。

どちらにどう転んでも地獄であった。できるならこの場から逃げ出したいくらいだ。それが叶わないのであれば、校長や教頭のようにただ傍観していたい。しかしこの件に関しては、自分が責任者ということになっている。

「どうなんですか、汐野先生」

高瀬がこちらに向かって問い質す。責任者だと知っているのだ。娘に聞いたか、それとも校長から伝えられたか。

「おっしゃることは分かります。ですが、学校としては凜奈さんがスマホを盗んだとはまったく考えておりませんし、盗作があったとも思っておりません。一連の騒ぎは、あくまでも何者かによる極めて悪質なイタズラです」

「何者かとおっしゃいましたが、では一体誰なんです、それは」

「分かりません。私どもも、全力を挙げて調査している最中なんです」

高瀬は鼻で笑うように顔をしかめ、

「調査、調査ってねえ、その何者かとやらは、ネットニュースにリークまでしてるんですよ」

「ちょっと待って下さい、どうしてそんなことをご存じなんですか」

「まさか、もう記事が配信されているとか」

教頭が驚いたように声を上げた。

「いえ、私は確認していませんが、まだだと思いますよ」

「じゃあどうして——」

「それくらい、保護者同士のＬＩＮＥであっという間に伝わりますから」

嘲笑混じりに高瀬が答える。常識だろうと言わんばかりに。

教頭はばつが悪そうに再び黙り込んだ。

確かにそれも高瀬の言う通りだ。野駒ニュースランドの記者がやってきたのは今朝のことだが、登校中の生徒にいろいろ聞き込みをしていた。帰宅した生徒のうちの一人でも親に告げれば、後は光の速さで伝わってしまう。それが今という時代だ。

それにしても——またもＬＩＮＥだ。

「でも、時間の問題じゃないですか。どんな記事になるのか、正直私も大いに気になっています」

高瀬が底意地悪く付け加える。

言われるまでもなかった。ネットニュースは即時性が身上だ。駒鳥中学についての記事がいつアップされても不思議ではない。

そうなったら――

あまりにも恐ろしすぎて、汐野は頭の中で強引に想像を遮断した。

「リークとおっしゃいましたが、ネットニュースの記者に情報を伝えたのは、一連の迷惑行為の実行者とは限りません。現に、学校の公式サイトは関係者以外でも閲覧可能なわけですし」

「それがどうしたって言うんですか。今話し合っている問題の本質とはなんの関係もないことでしょう。汐野先生、あなたね、迷惑行為だとかなんだとか、この期に及んで口先だけで言い逃れしようとか思ってませんか」

高瀬の舌鋒《ぜっぽう》は、まさに鋭く汐野の本音を衝いていた。

「何度も言いますけどね、こんなに符合することだらけの状況で、校舎移転と無関係なんて、私にはとても納得できません。父親の私が言うのもなんですが、娘は人に恨まれるような子じゃないし、演劇でもそれなりに評価されてるそうじゃないですか」

父親であるからこそ「それなりに」と謙遜した言い方をしたが、凜奈が全校的ヒロインであることは、高瀬も知っているはずだ。だから嫌がらせを受けるはずはないと言っているのだが、だからこそ嫉まれる可能性もあるとは考えないのだろうか。

「先生方の言う、その、何者かが存在するとして、そいつは廃校推進派か教育委員会の関係者に違いありません」

「高瀬さん、いくらなんでも教育委員会がそんなことをするなんて、常識的に考えてちょっとあり得ないと思いますが」

面倒を嫌う校長が初めて反論した。さすがにここは〈常識的に〉校長の言う通りだ。

「教育委員会とは言ってません。教育委員会の関係者です」

自らの苛立ちを抑えるように高瀬が言う。

「それって、全然違わないでしょう」

間抜け面で聞き返した教頭に、

「違ってますよ。反対運動に参加している住民を憎む誰かが、勝手に教育委員会の方針を忖度《そんたく》したってこともあり得るじゃないですか。れっきとしたキャリアの国家公務員が、あれだけ法を度外視した忖度を連日のように行なっている時代ですよ。地方公務員がやらないと考える方が不自然です」

またも教頭がやり込められた。

いかにも市民運動のリーダーらしい、堂に入った高瀬の理論展開であった。

「もういいです。よく分かりました。学校は本気で問題に取り組もうとしていない」

痺《しび》れを切らしたように憤然と立ち上がった高瀬を引き留めようと、汐野もつられて腰を浮かせた。

「待って下さい、私どもは凜奈さんや他の生徒さんの心のケアを第一に考えて――」

「娘は当分休ませます。こんな危険な学校に大事な娘を預けられるもんじゃありません」

保護者にそう言われると、教師の立場としては何も抗弁できない。

高瀬は校長に向かい、宣言した。

「ニュースサイトに間もなく記事が出るでしょう。それを検討した上で、我々は自主的に緊急保護者集会を開くつもりです。廃校反対派が中心になるでしょうが、たとえ推進派であっても参加希望者は喜んで受け容れますよ。我々はあくまでよりよい地域環境、学校環境を求めるものだからです。今回の事件について心を痛めている保護者は、廃校推進派の中にもきっといるはずだと信じています。それでは」

形ばかりに頭を下げて、高瀬は応接室を出ていった。

汐野は呆然とそれを見送る。最初から最後まで、高瀬の独壇場であった。リーダーがこの調子では、学校統合反対派の集会はさぞかし過激なものとなるだろう。

急に静かになった応接室で、気がつけば校長と教頭の視線は揃って自分に向けられていた。

「汐野先生、ちょっとね、いろいろとね、説明してもらいたいことがあるんだがね」

校長がすべての怒りを自分の頭上に吐き出そうとしているのが分かった。

その夜は残業をせずに学校を出た。浜田議員から有無を言わせぬ緊急の呼び出しを受けたのである。用件は聞かずとも容易に想像できた。

慌ただしく電車に乗り込んだ汐野は、車内で自分のスマホをチェックする。野駒ニュースランドのサイトに駒鳥中学の記事がアップされていないかどうか見るためだ。

記事はアップされていなかった。念のために他のニュースサイトもいくつか確認する。やはり記事は見当たらなかった。

あの雲天とかいう記者が執筆に手間取っているのだろうか。それとも入念に裏取りを行なっているのだろうか。本人に直接会ったときの印象では、いかにも飛ばし記事を書きそうないかがわしい人物だと感じたのだが、それは自分の偏見で、存外人は見かけによらないのかもしれなかった。

　やがて電車は駒珠《こまたま》駅に着いた。スマホをポケットにしまい、改札を出て浜田家へと向かう。

　夜の高級住宅街は、人気も少なく、汐野にはあまり馴染めぬものだった。自販機の一台も見当たらぬあたり、取り澄ましたよそよそしさを感じさせる。

　しかし自分も、今にここの一員となるのだ――

　己自身を励ましながら道を急ぎ、浜田家のインターフォンを押す。応対したのは沙妃だった。

　その声が普段よりも冷ややかに聞こえたのは気のせいか。

　風呂上がりのガウン姿で待っていた浜田は、汐野の顔を見るなり告げた。

「例のネットニュースな、あれは記事にならんから安心せい」

　啞然として浜田のつやつやとした頭部を見つめる。

「何をしている。そんなとこに突っ立っとらんでさっさと座れ」

「はあ……」

　わけが分からない。居丈高に命じられるままソファに腰を下ろす。

　煎茶を運んできた沙妃が茶碗をテーブルに置き、自らも汐野の隣に座った。

　濃く淹れられた茶を一口含んだ浜田が言うには――

　野駒ニュースランドの記者が取材に動き出した件は、いち早く耳に入ってきた。同社には、そういう〈役割〉の社員がいるのだそうである。しかも同社の社主である沼槌段三郎《ぬまつちだんざぶろう》は、浜田の中学時代の先輩で、後援会の副会長も務める刎頸《ふんけい》の友なのだという。

「そういうわけでな、沼槌さんには私からもよく頼んでおいたから心配するな」

「は、ありがとうございます」

そうだったのか――

汐野はひたすら恐縮して頭を下げるよりない。

「問題の記者はネット上で七二年度版の情報提供について呼びかけたいと言っとったらしいが、沼槌さんが一喝した。個人でもそんなことをしたらクビだ、中学生の読書感想文なんかよりもっと県政の取材に力を入れろとな」

県政を腐敗させている当人から叱られていたら世話はない。持つべき物は権力である。

安堵の息を吐く汐野に、

「だからといって気を抜くなよ。事実関係の裏付けが取れないこともあって今回は記者も引き下がったが、これ以上騒ぎが大きくなれば、またぞろ嗅ぎ回り出すだろう。そうなれば沼槌さんも抑え切れんと言っとった」

震える手で茶碗をつかみ取り、中の茶を一息で飲み干す。知らないうちに喉が渇き果てていた。

「それでも、事態はますます悪化しそうな状況だがな」

空になった茶碗を置いて顔を上げる。

「と申しますと」

「学校統廃合の件だ」

浜田は苦そうに茶を啜《すす》り、

「よもやこんな問題が絡んでこようとは、藪内さんも頭を抱えとるらしい。学校統廃合は教育委員会の既定路線だ。それでなくても住民対策は厄介なのに、よりにもよって、自分の娘がきっかけになったのだからな……汐野君」

「はい」

「今度の件な、すべて最初から計画されていたものだとすると、仕組んだのは相当に手強い相手だぞ。ことによったら、バックで面倒な連中が糸を引いているのかもしれん」

自分を見据える浜田の目は、明るい照明の下でどんよりと昏《くら》い光を放っていた。

これが清濁併せ呑むどころか、好んで濁を呑む政治家の目というものなのか。

久茂校長ではないが、どこか他人事のように汐野は思った。

「悠紀夫さん、どうしたの」

沙妃が横からつついてきた。

「え、どうしたって？」

「なんだかぼうっとしてるみたいだったから」

「いや、そんなことないよ」

空とぼけて弁解したが、沙妃の自分に対する観察眼には慄然とした。

「ならいいけど……」

沙妃はなおも疑わしげに汐野を眺めながら、

「傍で聞いてるだけでも大変な事態じゃないの。悠紀夫さん、本当に分かってるの。あたし達の将来がかかっているのよ」

「そりゃあ分かってるよ。当然じゃないか」

自分の返答に、空々しい響きが混じってしまうのを抑えられない。

「汐妃の言う通りだぞ、汐野君」

浜田がそれまで以上に峻烈《しゅんれつ》な視線で汐野を見据える。

「分かっております。しかし、面倒な連中とは、具体的にどんな……」

その視線に応えようとして、さらに間抜けなことを言ってしまった。

「今頃何を言っとるんだ、君は」

将来の義父は、呆れたように舌打ちし、

「野駒市に限らず、政治や行政というものには表もあれば裏もある。ことに裏での足の引っ張り合いは日常茶飯事だ。藪内さん、ひいては私を失脚させようと狙っている輩《やから》はいくらでもおる」

汐野は以前ネットで見たニュースの記事を思い出していた。皮肉にもそれは、野駒ニュースランドの記事だった。

［反浜田派議員、野駒グランドホテルで怪気炎］

確かそんな見出しがついていた。浜田の進めようとしている政策に反対する議員達が、ホテルで決起集会を開いたというのである。文中で〈反浜田派〉と名付けられた議員達は、インタビュアーに対し、長年にわたる浜田の県政私物化に抗議するとも述べていた。

記事では併せて反浜田派の陰に、マルチ商法で逮捕歴のある実業家や、反社会的勢力と接点のある文科省ＯＢの存在があることを巧妙に匂わせている。県政の刷新を謳《うた》っているように見せかけながら、何が言いたいのかそのときはよく分からなかった。国語の授業ふうに言えば、「主旨がはっきりしない」という好例である。

だが先ほど浜田から教えられた通り、野駒ニュースランドの沼槌オーナーが浜田の盟友であるとするならば合点がいく。

「すると、例えば反社会的勢力とかが絡んでるとおっしゃるのですか」

「可能性の話だよ。こんな手の込んだ仕掛けなんだ。大いにあり得るとは思わんかね」

「いくらなんでも……」

言葉を濁すと、沙妃がすかさず突っ込んできた。

「甘いわよ、悠紀夫さん。あいつらって、平気で利益誘導とか税制優遇とかやるんだから。人事だって情実ばっかだし」

それは浜田も同じではないかと思ったが、本人を前にして指摘するほど愚かではない。

「ほんと、何してくるか分からないから気をつけないと。悠紀夫さんも政治家になるんだから、もっとそっちの勉強をしてほしいものね」

教師の自分が「勉強をしろ」と怒られた。もはや自虐的な気分である。

沙妃と最後に文学の話をしたのはいつだったろう――そんなことを唐突に思った。

一方の浜田は、娘を頼もしそうに見て目を細めている。

「僕の認識が足りませんでした」

微笑みを浮かべて大仰に頭を下げる。間違っても動揺していると取られてはならない。

浜田は無言で茶を飲み干し、小さな音を立てて器を置いた。

「小中学校の統廃合は藪内さんが率先して進めている重要なプロジェクトだ。それが白紙撤回にでも追い込まれたら、藪内さんの責任問題となりかねん。そうなると、教育問題を票集めに利用する私の策もご破算だ。え、どうするね、汐野君」

〈票集め〉と言い切った。教育問題を利用すると。その厚顔無恥ぶりにはさすがに嫌悪を催したが、ここはこらえるしかない。第一、自分はその尖兵《せんぺい》たらんと進んで志願した身だ。

「は、それなんですが、反対派の高瀬氏は野駒ニュースランドに記事が上がり次第、それを検討して緊急保護者集会を開くと息巻いていました。あの調子では、たとえ記事が出なかったとしても、高瀬氏はかえって怪しむだけでしょう。保護者集会は必ず開かれると見て間違いありません。高瀬氏が主導する以上、それは保護者会というより、校舎移転問題を巡る住民集会の様相を呈するものになると思われます。そこで私は、学校代表として集会に立ち会い、内情を探ってこようと思います」

「そうしてくれるか」

「はい。お任せ下さい」

本当は事態の責任者として集会の場で糾弾される立場なのだが、ものは言いようというやつである。

浜田も沙妃も、安心したように頷いている。

そこへ和江が銚子と猪口を運んできた。

「遅くなりましてすみませんねえ。ここらでどうぞ一息入れて下さいな」

まるで見計らったようなタイミングである。もしかしたら、本当に様子を窺っていたのかもしれない。

「さあ、悠紀夫さん」

別人のように愛想よく銚子を取り上げた沙妃が勧めてくる。

「ありがとう」

慌てて猪口を取り、燗酒を注いでもらう。

「なんだ沙妃、お父さんは後回しで、悠紀夫君ばっかりかい」

これまた別人のような浜田の軽口に、「当たり前でしょ」と沙妃が返す。

場は打って変わって和やかな笑いに包まれた。例によって和江はすぐに引っ込んでいる。

「それにしても汐野君、盗まれたスマホを持っていたのが高瀬の娘だったなんて、こりゃあやっぱり、少々できすぎなんじゃないのかね」

早くも顔を赤くして、浜田が世間話でもするかのように切り出した。

「そうよ、関係ないはずなんてないわ、絶対。きっと裏に何かあるはずだわ」

酌をする沙妃も、憤然として言い募った。

この親娘が言っていることは、今日学校で高瀬が主張したことと裏表だと汐野は思った。立場が正反対であるだけで、互いに同じことを言い合っているのだ。

「そうですねえ」

つまみに出された自家製の佃煮やアサリの酒蒸しに箸を伸ばしつつ、当たり障りのない言葉を選ぶ。

「とりあえずは、当事者である生徒達の聴き取りですかね。まだ細かく話を聞いていない生徒も何人かいますから、まずはそこから始めないと。何か隠している生徒がいるかもしれませんし」

「聴き取りというと、あれかね、刑事ドラマの取り調べみたいなもんかね」

「まあ、そんなもんですね」

生徒と犯罪容疑者を同じに扱えるはずもないが、あえて肯定する。実際にそういう展開になることもあるし、今はとにかく浜田の機嫌を損ねたくなかった。

「そうか、じゃあぜひとも派手にやってもらいたいな」

「もし悠紀夫さんが真相を暴いたら、一転して悠紀夫さんが功労者ってことになるんじゃないの」

沙妃の一言に、浜田が膝を打った。

「そうだ。そうなれば、教育委員会への異動、さらには選挙への出馬にもプラスになる。こりゃあ『雨降って地固まる』だ」

そこは『災い転じて福と為す』だ――浜田の誤用を頭の中で添削するが、うわべはあくまでもにこやかにアサリを頬張る。

「そうだろう、汐野君」

「はあ、うまくいけばいいんですけど」

「なあに、君ならやれる。やってもらわにゃ、私が困る」

そうですか――でも演説の際は誰かに原稿をチェックしてもらった方がいいですよ、お義父さん――

「あら、あたしだって困るわ、ねえ、悠紀夫さん」

沙妃がわざとむくれてみせる。交際を始めた頃は知る由もなかった意外な俗物性に、多少辟易していても、その仕草はやはりこの上なく愛らしかった。

10

翌朝出勤した汐野は、校内がまたしても平穏ならざる異様な騒ぎの渦中にあることを悟った。

充分に予想されたことでもあり、正直、またかとうんざりした気分になった。

しかしその理由は、学校サイトに掲載された新聞部の記事でも、ネットニュース記者の取材でもなかった。

高瀬凜奈が登校してきたのだ。

父親の高瀬は、確か「娘は当分休ませる」と言っていたはずだ。

それがどうして――

一限目は二年一組の授業だった。すなわち、凜奈のいるクラスである。いろいろと質したいことはあるが、問題が問題であり、他の生徒も聞いているので、汐野はただ機械的に授業を行なうことに徹した。

授業時間を通して、凜奈は平然と汐野の声に耳を澄ませ、教科書を読み、ノートを取った。その様子には普段となんら変わるところがないどころか、全体にどこか挑発的で、颯爽とした決意をも感じさせた。

「人間であった時、己《おれ》は努めて人との交を避けた。人々は己を倨傲《きょごう》だ、尊大だといった。実は、それが殆ど羞恥心に近いものであることを、人々は知らなかった。勿論、曾《かつ》ての郷党の鬼才といわれた自分に、自尊心が無かったとは云わない。しかし、それは臆病な自尊心とでもいうべきものであった」

『山月記』を読み上げる凜奈の声は、生き生きとした感情を表現してどこまでも気高く迷いなく、汐野でさえも思わず聞き惚れてしまったほどだった。さすがであるとしか言いようはない。他の生徒達に至っては、まるで凜奈の一人芝居を鑑賞しているかのように陶然となっている。

「己は詩によって名を成そうと思いながら、進んで師に就いたり、求めて詩友と交って切磋琢磨に努めたりすることをしなかった。かといって、又、己は俗物の間に伍することも潔しとしなかった」

「よし、そこまで」

教科書を台本のように手にした凜奈が着席する。

「なかなかよかったぞ。ちゃんと予習して教科書を調べてきているのがよく分かった」

朗読の技術や精神ではなく、意図的に「予習して」きたことを褒める。凜奈が本当に予習してきたかどうかも分からないのに。

それは、他の生徒がいくら努力しても凜奈のように朗読することは不可能だと思えたからだ。凡庸な一般人にとって、〈目標〉は実現可能なレベルであるにしくはない。

それが自らへの弁解であることは承知している。

弁解？　どうして自分が弁解などしなければならないのか？

しかし現に、そんな自分を見る凜奈の目は、虎となった旧友を見る袁傪のそれと感じられた。

また生徒である凜奈の堂々とした発声に比べ、汐野は教師である自分の声が微かに震えているのを自覚した。

一限の終わりを告げるチャイムが鳴った。救われたような気分で全員に告げる。

「よし、今日はここまで。次からはみんなしっかり予習をしてくるように。誰を当てるか分からんぞ」

教室を出るとき、生徒達が四方から凜奈を取り囲むのがちらりと見えた。

ドアを閉めて歩き出す。

「きゃー凜奈、相変わらずスゴいねーっ」「もう大丈夫なの？」「誰かにイヤなこと言われなかった？」「ねえねえ、新聞部のアレってひどいよねーっ」

そんな声を背中で聞きながら、汐野は職員室に向かって足を進める。

高瀬凜奈。

一体どういうつもりで登校してきたのか。

いっそのこと休んだままでいてくれた方がよかったのに――

そんなふうに思いかけ、頭を振って打ち消した。

事態の解明には、凜奈への詳細な聴き取りが不可欠だ。

それが分かっていながら、自分はやはり恐れている。

高瀬凜奈の持つ〈何か〉を。

職員室でも、凜奈の噂で持ちきりだった。

「高瀬さん、お父さんが休ませるとか言ってたんですって？」

詠子が汐野に尋ねてきた。手には各教員に配る『保健だより』を抱えている。

「ええ、そうなんです。だから私も驚いてしまって」

「お父さんは高瀬さんの体調について何もおっしゃってませんでしたか」

「さあ、それについては何も」

学校への不信感を表明しただけだったとは、この場ではとても口にできない。

「淡水先生こそ、高瀬さんの具合についてはは何かご存じありませんか」

「いえ、私もそこまでは把握してなくて、だから心配なんですよ。なんと言っても、文化祭がもうすぐそこまで迫っておりますし……」

そう言いながら、詠子は茉莉の方を見た。

その視線を意識して、今までこちらの話を聞いていたらしい茉莉が顔を上げた。

「演劇部の顧問として言わせて頂ければ、高瀬さんが登校してきたのは、ごく自然なことなんじゃないでしょうか」

平静な口調で茉莉が会話に参加する。

「と、言いますと」

永尾が至極凡庸に訊いてきた。

「簡単ですよ。恥じるところが何もないからです。確かに自分のバッグから大木さんのスマホが発見されたのはショックだったでしょう。だからさすがに二日間も休んでしまった。でも、高瀬さんは元来とても責任感の強い生徒です」

「それに誇りも気位も高いし、反骨心も人一倍だ」

まるで茶化すように発したのは塙であった。だが本人は極めて真面目な顔をしている。

「気位はよけいです」

茉莉に睨まれ、塙が慌てて訂正する。

「そうですね。不適切でした。すみません」

椅子ごと振り返った茉莉は、汐野や他の面々に向かい、

「皆さんもよくご承知の通り、文化祭がもうすぐそこまで迫っています。こんなときに、主役の一人を演じる自分が欠ければ演劇部はどうなるか。あの子がそんなふうに考えるのは誰だって見当くらいつきそうなものじゃないですか」

「演劇の素質だけでなく、天性のリーダーシップのようなものが高瀬に備わっているのは我々だって承知しています。あれだけの人気ですからね。でも、だからこそ、今回の事件は彼女にとって――」

「お言葉ですが汐野先生」

反論しようとする茉莉を制し、汐野は続けた。

「まあ聞いて下さい。いくら高瀬でも、あの事件は精神的にきつい。想像力が豊かであればあるほど、校内での疑念や中傷に耐えられないのではないかと」

「どうやら汐野先生は高瀬さんを過小評価しておられるようですね」

「まさか、私はむしろ――」

「いいえ、してます」

茉莉はいよいよむきになって、

「あの子はそんなに弱い生徒じゃありません。かえってそうした逆境に立ち向かっていくような強さを持っています。塙先生の言葉を借りれば、そう、反骨心と言ってもいいでしょう。だからこそあそこまで演劇部をまとめることができるんです」

驚いた。発言内容に異論はないが、教師である茉莉自身が、まるで凜奈のカリスマに魅せられているかのような強い語調であった。

「分かりました。いずれにせよ、バッグにあったスマホや読書感想文について、彼女には改めて聴き取りを行なわねばなりません」

詠子が何か言いかけて、口を閉じるのが横目に見えた。養護教諭として異議を唱えようとしたのだろう。

「本来ならもう少し様子を見てから、とも思ったのですが、白石先生のおっしゃる通り強い生徒なら大丈夫でしょう。それでも万が一を考えて、聴き取りは再度白石先生に担当して頂いた方が無難かと思うのですがいかがでしょうか」

結果的に好都合な流れとなった。これなら茉莉も断れないし、他の教師も見ていたから客観性と公平性とを担保してもらえる。

茉莉が担当するなら安心だと思ったのか、詠子も特に反対はしなかった。

「分かりました。ですが汐野先生」

「なんでしょう」

「一つだけ言っておきますが、保護者間の話や学校外の問題とかは、絶対に持ち出さないで下さいね」

茉莉は意図的に曖昧な言い方をしたが、凜奈の父親が校舎移転問題の反対派であり、緊急保護者集会を開こうとしていることはすでに教職員のほとんどが知っている。

「もちろんです。生徒本人のメンタルを第一に考えます。それもあって、白石先生にお願いしているんです」

口先ではなんとでも言える。しかしこの場合は嘘ではなかった。下手にその問題に触れると、どこで何がどう爆発するか知れたものではない。地雷も同然の話題である。しかも一旦爆発したが最後、最も巻き込まれる可能性が高いのは他ならぬ自分なのだ。頼まれても触れたくはない。


茉莉の話によると、演劇部は放課後すぐに視聴覚室で通し稽古が予定されているという。視聴覚室は合唱部など他の部活と取り合いの状態である。予約の変更は難しいとのことだった。通し稽古の中でも、当然ながら最も大きな比重を占めるのは二年生、ことにカムパネルラを演じる凜奈とジョバンニを演じる小春のパートであった。

そこで相談の上、演劇部員の聴き取りは一年生の広野果穂から行なうことにした。

凜奈の陰に隠れてあまり話題になっていないようだったが、果穂もまたこの日から登校を再開していたのである。

凜奈と歩調を合わせるが如くに欠席し、また登校する。それは果たして偶然か。

六限の授業を終え、その日の雑務を急いで片づけた汐野は、茉莉とともに視聴覚室へと赴いた。

《ぼくはもう、すっかり天の野原に来た。それにこの汽車石炭をたいていないねえ》

《アルコールか電気だろう。ああ、りんどうの花が咲いている。もうすっかり秋だねえ》

小春と凜奈の声が聞こえてくる。ジョバンニとカムパネルラの台詞だ。すでに通し稽古の真っ最中であるらしい。

後ろのドアを開けた茉莉が、音響係の助手を務めている果穂を小声で呼ぶ。

「広野さん、ちょっと」

怪訝そうに顔を上げた果穂は、周囲の部員達に目礼し、機材を置いて小走りに出てきた。

小声であっても稽古は自ずと中断される。全部員の視線がこちらへと向けられた。もちろん好意的なものではない。本番間近の大事な稽古を妨げられた怒り、女子中学生らしい好奇心、そして果穂への同情と疑念。ことに教壇の前に立つ凜奈と小春の視線が痛烈に感じられた。

早足で生徒指導室に移動し、茉莉が果穂を対面に座らせる。汐野は壁を背にして立った。

「大変だったわね、広野さん」

聴き取りはそんなおざなりとも聞こえる茉莉の言葉から始まった。

「本当に大丈夫？　今日から登校したっていうのに、部活まであんなに頑張って。つらかったら無理しなくていいのよ？」

茉莉が言っているのはこういう意味だ――「今日登校してきたのはなぜなのか」。

「大丈夫です。文化祭も近いのに、いつまでも休んでるわけにはいきませんから」

質問の真意を察しているのか、それとも愚直に応じているだけなのか、果穂は健気《けなげ》な笑みさえ浮かべ、明快に答えるのみだった。

「そう、ならいいんだけど」

気のせいか、茉莉も果穂の心底を計りかねているように感じられた。

聴き取りの大半は、前回と同じ内容の繰り返しに終始した。果穂は一貫してすべての〈イタズラ〉への関与を否定している。

自分のスマホは気づいたらなくなっていた、未だに見つかっていないし亜矢のスマホに電話などかけていない、ましてや凜奈のバッグに亜矢のスマホを仕込むなんて考えたこともない――筋は通っていて破綻はない。だがそれだけであって、果穂の話を裏づける証拠も証人も存在しない。

「それにあたし、文芸部にも入ってますから、みんなと同じで、藪内先輩の入選は当然だと思ってました。藪内先輩、滅茶苦茶燃えてましたし、あの人、本に関してだけは誰にも負けませんから」

「高瀬さんの感想文も校内の作品集に選ばれるほどいい文章だったわよね」

「はい、あたしも冊子をもらったとき、すぐに読みました」

「そうなの。じゃあ、文芸部員として高瀬さんの感想文についてはどう思った?」

その質問に対しては、少し小首を傾げるようにして、

「『さすが凜奈さんだー』って思いました。とってもカッコイイ感想文だったし。でもあたし、凜奈さんが読書感想文、そんなに頑張ってたなんて全然知りませんでした。たぶん、他の人達もそうじゃないかと思います」

「演劇部で高瀬さんは読書感想文について何も話さなかったということ?」

「はい。でも、みんなと一緒になって『ウチの学校、やたらと読書感想文にうるさいよねー』とかは言ってたかもしれません」

それが失言だと感じたのか、口を押さえて横に立つ汐野を見上げた。

「汐野先生はそれくらい気にしないから大丈夫よ」

間髪を容れず茉莉がフォローを入れる。

「すみません……」

一年生らしく気弱にうなだれる。

――あの、今日スマホを盗られたっていう広野ですが、彼女も演劇部員じゃないですか。盗られたふりをして、自分のスマホをどこかに隠したという可能性は……

塙の言葉が思い出される。汐野には果穂の演技力など推し測るすべもないが、仮に今のすべてが演技であったとしても、彼女が凜奈や亜矢を罠に陥れようとする理由はない。

「広野さん、最後に自分のスマホを見たのは、大木さんのスマホが発見された日のお昼休みだと言ってたわよね。ちょっとだけＬＩＮＥを見たって」

茉莉が汐野と打ち合わせた通りの質問を切り出してくれた。

「はい」

「そのときパスワードはどうしたの」

「入力しました。スマホって、操作しないままにしておくと自動的にロックが掛かりますから」

「どうやって入力したの」

「こう……手をバッグの中に入れて、何かを探してるようなふりをしながら……分からないように、こっそりと……」

身振り手振りを交えて説明してくれる。しかし、〈こっそりと〉やっているようには到底見えない。むしろ大仰で目立つ動作だった。

「普段スマホを使うのは教室だけ？　それとも他の場所でも使ったりした？」

果穂が上目遣いに茉莉を見る。叱られるのを恐れているのだ。

「別に怒ろうと思って訊いてるわけじゃないから心配しないで。できるだけ正確に教えてほしいだけなのよ」

「文芸部の部室でも、それに演劇部の部室でも……」

「あなたがスマホをバッグに隠してること、誰かに言ったりした？」

「いいえ、言ってません。ほんとです。あたし、大木先輩みたいに、トイレでみんなと見たりとかしてませんから。だってあたし、あんなに大勢、友達なんていませんし」

力強くかぶりを振った。

汐野はため息をつくしかない。たとえ言っていなくても、リアルタイムでLINEを見たりすれば同じである。相手には学校で使用していることが丸分かりとなってしまうからだ。

しかもあの派手な動作で、教室だけでなく、文芸部や演劇部の部室で頻繁に使っている。通りすがりを装った誰かがなにげない素振りで後ろから覗き込めば、パスワードは容易に判別できるだろう。文芸部や演劇部の部員に対する疑いが深まるばかりでなく、少なくとも同級生全員に果穂のスマホとパスワードを盗み取る機会があったと考えるべきだ。

「ありがとう広野さん、もういいわ。練習に戻って」

「はい」

「あ、それと、三隅さんに伝えてちょうだい、こっちへ来るようにって」

「分かりました」

立ち上がった果穂が、一礼して生徒指導室を出ていった。

汐野は無言で茉莉と顔を見合わせる。

果穂からの収穫は皆無に等しかった。強いて言えば、果穂のスマホのパスワードにほとんど意味はなかったと分かったくらいか。

予想以上の徒労感であったが、音を上げている暇もない。聴き取りはまだ始まったばかりなのだ。

事前に口裏合わせをされることを避けるため、次が小春の順番だということは伏せておいた。演劇部の副部長である三隅小春は、凜奈の親友であるだけに、果穂以上に慎重を要する相手でもあった。

しばらくして、ノックとともにドアが開かれ、小春が入ってきた。

稽古中は外していたのだろう、薄いノンフレームの眼鏡を掛けている。

「ごめんなさい、三隅さん。大事な練習中に」

「いえ。部の方は凜奈がいますから」

小春は警戒するように茉莉と汐野とを交互に見る。

「さあ、そこに座って。楽にしていいわよ」

「はい」

おとなしく着席したが、先ほどの稽古時の伸びやかさに比べ、その動作はどこかぎこちなかった。

図書準備室に過去の作品集があることを知っていたかどうかなど、他の生徒にしているのと同じ質問と説明とを最初に行なってから、茉莉は息を整えるようにして核心の質問に入った。

「三隅さん、あなたは高瀬さんの読書感想文について何か知っていましたか」

「何かって、書いてる最中のことですか、それとも書き上がって提出した後のことですか」

「どちらについても訊きたいけど、まずは書いてる最中のことについて教えてくれないかな」

小春は年齢にまるで似合わぬ鋭い一瞥を汐野に投げかけた。

「夏休み中、汐野先生に見てもらって、凄く褒められたって言ってました」

凜奈の話していた通りである。

「あなたはそれを誰かに話したりした？」

「いいえ。だって、凜奈から誰にも言わないでほしいって頼まれましたから」

「その約束をちゃんと守ったのね」

「はい」

「高瀬さんは、なぜあなたに口止めしたのかしら」

「どうしてそんなこと訊くんですか」

穏やかな口調ながら、小春は意外なところで聞き返してきた。

「だって、普通だったらみんなに自慢したくなりそうなものじゃない？」

「私にそれを訊くんですか」

いぶかしげな小春の問いに、茉莉はわずかに躊躇しながらも頷いた。

「ええ」

いけない――汐野が止めようとしたときはもう遅かった。

小春が〈それ〉を口にする。

「凛奈のお父さんは廃校の反対派ですから」

茉莉ははっとしたように自分の口を押さえている。

言わせてしまった――

自分であれほど釘を刺しておきながら、自らその言葉を誘導してしまったのだ。

「先生方も、やっぱりそれが関係してるって考えてるんですね？」

自分達の動揺をまのあたりにして、小春がすかさず問いかけてきた。

彼女の洞察力は中学生のそれを超えている。到底口先だけでごまかせるものではない。下手にここで弁解しようものなら、彼女の学校に対する不信感を決定的なものにしてしまう。加えてそれが凛奈に伝わっても困る。

汐野は咄嗟に肚を決めた。

「たとえ何に関することであろうと確証はどこにもない。今のところ言えるのはそれだけなんだよ」

横から発言すると、小春が冷ややかな視線を向けてきた。

「それって、ただの――」

「言い逃れだと言いたいんだろう？　まあ聞いてくれ。先生達がこうして君達に聴き取りを行なっているのは、一刻も早く真実を明らかにしたいからなんだ。そうでないと、君達だって落ち着いて芝居の稽古に専念することもできないだろう。それだけは分かってくれるな？」

こちらの言葉を吟味していたのか、小春はややあってから頷いた。

「はい」

「じゃあ先生達と目的は一致しているわけだ。そこで改めて訊きたいんだけど、君達の間で、読書感想文の一件が保護者間の問題と関係していると思われるようなことが何かあったのかい」

「何かって……」

「具体的な出来事でもいいし、単なる推測であってもいい。要するに、君達が不安に感じているようなことがあったら、率直に聞かせてほしいんだ。そしたら、先生達だって君達のために対策を立てやすくなる」

我ながらうまい言い方ができた――

茉莉も安堵し、納得しているようだ。

だが心の中で冷や汗を拭ったのも一瞬で、小春からはそっけない反応が返ってきただけだった。

「そんなの、何もありませんよ。確かに不安と言えば不安です。廃校の問題で親同士が揉めてるってのは、私達だって聞いてますし。だけど、親は親で、私達は関係ありませんから」

ここで怯んでいては覚悟を決めた意味がない。汐野はさらに突っ込んだ。

「すると、君達の間でその問題に関しては話し合ったこともないんだね？」

「はい」

小春の返答は明快だった。

「凜奈はそんなこと、たとえ思っていても口にするような子じゃありませんから。私だって、凜奈のお父さんの話をわざわざしたりなんてしません」

当たり前だろう、と言わんばかりの口調だった。

確かにその通りなのだが、汐野は微かな違和感を抱いた。

汐野の知る限り、三隅小春は温厚で皆に慕われる性格である。少なくとも、ここまで攻撃的且つ挑発的な物言いをするような生徒ではないはずだ。

並外れて聡明とは言え、中学生だ。汐野はそこに小春の真意を見出した。

「つまり君は、内心では『もしかしたら』と不安に思うこともあった、だからあえて二人の間では話題にもしなかった――そう理解していいのかな」

小春はしばし黙り込む。先ほどと同じく、こちらの発言を慎重に検討しているのだ。

汐野は彼女が返答しやすいように助け船を出す。

「君が高瀬のことを心配しているのは先生達もよく知っている。すべて彼女を思いやってのことなんだろう？」

「はい」

ようやく素直に答えてくれた。

「ありがとう、三隅。先生達も君の気持ちを無駄にしないよう頑張ることを約束する」

「ありがとうございます」

よし――流れがこっちに来た。

「そこでもう少し確認させてほしいんだ」

「何をですか」

「君自身の考えをさ」

またも疑わしそうに身構える小春に対し、

「たとえ表面では互いに口にしなくても、君は今回のイタズラに保護者間のトラブルが関係してるんじゃないかと疑っていた。少なくともその可能性はあり得ると感じていた。そこまではいいね？」

「……はい」

「一方の高瀬はどうだろうか」

「どうって――」

「高瀬はどう感じていたんだろうか。君の主観でいいんだよ。高瀬を傷つけないためなんだ。思った通りに教えてほしい」

「分かりません。普通なら気にしないはずはないと思うんですけど、凜奈は普通と違ってますから」

そう言われるとこちらも返す言葉がない。

「副部長で親友の君にも、高瀬は何も打ち明けなかったと言ったよね」

「はい」

「それを不審に思ったりすることはなかったのかい」

「打ち明けるとか、打ち明けないとか、そういうのじゃないんです。凜奈はお芝居以外のことには興味が薄いっていうか、私から見ても驚くくらい割り切ってるところがあって……ほんとに分からないとしか言いようはありません」

その言葉にこちらも納得してしまう分だけ、それ以上は質しようもなかった。

「ありがとう。話は戻るが、今回高瀬はバッグに他人のスマホを仕込まれるとか、いろいろ被害を受けているよね」

「ええ」

「そんなことをしそうな人物に心当たりはないかな」

「特にはありませんが、凜奈に告白して断られた男子とかいっぱいいますから、誰がやったとしても不思議には思いません。凜奈を嫉んでた子だっていっぱいいるし」

「じゃあ逆に、高瀬が意識していた人はいないかな」

「意識、ですか？」

「例えば、そうだな、高瀬本人は口に出さなかったとしても、藪内のお父さんは高瀬のお父さんとは反対の立場にある。それに、高瀬と藪内の感想文はどちらも甲乙付け難いくらいに優れていた。結果として、藪内の方が全校代表になったけどね」

それこそが本命の質問である。小春は見事に乗ってきた。

「お父さんの話はしませんでしたけど、藪内さんの感想文がいいらしいってことはちょっとだけ言ってました。凜奈がそういうこと言うのは滅多にないんで、よく覚えてます」

やはり――

「それは校内優秀作の冊子が配布される前のこと？」

「はい、確か夏休み中でしたから。私の家で話してるときかな、そんなこと言ってました。凜奈って、才能がある分だけ、負けず嫌いなところがあるんです。人の才能を見抜くっていうか……でもそのときだけで、藪内さんのこと、そんなに強く意識してるって感じでもありませんでしたけど」

普段心の中を覗かせない凜奈がそう漏らしたということは、充分に三枝子のことを意識していたと解釈できる。

小春は急に不安そうになって、

「もしかして、例のＬＩＮＥ、凜奈がやったと疑ってるんですか」

「まさか。それだけはないと確信してるよ」

言下に否定してみせる。小春を安心させるためだ。凜奈を疑っていると彼女に思われては後々面倒なことになる。

「だからこそ、藪内との間に何もなかったってはっきりさせておきたいんだ」

それだけは偽らざる本心とでもいうべきものだった。自分の不安はひとえに読書感想文の盗作疑惑にある。校舎移転など結果的にどうなろうと知ったことではない。自分は政治家になるのだから。

「君は演劇部の副部長であり、高瀬の良き相談相手だ。今後、藪内とのことや、読書感想文のことで何か分かったら、まず先生に教えてほしい。その上で最良の道を一緒に探っていこう」

「分かりました」

小春が同意するのを確認し、茉莉の方を見る。

茉莉もまた、こちらに向かって小さく頷いた。そして小春に向き直り、

「ありがとう、三隅さん。次は高瀬さんを呼んできてちょうだい」

「凜奈を、ですか」

腰を浮かしかけた小春が、少し驚いたように茉莉を見る。

「凜奈、今日復帰したばかりなんですけど」

「心配しないで。汐野先生のおっしゃった通り、私達は高瀬さんのケアを第一に考えてるから」

「分かりました。失礼します」

鋭敏な小春が本心から納得したかどうか。汐野にはそこまで判別できなかったが、ともかく小春はそのまま退室していった。

「すみません、汐野先生」

茉莉が汐野に向かって詫びる。

「私自身があんな発言を引き出してしまうなんて。考えが足りなかったっていうか、不用意でした。でも、汐野先生のおかげで助かりました」

「そんな、お礼を言われるようなことじゃありませんよ。それに、かえって三隅の気持ちやいろんなことを知ることができて、大きな収穫でした」

〈いろんなこと〉と曖昧にぼかす。また〈大きな収穫〉など実はない。分かったのは、「程度は不明だが、凜奈が三枝子を意識していた」ということと、「少なくとも小春の前では、父親達の関係や問題意識には無関心のようであった」ということくらいだ。つまりは、「何も分からないまま」であるに等しい。

凜奈への聴き取りについて何点か打ち合わせた後、汐野は茉莉とともに無言で凜奈を待った。

柄にもなく緊張している己を自覚する。

唐突に思い至る――茉莉の前で、凜奈が自分のマイナスとなるような証言をする可能性があるのではないか。

例えば、「汐野先生が学校代表レベルだと言っていたのに、藪内さんの感想文が代表になって憤慨した」など。

だがそれはあくまでLINE書き込みの犯人が凜奈であると仮定した場合の話であって、たとえそうであったとしても、凜奈ならば軽々とかわしてみせるだろう。

事態がこうなってみれば、LINEのイタズラなどもうどうでもいい。自分に責任が及ぶことさえなければ、事実など明らかにならずともそう大きな問題ではないはずだ。

万一まずい方向に話が及びそうになったとしても、それとなく方向を変えてしまえばいい。

そうした事柄を自らに言い聞かせつつ、汐野はじっと凜奈を待つ。
二、三分ののち——
「失礼します」

澄んだ声で挨拶し、凜奈が入ってきた。

「よく来てくれたわね。こっちに座って」

「はい」

指示された通り、凜奈は茉莉の向かいに腰を下ろす。いっぱしの俳優然とした、背筋の伸びた美しい座り方だった。教則本に載っている写真のよう、と評してもいいかもしれない。

「学校、勝手にお休みしてすみませんでした」

出し抜けに凜奈がそう言って頭を下げた。

「私のバッグの中でスマホが鳴ったとき、あんなに騒いで……本当にびっくりしちゃったものですから」

　こちらが発言する前に、機先を制するつもりで述べたのだとしたら、大した役者だと言うほかない。

「謝ることはないわ。あんなことがあったんですもの、ショックを受けて当然よ」

　普段は誰に対しても強気の茉莉が、心なしか凜奈に対してだけはわずかながらに語調が優しい。

　やはり彼女では駄目だ――

「さっき三隅さんから話を訊いたんだけど、彼女、ずいぶんとあなたのことを心配してたわよ。羨ましいわ、あんなに気遣ってくれるお友達がいて」

「親友ですから。小春にはいつも助けられてます」

　凜奈が女子中学生らしい笑顔を見せる。

　それは本心からの笑みか、あるいは演技か。汐野には見分けがつかない。

「三隅の話では、君は藪内の感想文について『いいらしい』と話していたそうじゃないか。君は一体どこでそんな話を聞いたのか、先生に教えてくれないか」

　打ち合わせに反し、いきなり自ら質問を発した。

　茉莉が驚いたようにこちらを見たが、構ってはいられない。

「果穂に聞いたんです」

「一年生の広野果穂か」

「ええ。あの子、文芸部と掛け持ちしてますから、藪内さんが汐野先生に凄く目をかけられてるって言ってました。汐野先生が藪内さんに『凄くいいよ』なんて言ってるところも見たって」

落ち着いた様子で凜奈が答える。整然として、明快な回答だった。

果穂自身はそんなことはおくびにも出さなかったが、彼女の性格を考えると充分にあり得る。むしろ、演劇部で話さない方が不自然なくらいだ。

「それについて、君はどう思った？」

「どう思ったって、藪内さんについてですか」

「そうだ」

凜奈はどこか嗤っているような目でこちらを見た。

「別に、なんとも」

その答えは、［なんとも］平凡なものだった。

「だって、藪内さんが大の本好きだって話、有名じゃないですか。去年の校内優秀作品集も読みましたけど、藪内さんの感想文が素敵だったのはよく覚えてます。それこそ全校代表になってたってておかしくなかったくらい」

最後の言い方はどこか皮肉めいていたが、気にしている素振りを見せないよう注意する。

「では、藪内に対してはなんのわだかまりもなかったんだね」

「はい」

それだけ聞ければ言うことはない。だが、汐野の心に巣くった不安は去らなかった。

「実はね、君と藪内がなんだか意識し合ってたみたいだって言う生徒がいてね」

「意識って、どういうことですか」

「その、つまり、対抗心とでもいうのかな」

「誰ですか、そんなこと言うのは」

「それは言えない」

「そんなの、あるはずないじゃないですか」

「うん、だからこの際、はっきり否定しておきたいんだよ」

「藪内さんは文芸部だから感想文に打ち込むのは当然だと思います。私は演劇部でお芝居を頑張るだけです。あの人とはクラスも違ってますから、普段から話したりすることもほとんどないし」

そこで凜奈は舞台上にでもいるかのように一拍置いて、

「私、尊敬してるんですよ、藪内さんのこと。いえ、あの人のことをよく知らないのは今言った通りですけど、どんなことであれ、才能がある人って凄いと思います。現に、私は読書感想文で藪内さんに全然敵わなかったわけですから」

堂々たる台詞だったが、やはり最後が引っかかった。

「そうか。それならいいんだ。いや、あえて訊いてみたのは、君のお父さんのこともあるからなんだ」

「父の？」

「うん、君のお父さんは廃校に反対する住民運動のリーダーでもある。一方、藪内のお父さんは、それを推し進める立場だ」

「そんなのって――」

「心配しなくていい。分かってる。そんなことで疑われるのは君だって嫌だろうと思ってるだけなんだ」

すかさず質問の方向を切り替える。あまり固執するとかえって凜奈の疑念を招くだけだ。

父親のことを持ち出すのは茉莉との打ち合わせでも了解事項に加えていた。小春に父親同士の確執について話させてしまった以上、凜奈に隠しても意味はない。親友同士の女子中学生だ。どうせ片方に話したことは互いに筒抜けとなるに決まっている。

「父は関係ありません」

毅然として凜奈は言った。

中学生の女子ならまだ［お父さん］や［パパ］と言ってしまう生徒も少なくはない。しかし凜奈はちゃんと［父］と呼称した。それだけでもしっかりと自立した知性が感じられる。

「だけど、君のバッグに大木のスマホを仕込んだ誰かがそんな嫌がらせをした理由は、校舎移転問題に絡んでいた可能性は否定できない。思想や信条にかかわらず、そうした卑劣なやり方は絶対にあってはならないと先生は考えている。誰があんなことをやったのか、そのための手がかりが欲しいんだ」

束の間、凜奈は考え込んだ。それは次の台詞を発する間を取っているようにも思えたし、本当に心の内を探っているようにも思えた。

「分かりません。私の友達、それに演劇部のみんなは、家族のことなんかに触れたりはしませんから。第一、私、父のやってることとか住民運動とかに関わってるわけじゃありませんし。勝手にやってって感じです。いや、違いますね、あんまり目立つようなことはやらないでっていうのが本音かな。私や藪内さんだけじゃなく、生徒はみんなそうなんじゃないですか」

普通の女子中学生なら誰しもそう思うであろう、典型的とも言える返答であり、態度であった。

茉莉の方を振り向き、視線で合図する。

汐野の後を引き継ぐように、茉莉は質問を発した。

「あなたの言う通りね。じゃあ、何か別の心当たりはない？　しつこくしてくる男子とか、誰かと喧嘩したり、悪口を言われたりとか」

「さあ……それこそ本当に心当たりはありません。単に私が気づいてないだけかもしれませんけど」

自分が嫉まれる存在であることは自覚しているのだ。

しかし本人に心当たりがない以上、こちらにはどうすることもできない。

「ありがとう、高瀬さん。今すぐじゃなくてもいいから、何か思い出したこととか気になることとかがあったら、いつでも遠慮なく相談してね」

「ありがとうございます」

「今日はもういいわ。ご苦労様。通し稽古の方はお願いね」

「はい。失礼します」

退室した凜奈がドアを閉めると同時に、汐野は大きく息を吐いて茉莉を見た。

彼女も同様に強い緊張下にあったらしく、ほんの一時間前に比べても急激にやつれたようだった。

「さすがに疲れましたね」

声をかけると、茉莉は小さく「ええ」と頷いて、

「汐野先生、打ち合わせでは私が聴き取りを主導することになっていたはずですけど」

いつもの気の強さを取り戻したのか、強い口調で詰問してきた。

「すみません。咄嗟の判断でした。藪内に対してどういう感情を持っていたか、どうしても訊いておく必要を感じたんです。その点については打ち合わせしてなかったので、私が口に出してしまいました。約束に反したことは謝ります。けれど、そもそもの発端である読書感想文については私の責任でもありますし、ここではっきりさせておかないと、後々疑惑の余地を残してしまうと思ったんです」

その説明に、茉莉は納得したようだった。

「分かりました。確かに、これで高瀬さんが藪内さんに対してなんら含むところがなかったということがはっきりしたわけですしね」

実際は凜奈の一方的な主張であり、主観でしかないのだが、汐野は意識して異論を唱えなかった。ここで反論したりすると、かえって茉莉の不審を招きかねない。

「でも汐野先生、こうなると藪内さんにも訊いておくべきじゃないですか、高瀬さんについてどう思っていたか。だって、佐川さんの話からすると、どちらかというと意識してるのは藪内さんの方だったそうじゃないですか」

「なるほど、ここで藪内からも話を訊いておかねば徹底を欠くということですね」

感心したように言いながら、汐野は心の中で舌打ちしていた。

この状況下において、三枝子は自分にとって地雷にも等しい。藪内教育長と浜田議員の策謀に抵触する可能性があるためだ。できれば三枝子には触れたくないというのが本音であった。

今三枝子に触れると、藪をつついて蛇どころか、とんでもない猛獣を出してしまう危険がある

──


「藪内さんは登校してましたよね」

腕時計に目を遣りながら言う茉莉に、

「ええ。普段なら文芸部の部室か図書室にいると思いますが、最近は授業が終わるとすぐに帰っているようです」

「そうですか。でも一応、職員室に戻る前に図書室と文芸部の方を覗いてみましょう」

「うん、それがいいでしょうね」

連れ立って生徒指導室を出る。藪内三枝子は人一倍多感で繊細な生徒だ。あんなことがあっても毎日登校しているのは頑なな義務感からだろうが、さすがに通常通り部活に参加するまでには至っていまいと考えた。

しかし、楽観的な考えであればあるほど手もなく裏切られる。

放課後の図書室に、三枝子はいた。

他にも全部で五、六人ほどの生徒がいたが、彼らとは距離を取って、独り静かに読書をしていた。なんの本かは分からない。

「藪内さん」

茉莉が呼びかけると、三枝子は無言で顔を上げた。

できるだけ他の生徒の注意を惹かぬよう、汐野は小声で告げる。

「ちょっと話をしていいかな」

「ここでですか」

「別の部屋に行こう。図書室ではお静かに、だ」

生徒指導室とは言わなかったが、それだけで三枝子はすべて察したらしい。本を閉じて立ち上がる。表紙の書名が見えた。『小川未明童話集』だった。

その書名は茉莉も目にしたようで、生徒指導室へ向かう途中、茉莉がにこやかな口調で話題にした。

「藪内さんて、難しい文学ばかり読んでいるのかと思ったけど、童話なんかも読んでるのね」

緊張した硬い気分をほぐすための糸口として持ち出したのだろうが、汐野は密かに舌打ちした。なぜならば小川未明の作品は、童話と銘打ってはいるが、読めば読むほど人間とそれを取り巻く異界の闇が深く渦巻いているような世界を構築しているからである。

それを単なる童話とひとくくりにしてしまえば、三枝子のようなタイプの読書家からは反発を買うだけでしかない。

現に三枝子は、口に出しこそしなかったものの、うっすらと鼻の先で嗤っているように見えた。中学生にはありがちなメンタリティだが、茉莉のことを無知な俗物であるかのように軽侮しているに違いなかった。それが手に取るように分かるのは、かつての自分がそうであったからに他ならない。

凜奈の次に三枝子の聴き取りか——

正直に言うと、可能ならば日を改めたかった。それほど扱いに注意が必要な生徒である。すでに疲労困憊《こんぱい》している汐野には荷が重かった。二十代である茉莉のスタミナが羨ましいとさえ思う。

生徒指導室に入ると、茉莉は率先して席に座り、先ほどまでの三人と同じく、三枝子に着席を促した。汐野もこれまで同様、壁際に背を向けて立つ。今回も質問は茉莉に任せる手筈となっていた。だからと言って気は抜けない。話題が危険な方向に向かいそうになったら、すかさず介入して別の方向へと逸らす心づもりであった。

「例のイタズラがどういうふうにエスカレートしてるか、藪内さんも知ってるわね？」

基本的な質問の後、茉莉はそんなふうに切り出した。

毎日登校していれば嫌でも耳に入ってくるだろう。三枝子は「はい」と小さく頷いた。

「先生達はね、なんとか解決したいと努力してるんだけど、なんだかいろいろとややこしい事情が絡んでるみたいなの。あ、誤解しないでね、それは大人の世界の話であって、生徒には全然関係ないことだから。でも、そんな話を教室に持ち込む人もいるかもしれない。それぱっかりは先生達にもどうしようもないの」

「分かってます」

やはり小声で三枝子が答える。それはどこか大人びて、冷たく醒めた言い方のようにも感じられた。

「これから嫌なことを訊くかもしれないけど、少しでも不愉快だとか、答えたくないと思ったらすぐに言ってちょうだいね。先生達はあなたや他の生徒を傷つけるようなことだけはなんとしても避けたいと思っているの」

「はい、ありがとうございます」

入念に予防線を張る茉莉に対し、三枝子は型通りの礼で返す。

「あなたが盗作なんかしてないってこと、先生達はみんな知ってる。特に汐野先生は、あなたの感想文をほとんど付きっきりで指導してたわけだから、盗作なんてあり得ないって。だけど誰かが校内で変なことを繰り返してる。それであなたにもう一度話を訊くことにしたわけ。どんな些細なことでもいいから教えてほしいの。藪内さん、あなたにあんな嫌がらせをしそうな人について、心当たりはないかしら」

その問いに対する返答は、汐野の予想を超えるものだった。

「あります」

はっきりと三枝子はそう答えた。

「誰なの」

「高瀬さんです」

それは茉莉にとっても衝撃であったらしい。問い質す声がはっきりと震えていた。

「本当なの」

「高瀬さんか、三隅さん。もしくはその二人の取り巻きの誰かです」

「つまり、誰なのかはっきりとした確証はないってことね」

「はい。でも、私はそうじゃないかと思います」

「どうして」

「先生が最初におっしゃった通りです」

「えっ、私が？」

「はい」

「ごめんなさい、どの話なのか……」

「大人の世界の話です」

童話の世界について語るが如く、大人の世界と口にした。

「高瀬さんのお父さんは廃校に反対してます。私の父が教育委員会で仕事をしてるから、当てつけに嫌がらせをしてるんじゃないかと」

「藪内さん、あなた、本当にそう思ってるの？」

「先生がどんなことでもいいって言うから、最も可能性のありそうなことを言ってみたんです」

つまり——それ以外に心当たりはないと言いたいのだ。自分にはそんな嫌がらせをされる覚えはないと。

「でも、それじゃあんまり……もっと具体的な理由とかがあれば……」

「一年の広野さんが文芸部の部室で言ってました。演劇部では、私の父が教育長だから感想文も贔屓されてるんじゃないかと噂してるって」

果穂はそんなことを一言も言っていなかった——

「だったら、どうして今まで言ってくれなかったの」

「訊かれなかったからです。今日まで、誰にも」

広野果穂。三隅小春。高瀬凜奈。そして藪内三枝子。

汐野には、急に彼女達が少女の顔をした魔女であるかのように思えてきた。

この四人の中に魔女がいる。

あるいは、四人全員が。

それから十分ばかり、汐野と茉莉は交互に質問をしたが、三枝子からはこれといって目新しい情報は得られなかった。

「来てくれてありがとう、藪内さん。読書の途中だったのに邪魔しちゃってごめんなさいね」

わざとらしい言葉で茉莉は聴き取りを締めくくった。

「これで終わりだから、図書室に戻ってもいいわ。それとも文芸部の部室に？」

「いえ、今日はもう帰ろうと思います。なんだかとても疲れました」

「あっ、そうよね、その方がいいわ。気がつかなくてごめんなさい。こういうのって本当に疲れるものだしね」

慌てて言い直す茉莉に、三枝子は特に反応を示さず退室していった。

「私達も職員室に戻りましょうか」

間の悪さをごまかすかのように、茉莉は明るく言って立ち上がった。だがその言葉に反して彼女の動作は、いかにも憂鬱そうな、のろのろとしたものだった。

「そうですね」

同意してドアに向かいかけた汐野は、咄嗟に決意を固めて足を止めた。

「どうしたんですか、汐野先生」

振り返った茉莉に、

「白石先生、申しわけありませんが、先に戻って下さい」

「えっ？」

茉莉が不審そうに、そしてあからさまに不服そうな表情を見せる。職員室に戻れば、他の教師達から聴き取りの結果を訊かれるだろう。つまり必然的に報告の役目を引き受けることになるからだ。

「汐野先生はどちらへ」

「私は文芸部の部室に行ってみます。藪内の言っていた内容が気になって……文芸部の部員にも話を訊いてみようと思うんです。広野は演劇部の方に行っているでしょうし、藪内は下校すると言っていた。今が絶好のタイミングではないかと」

「そうですね」

茉莉は不承不承といった顔で頷いた。

「分かりました、汐野先生。では、お先に」

「お疲れ様でした」

生徒指導室の前で茉莉と別れ、汐野は文芸部の部室へと急いだ。下校時間が近づいている。文化祭の前であるから普段より多くの部員が残っているだろうが、早く行かねば帰ってしまう。

今年の文化祭では、文芸部は『駒鳥中学文芸部オススメの本』という発表をすることになっている。各部員が、それぞれの愛読書について読みどころ、作者の経歴、自分の感動したポイントなどについて記したポスターを壁に張り、本とともに展示するという催しだ。

コミックの類を除いて、ジャンルについて特に縛りは設けず、エッセイ集、絵本なども可とする。部員達が自主的に決めたものだが、顧問として汐野も随時指導を行なっている。

自分の好きな本をアピールするというこの企画は当たりのようで、日頃はさほど熱心でない部員も目を輝かせて取り組んでいた――今回の騒ぎが起こるまでは。

文化祭への取り組みを放棄してしまったわけではないだろうが、どこか気もそぞろになって、それまでのような熱意が失われたことは否定できない。

部室に入ると、部員達はまだ活動している最中だった。

「すみません、すぐに片づけますから」

下校を促しに来たと勘違いしたらしい。部長の将人が緑のサインペンを持った手を止めて顔を上げた。

「いや、いいんだ。ちょっと確認したいことがあってね」

そう言うと、部員達はかえって興味を惹かれたようだった。

「藪内がご家族のことについて悩んでたりしてなかったか、ちょっと気になっているんだけど、みんな、何か気がついたようなことはあるかい」

互いに顔を見合わせた部員達は、一様にどこか逡巡《しゅんじゅん》でもしているかのような表情を浮かべている。

「それって、もしかして、廃校の話ですか」

まず発言したのは三年の哲平であった。皆と同様にオススメ本のポスターを作っていたらしい。通例に反し、三年になっても文化祭の発表に参加する気でいるようだ。彼の前に置かれている本は澁澤龍彦の『ドラコニア綺譚集』であった。中学校の文化祭で採り上げる本としてはどうかと思うが、題材の選択は部員の自主性に任せるという方針であったし、何より今はそれどころではない。

「はっきり言うと、そういうことなんだ」

「だったら、僕達も話には聞いてますけど、正直、なあ？」

同意を求めるように将人を見る。

「ええ、前にも汐野先生に言ったと思うんですが、僕達、藪内さんが盗作したなんて全然思ってないんで、そういうの、気にもしてませんでした」

緑のペンを置いて、将人ははっきりと答えた。

「先生も盗作じゃないと考えているのはこの前言った通りだ。だが、無責任な噂に影響される者だっていないとは限らない。例のイタズラとは関係なしに、文芸部の中で廃校の話が出たりしたことはなかったかな」

果穂の名前をあえて出さず、慎重に尋ねる。

一年の由乃がおずおずと手を挙げて、

「果穂ちゃんがなんかそんな話、してたと思います」

やはり果穂か――

しかし顔には微塵《みじん》も出さず、汐野はごく自然な口調で問い直す。

「広野が？」

「はい。演劇部ではなんか、そういう話をする人が多いって。果穂ちゃん、演劇部と掛け持ちしてますから」

すると二年の咲良が由乃に向かい、

「演劇部は高瀬さんのファンが多いからじゃないの？　高瀬さんを批判したりする人は誰であろうと許さないっていうか、そんな雰囲気」

「あ、そういう感じ、ちょっとしますね」

由乃はあっさりと肯定する。人の意見に流されやすいタイプかもしれない。

「広野がその話をしたとき、藪内もいたのかな」

懸命に思い出そうとしているのか、由乃はつかえながら言う。

「ええと、どうだったかな……たぶんいたとは思うんですけど……藪内先輩って、いつもあんまり喋らない方だから、いたのか、いなかったのか……すみません、はっきりとは……」

「でもさあ、逆に藪内さんがウチでそんな話、したことないってのは確かだよね」

咲良がうまい具合に補足してくれた。

「それを言うなら、高瀬さんだって誰かの親の話なんてする人じゃないよ」

将人の発言を咲良が冷やかす。

「あれえ、もしかして部長、高瀬さんに気があったりしたの？」

将人が選んだ本は、ツルゲーネフの『はつ恋』だ。

「えっ、ちょっ、ヘンなこと言うなよ、僕は純粋に高瀬さんの人柄を――」

「いいからいいから、あたし達に隠さなくたって」

「違うって言ってんだろ。いいかげんにしろよ」

なんと言っても中学生だ。こういう［場面］は日常茶飯事で、ある意味微笑ましいとも言える。

青春を遠く過ぎた汐野でさえ、時には羨ましいと思えるほどだ。しかし今日に限っては呑気に眺めている余裕はない。きりがないので適当なところで話を戻そうと思っていると、哲平に先を越された。

「やめろよ、おまえら。ともかくだな、高瀬本人は別として、演劇部にはうるさい高瀬ファンが多いってだけの話だろ。ウチは演劇部と違って孤高の存在。そういう世俗の問題とは関係ないってこと」

哲平の少々強引なまとめに、大半の部員が頷いている。

いまだ文芸部に顔を出しているだけあって、哲平は［孤高の存在］［世俗の問題］などという言葉を使った。わざとなのかもしれないが、その恥ずかしさもまた中学生特有のものであり、汐野にも大いに覚えがある。

いずれにせよ、文芸部の空気は大体分かった。

文芸部では校舎移転問題について話されたことはないに等しい、ただし問題の存在、藪内と高瀬の父親の件については知っていた、逆に演劇部では父親同士の問題について話す部員が多いと果穂が言っていた、そしてそれを藪内は間違いなく聞いていた――

「ありがとう。参考になったよ」

礼を言って退室しようとすると、咲良が慌てて訊いてきた。

「あの、もう少し部室を使っててていいですか。文化祭はもうすぐなのに、あたし、まだ全然できてなくて……」

「分かった。ただし、ほどほどのところで切り上げろよ」

「はい、ありがとうございます」

ドアを閉める寸前、咲良の作っている展示物の表題が目に入った。

彼女の選んだ本は『赤毛のアン』だった。

職員室のドアを開けた途端、教師達が一斉に振り返った。

安宅教頭や清子、佐賀、永尾らもいる。

「あっ汐野先生、ちょうど今、白石先生から聴き取りの結果について伺っていたところなんです」

清子が真っ先に声をかけてきた。

「あんまり収穫はなかったようですね」

ごく大雑把な結論まで言ってくれる。この上なく無神経に。

「そうですが、しかし皆無であったわけではありません。やはり廃校の問題が関係している可能性が――」

「可能性などどうでもいい。事実が分からなければなんにもならん」

教頭に切って捨てられ、汐野は黙った。

「文芸部の方はどうでした？」

教頭の側に立っていた茉莉に尋ねられた。

「はい、藪内の言った通り、広野が話していたようですね。でも文芸部の部員は廃校にも保護者の話にも興味はないようで、藪内を追いつめるような気配は感じられませんでした。一方で高瀬を非難するというわけでもなく、少なくとも今回の件については、文芸部は無関係のように思われます」

清子が妙な視線をこちらに投げかけているのを感じる。文芸部の顧問である自分が、責任を逃れようと話を捏造《ねつぞう》しているのではないかと疑っているのだ。

「分かった。汐野先生、白石先生、ご苦労様でした」

これ以上追及しても意味はないと考えたのだろう、教頭はねぎらいの言葉を発して教師達に向き直った。

「皆さん、状況はお聞きの通りです。何かお気づきになったこと、質問したいことなどはありませんか」

何人かが手を挙げる。

いずれも聴き取りの細部に関する質問だった。当然汐野と茉莉が回答することになる。全員で情報を共有するのは大事だが、汐野にとってはひたすら疲れが増すばかりの務めであった。

うんざりとした思いを押し隠し、汐野が一同に対して説明していたとき。

不意に教頭の机の電話が鳴った。

「はい、安宅です……あっ、承知しました。すぐに参ります」

応答したと思った次の瞬間に、教頭は直立不動の姿勢を取っている。

そして受話器を置きながら言った。

「校長先生からの内線だ。汐野先生、君をお呼びになっておられる。私も一緒だ」

校長が？

否やはない。汐野は教頭と連れ立って職員室を出た。

いい予感はまったくしない。膨れ上がる一方の不安を抱え、校長室に入る。

机を前に座っていた久茂校長は、二人が着席するのを待っておもむろに切り出した。

「先ほど連絡があり、明後日、土曜に緊急保護者会が開かれるそうです」

ついに来たか――

「本校体育館が工事中であるため、会場には野駒市青少年教育文化センターを使用するとのことでした。本来なら私も出席すべきところなのですが、体育館工事を請け負ってくれている勝駒《かつこま》建設と最終的な打ち合わせがあるため、本校の代表としてお二人に行って頂きたいのです」

ここに来て工事の打ち合わせなど、見え透いた口実に決まっているが、自分が出席するのは言わば既定路線であったのだから仕方がない。

「汐野先生は読書感想文に関する責任者であるわけですし、保護者から求められた場合、懇切丁寧に経緯や事情の説明に努めて下さい。よろしいですね」

「はい」

「それから教頭先生は、汐野先生が学校全体の不利益になるようなことを口にした場合……まあ、汐野先生のことですから大丈夫だとは思いますが、一国の大臣だって失言で更迭されるなんてこともままありますからな……そんなときは教頭先生、よろしくフォローをお願いしますよ」

「は、お任せ下さい」

いつもは校長に従順な教頭が、このときばかりは少しばかり不満そうに答え、横目でこちらを睨んできた。

端的に言えば、教頭は自分のお目付役である。忠犬さながらの安宅も、貴重な土曜をこんなことで潰さざるを得ないのはさすがに面白くないのだろう。

「いいですか汐野先生、敵のリーダーはあの高瀬さんです。会場は相当に荒れることが予想されます。決して油断はなりませんよ。充分に覚悟して、発言はくれぐれも慎重に」

あろうことか、保護者を〈敵〉呼ばわりだ。その時点で異常だということに無自覚なのか。それとも承知の上で言っているのか。

どちらであろうと、自分の返答は一つしかない。

「はい、よく分かっております」


高瀬凜奈をはじめとする四人の生徒からの聴き取りは、想像を絶する消耗を汐野に強いた。さらには、週末に緊急保護者会が待っているという。

過酷な一日を終えて深夜自宅マンションに帰り着いた汐野は、コンビニで買ってきた焼肉弁当を冷たいまま食べた。コンビニの店員は「温めますか」と訊いてくれたが、わずか一分かそこらの時間さえ待つ気力がなかったのだ。

脂身ばかりの冷えた肉を、無言で機械的に咀嚼する。食事と呼ぶには無味乾燥に過ぎるその行為は、単なる栄養補給のためでしかなかったが、添加物の多量に含まれたコンビニ弁当ばかり摂取するのは、素人考えでも健康によいとは思えなかった。むしろ有害であるのは、週刊誌の記事を読むまでもなく体がとっくに察知している。それでも何かを食さねば生きていけない。食欲があろうとなかろうと。

学生の頃のように自炊するなど夢のまた夢だ。そんな暇がどこにあるというのだろう。

考えてはいけない。考えていては、中学校の教師などやれなくなる。だから何も考えない。考えずに飯を口に押し込む。

やがて自分は教師でなくなる。それまでの辛抱だ。それまで耐え抜けばいいだけだ。

そう思ってはいても、今日という日はつらすぎた。子供は無自覚であるがゆえに、無防備な、剝き出しの感受性をぶつけてくる。大人のそれとは違い、一方向にのみ鋭く尖った針のような感受性だ。感情的という意味ではない。それだけにまともに受けると、世俗の殻で覆われた大人の外面などいともたやすく貫かれてしまう。

いや待て——本当に無自覚と言い切っていいのだろうか。無自覚であることのメリットを本能的に熟知しているからこそ、自らをも傷つけてしまうほど鋭敏になれるのではないだろうか。

［本能的な無自覚］。その逆説に、疲れた頭が反応する。だが考えはまとまらない。それを言葉にできたなら。文章の連なりとしてまとめることができたなら。

すべてはたわいのないよしなし事だ——

そんな能力が自分にないことは分かっている。だから中学校で教師などやるはめになったのだ。最後に黄色く着色された漬け物を米と一緒に嚙まずに嚥下《えんげ》し、食事を終えた。着色料が移って黄色く染まった米粒が、細かく砕かれたプラスチックの破片に見えた。

コップに水道水を汲んで飲み干し、机に向かう。授業で回収した生徒のレポートを採点し、明日に備える。思ったより時間がかからなかった。心のどこかで、入れ込みすぎないようストッパーがかかっているせいだろう。慣れるに従い、教師は自ずとそうなっていく。

風呂に入り、歯を磨いて寝支度を済ませる。しかし不穏に騒ぐ神経は、容易に睡魔を寄せつけなかった。

《己《おれ》は詩によって名を成そうと思いながら、進んで師に就いたり、求めて詩友と交って切磋琢磨に努めたりすることをしなかった。かといって、又、己は俗物の間に伍することも潔しとしなか

った》

頭の中で『山月記』の一節が谺《こだま》する。授業で高瀬凜奈が朗読した部分である。

まるで同じだ。

虎となった李徴と同様に、汐野もまた自らの才を盲信して他者を蔑み、作家として名を成すことのみを空想していた。

その結果、「文芸潮流」に短篇をお情けで掲載してはもらえた。作品の題名は『空虚』。現代を漂うが如くに生きる不安定な青年の心象風景を、不条理な挿話を交えて描いたものだ。伝統ある有名文芸誌に載ったことは、自分にとって唯一の拠り所と言ってもいい。

逆に、作家志望を公言していたわりに、自慢できることはそれだけしかないとも言える。だから汐野は、『空虚』が「文芸潮流」に掲載されたことを末松にしか話さなかったのだ。

それこそが李徴と同じく、[尊大な自尊心]と称すべきものではなかったか。

《人間であった時、己は努めて人との交を避けた。人々は己を倨傲だ、尊大だといった。実は、それが殆ど羞恥心に近いものであることを、人々は知らなかった。勿論、曾ての郷党の鬼才といわれた自分に、自尊心が無かったとは云わない。しかし、それは臆病な自尊心とでもいうべきものであった》

凜奈の朗読が、まるで自分を嘲笑っているかのような響きを帯びる。

やめてくれ——別に隠しているわけじゃない——

沙妃と付き合い始めて間もない頃、短篇が「文芸潮流」に掲載されたことを打ち明けている。

それも、あろうことか、あからさまに得意げに。

文学サークルに入会していたくらいだから、沙妃は感心して聞いてくれた。読ませてよ、ともせがまれた。咄嗟に汐野は、卒業時アパートを引き払う際の混乱で掲載誌を紛失したと答えた。本当は押し入れの奥深くに保管してあるのだが。

怖かったのだ。

沙妃に読ませて、感心してもらえるのならいい。しかしその逆もあり得ると考えただけで、どうしようもなく怖かった。愛する沙妃に、自分の文学を否定されたら。唯一の拠り所を否定されたら。そんなリスクは避けるに越したことはない。そう考えた。

《己の珠に非ざることを惧《おそ》れるが故に、敢て刻苦して磨こうともせず、又、己の珠なるべきを半ば信ずるが故に、碌々《ろくろく》として瓦に伍することもできなかった。己は次第に世と離れ、人と遠ざかり、憤悶《ふんもん》と慙恚《ざんい》とによって益々己の内なる臆病な自尊心を飼いふとらせる結果になった》

これは凜奈ではない。誰の声だ。

果穂でもない。一年生の果穂に、凜奈のような朗読はまだまだ無理だ。

では小春か。違う。小春よりも、三枝子に近い。よほど文学作品に慣れていないと、『山月記』をここまで流暢《りゅうちょう》に淀みなく読みこなせるものではない。

汐野の知る限り、駒鳥中学でその資質を持っているのは三枝子だけだ。

俺はおまえの感想文を選んでやった――なのにどうして、おまえは俺を嗤うのだ――

そこで気づいた。

この声が生徒であるとは限らない。

そうか、沙妃か――

学生時代の習作とプライドに固執して、読ませようともしない俺を心の底で軽蔑していたのか。それとも、たかだか中学生のＬＩＮＥのトラブル一つ処理できない俺を、将来の婿たる資質なしと危ぶんでいるのか。

本質的な意味における愛情はなかったとでも言いたいのか。

［本質的な愛情］。次々と変転し遷移する悪夢の中で、文机に向かって正座した汐野は文豪の如く万年筆で原稿用紙に書き付ける。「本質的な愛情は在るや無しや」と。まさに文学的主題ではないか。

自分は沙妃を愛している。だが、沙妃はどうか。

愛してくれているに決まっている。初めて出会ったときから、こちらへ特別な眼差しを投げかけてきた。

待て——その記憶は本当か——

今となってはもう分からない。沙妃はずっと、父親の地盤を引き継ぐに最適な男を物色していただけではないのか。

あり得ない。だったら文学サークルなどではなく、もっと他の場所へ行くはずだ。

少なくとも、文学への嗜好は嘘ではなかった。真性の俗物が、見栄だけでトマス・ピンチョンなど読めるわけがない。虚栄心だけで文学を語る者はいくらでもいる。小説を読みもしないのに、小説家になりたいとほざく輩も。

沙妃は文学を相当の程度に嗜んでいた。しかし、作家や文学愛好者が善人とは限らない。むしろ、人間的弱点を人一倍に有しているものではないか。そんな例は、古今東西、枚挙に暇がない。

自分は沙妃を愛しているはずだ。

なぜなら、沙妃がいなければこの地獄から抜け出せない。中学校という地獄から。

李徵の愚は冒さない。虎にはならない。たとえ小説家になれたとしても、現在の出版界を見るに、永続して人から持てはやされ、充分に豊かな生活を営める作家はごく一部だ。それなりに名の知られた作家であっても、大半は副業を余儀なくされているというではないか。

絶対にそうはならない。自分だけは。

政治家になる。人に認められる。尊敬される。いい家に住む。広い書庫がある家だ。それに明るいリビング。そこで本を読む。時には書く。傍らには常に沙妃がいる。

沙妃。彼女がどうしても必要だ。彼女がいなければ、自分はもう這い上がれない。

本質的な愛情？　どの口がそんな戯言《たわごと》をほざくのか。他人を単なる道具としてしか見ていないのは自分ではないか。

李徵にも劣る傲慢だ。自分は虎にさえなれない。なるのは猿だ。醜く滑稽で、小賢《こざか》しい。書くものはすべてが人真似だ。そんなものを後生大事に抱いて、山中で独り、見えぬ敵を威嚇し続けるのだ。

《成程、作者の素質が第一流に属するものであることは疑いない。しかし、このままでは、第一流の作品となるのには、何処か（非常に微妙な点に於て）欠けるところがあるのではないか、と》

李徵には大成するために必須の重大な要素が欠けていた。自分と同じだ。

それでも己を李徵に模するなど、おこがましいにもほどがある。

心底思う。せめて李徴ほどの才能があったならと。

《羞《はずか》しいことだが、今でも、こんなあさましい身と成り果てた今でも、己は、己の詩集が長安風流人士の机の上に置かれている様を、夢に見ることがあるのだ。岩窟の中に横たわって見る夢にだよ。嗤ってくれ。詩人に成りそこなって虎になった哀れな男を》

嫌になるくらい分かる。実際に自分は今、岩窟にも等しいマンションの一室で、こうして夢を見ているのだから――

11

土曜日、汐野は野駒市青少年教育文化センターへと足を運んだ。

大中小と三つあるホールのうち、駒鳥中学の保護者会は小ホールで行なわれると聞いていたのだが、受付の案内では、参加者多数のため急遽中ホールを使用することになったとの由であった。保護者会と銘打っている以上、原則として駒鳥中学生徒の保護者や学校関係者以外は入れぬはずだが、それだけこの問題に対する関心の高さが窺えた。

確かに、二百人は入るはずの中ホールはすでに満席に近かった。普段は保護者会など欠席する関係者も多いのだが、今回は両親揃って出席している家庭がほとんどだという。それだけでなく、校舎移転問題に関して言いたいことのある親族やOBまでもが入場しているようだった。あらかじめ参加資格を制限しておくべきだったのだろうが、今回のような事例はこれまで皆無であったため、誰もそこまでは頭が回らなかったのだ。

午後二時の開始を前に、場内はすでに異様な熱気に満ちていた。校舎移転推進派と反対派。保護者同士がこの二派に分かれていることが明らかな以上、お互いに猜疑《さいぎ》心を持たぬ方が無理というものである。

すでに立場を鮮明にしている者もあれば、そうでない者もいる。決めかねている者もいるはずだ。誰が敵で誰が味方か。間もなくそれが明らかとなる。そのときには猜疑心が敵愾《てきがい》心へと変わるのだ。

考えるだけで心が萎える。その過程で、双方からの集中砲火を浴びせられるのは確実であった。汐野は中央演壇の斜め横に配置された席へと案内された。

なぜこんな目立つ場所に——

可能なら回れ右で帰りたかったが、そうもいかない。嫌々ながら中央から最も離れた左端に着席する。

その直後に安宅教頭がやってきた。

「ご苦労様です」

立ち上がって挨拶すると、教頭は「ああ」と曖昧な礼のようなものを返し、汐野の隣に腰を下ろした。不機嫌に目鼻を付けたような顔をしている。

次に薄い頭髪を丁寧に撫でつけた黒縁眼鏡の男がやってきて、教頭に挨拶した。

「どうもご無沙汰しております、安宅先生」

「あ、これはどうも、こちらこそすっかりご無沙汰しておりまして」

教頭が立ち上がって丁重に挨拶を返す。以前からの知り合いであるようだ。汐野も反射的に立ち上がった。

「こちらは本校で読書感想文の指導に当たっている国語の汐野君です」

「はじめまして、汐野と申します」

教頭に紹介され、とりあえず頭を下げる。

「ああ、あなたが」

何やらわけ知り顔で頷いた男は、名刺を取り出しもったいぶった仕草で渡してきた。

「教育委員会事務局の斯波《しば》と申します。今日はよろしくお願いします」

「こちらこそよろしくお願いします」

斯波は安宅の隣に着席した。

汐野も腰を下ろして名刺を見る。

［野駒市教育委員会事務局　指導主事　斯波《しば》赳夫《たけお》］と記されていた。

藪内教育長の部下か――

汐野は直感した。教育長は保護者会の推移を監視させるために、腹心の部下を送り込んできたのだ。

横目で様子を窺うと、斯波は完全に表情を殺していて、思考も感情もまるで読めない。

やがて開始時刻の二時となった。

一人の中年女性が中央演壇に立ち、マイクに向かって告げた。

「本日は皆様ご多忙の中ご参加下さいましてありがとうございます。ただ今より、野駒市立駒鳥中学校の緊急保護者会を始めたいと存じます。司会は私、相模金江《さがみかなえ》が務めさせて頂きます。どうぞよろしくお願いします」

顎のあたりを弛ませて貫禄充分といった婦人が形ばかりに頭を下げる。駒鳥中学のＰＴＡ会長だ。

「早速でございますが、本日お集まり頂きましたのは、最近学校を騒がせている一連の事柄に関しまして、保護者間で対応を協議する必要があるのではないかという声が寄せられたからでございます。これにつきましては、ＰＴＡ役員会の間でも問題になっていたこともあり、緊急保護者会の開催に異議なく同意致しました次第でございます。さて、問題の概要でございますが、未だ明らかとなっていない部分も多く、根も葉もない無責任な噂や憶測が乱れ飛んでいる現状に鑑みて、事態の推移を、事実であると判明している限りにおいて、こちらの方で簡単にまとめたものを用意致しました」

会長が話している途中から、ＰＴＡの役員達が一斉にプリントを配り始める。

汐野も配布されたプリントに急ぎ目を通した。

Ａ４の用紙三枚がホチキスで留められたそれは、一連の事件が時系列に沿って並べられたものだった。

盗作を告発するＬＩＮＥへの真偽不明の投稿に始まり、図書準備室での入賞作品集の発見と七二年度版欠如の判明、投稿に使用されたスマホ発見に至るまで、汐野が舌を巻くほど要点のみが簡潔に記されていた。これがあれば、経緯の説明は大幅に省略できる。時間節約のためにも極めて有効と言えた。

もちろん生徒の氏名はすべて伏せられている。汐野にとってありがたいことに、盗作の件については「何者かのいたずら」とぼかされているし、校舎移転問題については触れられてもいない。参加者には誰であるか一目瞭然だろうが、会長は周到に念を押すことを忘れなかった。

「申すまでもございませんが、その文書は本校生徒の個人情報に抵触する部分もございますので、保護者会終了後はすべて回収させて頂きます。なお、事態の性質、またネットニュース記者を名乗る不審人物が本校周辺に出没したという事実から、本日の議論の内容につきまして関係者以外の方にはみだりにお話しになられませんようお願い申し上げます。本日の集会はひとえに本校生徒の健全な学校生活のためのものであるということ、この点、ご理解を賜れれば幸いに存じます」

会長は東京に本社を構える大手有名企業の野駒支店長夫人である。さすがに堂に入った話しぶりで、注意点にも抜かりはなく、どこまでも温和な口調でありながら参加者に強く釘を刺した。

〈事実であると判明している限りにおいて〉と会長は言っていたが、噂が広まりすぎていて、何が事実で何がそうでないか、正確に把握している者は教師の中にも少ないだろう。おそらくは保護者間の情報網で生徒の話を収拾し、裏を取りつつ統合したのだろうが、短期間によくここまで精度を高められたものだと会長の指導力に改めて感心する。

「それでは、忌憚のない討議をお願い致します」

会長が言い終えた途端、会場の真ん中あたりで挙手する者がいた。指名される前に立ち上がっている。高瀬一臣であった。

ＰＴＡ役員の一人が駆け寄って高瀬にワイヤレスマイクを渡す。

「二年一組、高瀬凜奈の父親です。配布された文書を拝読しましたが、ここには肝心なことが書かれていない」

マイクを握った高瀬は、多少勢い込んだ様子が感じられるものの堂々とした態度で話し出した。

「文中ではぼかされていますが、この〈スマホの発見されたバッグの持ち主〉は私の娘です」

会場全体からため息のようなものが漏れ聞こえた。それほど大きな騒ぎとならなかったのは、全員が最初から当該生徒、すなわち高瀬凜奈の名前を聞いていたからに他ならない。

「相模会長以下PTA役員の皆様のご配慮には感謝しています。しかし、全校生徒とその保護者がすでに知っていることだ。ここで下手に隠されると、せっかくの反論の機会が失われるばかりか、娘に対する疑惑をいよいよ決定的なものにしてしまう。それでは保護者会の意味がない。そうです、緊急保護者会の開催を提案したのは私です」

「高瀬さん、保護者会の開催を求められたのは何もあなた一人というわけではありません」

会長が落ち着いた対応を見せる。

「他にもいらっしゃったということですね。では、その一人が私です」

「それで高瀬さん、あなたがおっしゃりたいのは、お嬢さんのお名前を明らかにして疑惑を晴らしたいということですか」

「もちろんその通りですが、それだけではない」

ここぞとばかりに高瀬は声を張り上げた。

「事の本質は校舎移転問題だ。会長、あなたもそれはよくご存じのはずだ。にもかかわらず、このプリントでは一言も触れられていない。私はそこに、ある意図を感じざるを得ません」

一瞬ではあるが、そのとき会長の示した苦々しげな表情は、彼女が意図的に校舎移転問題についてオミットしたことを示していた。しかしそれが、高瀬の言う〈ある意図〉と同じものであるかどうかまでは、汐野には知るすべもない。

「高瀬さんは何か誤解をなさっておられるのではないでしょうか。先ほども申しました通り、この場は生徒のためにどうすれば学校の秩序を回復できるか、その解決策を話し合うために設けられたものです。どうか落ち着いて――」

「ごまかさないで下さい。私は充分に落ち着いております。はっきり申し上げましょう。凛奈は、娘は、そう、私の娘であるから狙われた。私が駒鳥中学の廃校に反対しているからです。そのことに触れなかったのは、相模会長、あなたが推進派だからじゃないですか」

今度は瞬く間にざわめきが広がった。

高瀬の指摘した通り、相模PTA会長は校舎移転推進派として知られている。そのため、来年の会長選挙には反対派の人物を擁立しようと画策する役員がいると聞いたことがあるくらいだ。

「本日の議題と関係のない話題につきましては、別途日を改めまして――」

「関係なくはないでしょう」

収拾を図ろうとした会長の発言を、高瀬が強引に遮った。

「会長、あなた方PTA役員会の作成したこのプリントをよくご覧になって下さい。すべては読書感想文の盗作を指摘するLINEへの書き込みに始まっている。問題の読書感想文は藪内教育長のお嬢さんが書いたものだ。私はそれが盗作であると断定しているわけではありません。問題はそんなことじゃないんだ。本当の問題は、その書き込みに使われたスマホが、私の娘のバッグから発見されたということです。これは絶対に偶然ではあり得ない。誰かが娘を、いいえ、私を陥れようとしたんです。もしかしたら警告かもしれません。だとすれば、タチが悪いなんてもんじゃない。教育の場にそんな争いを持ち込むなんて、想像するだけでも恐ろしいことだ。こんな状態を放置しておいて健全な学校生活が送れると思いますか」

賛同の声があちこちから上がった。反対派の保護者達だ。

斯波はしきりとノートにメモを取っている。教育長に逐一報告する気でいるのは明らかだ。

「よろしいでしょうか」

新たに挙手して立ち上がったのは、極端に痩せた男だった。

「整体師をしております竹本《たけもと》と申します。三年一組、竹本康一《こういち》の父です」

走り寄ったPTA役員が別のマイクを竹本に渡す。

「この際ですから、正直に申し上げましょう。私は駒鳥中学の廃校について賛成の立場を取る者です。その私から見ても、高瀬さんのおっしゃる通り、今回の問題には校舎移転問題がなんらかの形で関係していると思います。まずはその問題についてのわだかまりを解くことが先決ではないでしょうか。そうでなければ、たとえイタズラの実行者を特定したとしても、かえって住民同士の対立を深めることになる。最悪なのは、生徒間に拭い難い不信感を植え付けてしまうことです。いや、もう手遅れかもしれない。ともかく、立場は違えど、高瀬さんのご指摘には一理あると考えます」

どこまでも理路整然とした話しぶりだった。

「ありがとうございました。まずは校舎移転問題との関わりについて討議すべきというご意見ですね。分かりました」

異論がないか確認するように会長はゆっくりと場内を見渡して、

「ですが、その前に、学校側の対応と現状認識について伺っておきたいと思います」

ＰＴＡ役員がマイクを教頭に渡そうとする。教頭は慌てて視線で汐野を指し示した。

腰を屈《かが》めた役員はすぐさま汐野にマイクを差し出してくる。

やむなく受け取った汐野は、立ち上がって発言した。

「二年二組担任の汐野です。全校の読書感想文指導を担当する立場上、今回の問題につきまして学校側の窓口役を務めております」

［責任者］という言葉を避け、［窓口役］と言い換えた。自分への風当たりを少しでも減らしたいという思いからである。迂闊なことをうっかり口走ってしまわないように、昨夜注意して練り上げた文言だ。

「学校と致しましては、発端となりましたＬＩＮＥへの書き込みはすべてイタズラであると認識しております。また事態の大まかな経緯につきましては、ＰＴＡの皆様の作成によるプリントにある通りで間違いございません。現在は生徒への聴き取りをはじめとする指導、心のケアを随時行なっており、対処に全力を尽くしております。その結果として、心ないイタズラにより生徒の間に動揺が広がっているという事実をより深刻に受け止めているところでございます。しかしながら、事態の背後にあるとのご指摘がありました校舎移転問題につきましては、全教職員にとっていかんともし難い部分があり、学校の関与できる領域を超えているとしか申しようはございません」

深々と頭を下げ、着席する。

保護者の間から「無責任じゃないか」との野次が飛んできたが、それ以上には広がらなかった。校舎移転問題が行政の範疇《はんちゅう》であることを、大方の保護者が理解しているのだ。

汐野は密かに安堵の息を漏らす。保護者の関心が盗作の有無ではなく、校舎移転問題に向いてくれるのは大歓迎だ。それなら少なくとも自分の責任にはならない。

「ありがとうございました、汐野先生。つまり、事件の調査や生徒のケアに努めているが、基本的に現状は変わらない、犯人も不明のままで、学校としてはこれ以上できることはないと、そういう理解でよろしいでしょうか」

確認のようだが、皮肉や軽侮の響きを感じずにはいられない。

「その通りです」

再び立ち上がって会長と参加者に向かって頭を下げる。この程度で済むのなら、どうということもない。

「待って下さい」

後方の席から手が挙がった。

マイクを受け取った大柄な男が立ち上がり、発言する。

「三年一組、印旛滋《いんばしげる》の父親です。駒旛《こまはた》産業の代表取締役をやっております」

駒旛産業は市の中心部に自社ビルを所有する企業で、社長の印旛は地元有力者の一人である。また彼は、高瀬と並ぶ廃校反対派の急先鋒としても知られていた。

「今の先生のお話、それからこの配布物にも、一点だけ抜けている部分があるんじゃないですか」

もしや――

緊張に身を固くする。

「息子の話では、登校中に野駒ニュースランドの記者から学校のことについていろいろしつこく訊かれたということでした。会長も確か最初に言っておられましたよね、『ネットニュース記者を名乗る不審人物が本校周辺に出没した』と。息子の友人達も話を訊かれたそうです。中には名刺をもらった生徒もいて、そこには野駒ニュースランドの雲天とかいう名前が書かれていたとか。その男は、すぐにでも記事にして配信すると言っていたらしいのですが、どういうわけか今に至るも配信される様子はない」

やはりそれか――

口中に苦い味が広がっていく。雲天の取材について追及されるのを恐れ、あえて言及を避けたのだ。時系列順にこれほど細かく記されているプリントにも、雲天の記述だけがないのはいかにも不自然である。おそらくは会長も、自分と同じ意図から削除させたに違いない。

相模会長と市政とのつながりは知らない。単に受験を控えた子供の親として廃校に賛成しているだけなのかもしれないが、地元での社会的地位を考えると、なんらかのつながりがあったとしてもおかしくはない。

「私の知り合いに、野駒ニュースランドに出入りしている業者がおりまして、それとなく訊いてみたところ、どうやら上からの指示で記事は差し止めになったというじゃありませんか。これって、いわゆる圧力なんじゃないでしょうか」

恐れていた通り、印旛は核心を衝いてきた。

「失礼ですが印旛さん、それは何か確証があってのことでしょうか」

しかし会長は顔色一つ変えずに聞き返した。

「いえ、そこまでは……ですが噂では、野駒ニュースランドの経営陣と県議会の間には――」

「噂程度のことで誰かを誹謗したり、根拠のない陰謀論を展開するのは厳に慎むべきかと存じます。ここは保護者会の場なんですよ。そのあたりをよくお考えになってみて下さい」

手厳しくたしなめられ、印旛は不服そうに着席した。

だが会場は俄然緊迫した。

「どう聞いても怪しいじゃないですか」「圧力としか思えません」「それこそ推進派の陰謀じゃないんですか」

反対派のそんな声が乱れ飛ぶ。対して、

「皆さん、冷静になって下さい」「集会をかき回すのが目的なんじゃないのかっ」「会長は議事を進行させろっ」

そう叫んでいるのは推進派と、おそらくは中立の保護者達だ。

正面の席で汐野は、教頭とともになすすべもなく傍観するしかなかった。

そのとき、何か硬いものを断続的に叩きつけるような音が場内に響き渡った。

騒然となっていた保護者達が一斉に音の方を振り返る。

音を立てているのは、最後列に座っていた和服の老人であった。手にした杖の先で、何度も床を叩いている。

全員が静まったのを見て、老人はゆっくりと立ち上がった。

野駒市民ならまず誰でも知っている、陶芸家の加賀原玄達《かがはらげんたつ》であった。地元の有名文化人で、孫が駒鳥中学に在籍している。

「加賀原玄達と申します。ご来場の皆々様に一言申し上げたき儀があって参上致しました」

マイクもなしに張り上げられた声は、年齢のわりには張りがあり、会場の隅々にまで轟《とどろ》き渡った。

ＰＴＡ役員がマイクを渡そうと駆け寄るが、加賀原老人は一顧だにせず発言を続ける。

「さっきから伺っておりますと、何やら胡乱《うろん》な話まで飛び出して、いや、俗世を離れた年寄りにはまったく以て驚くばかりでありますが、私はここで、皆様に問題の本義に立ち戻って頂きたく思うのであります。生徒同士、親御同士の諍いか悪戯《いたずら》かは存じませねど、事の発端にはそうした事件がある。それは確かだ。しかしです。しかし、その背後に駒鳥中学廃校の危機があると聞き及び、年甲斐もなく駆けつけて参った次第であります」

いかにも頑固そうな老人は、己を注視する会場内の全員を睨め据えて、

「圧力、陰謀、何があるかは知りませんし、知りたくもない。ただ、私が強く訴えたいのは、我らが故郷、先祖代々の土地への愛であります」

場内に失笑の漏れる気配がした。しかし表立って老人に異を唱える者は一人もいない。野駒市中に在って、加賀原玄達はそれほどまでの権威を有しているのだ。

市の主催する文化事業になにかと駆り出されることも多いので、特に教育委員会はこの人物にだけはどうしても頭が上がらないという。

「思えば私が幼少の頃、当時の駒鳥中学校長が郷土の偉人である牛島儀平先生に校歌の作詞をお願いした。すでに文壇の重鎮であられた牛島先生は、快くこれに応じて下さったばかりか、校歌披露の式典に来校され、生徒を一人一人励まされたのです。涙を流して感激した教職員と生徒達は、先生の没後、校庭に銅像を建立して業績を称えるとともに、その大いなる慈愛の精神を後世に伝えてゆくことを固く誓い合ったのであります」

あの不気味な銅像にそんな由来があったのか――

汐野も初めて聞く逸話であった。

老人は咳払いして威儀を正し、小学生のように歌い始めた。

「駒鳥の　雛らが集う　駒池の　ほとりに我ら　学びたり」

そこで一旦口を閉じた加賀原老は、改めて場内を眺め渡し、

「ご来場の皆様もよっくご存じの校歌です。駒鳥中学が廃校となれば、代々歌い継がれたこの校歌もまた消え去るのですぞ。我々を育んでくれた学校が、愛唱した牛島先生の歌が、ともに失われてしまう。そんなことがあっていいのか。否、断じてあってはならない。これは野駒市民共通の想いであるはずです。大切なのは豊かな精神の涵養《かんよう》であります。我々の兄達、姉達の築き上げてきた伝統を受け継ぎ、次代へとつなげていく。それこそが野駒の地に暮らす者の務めであり、大いなる責任である。そのために我々は今何を為すべきか、まずはそのことを話し合って頂きたいと思うのであります」

一息に話し終え、加賀原老は着席した。

校歌を歌い始めたときはどうなることかと思ったが、最初の一節だけで終わってほっとした。

汐野は脱力を禁じ得ない。「野駒市民共通の想いであるはず」と老人は言い切ったが、そんなものがあるのなら、そもそも住民同士の対立など起こっていない。

来場者の大半は白けた顔をしているが、それでも何人かは我が意を得たりとでもいうように何度も頷いている。現実を度外視した老人の妄言に賛同しているのは、古くからこの地に住まう住民だろう。

同じ反対派であっても、高瀬を中心とするグループは、ただ苦々しげに舌打ちしている。老人のおかげで話が振り出しに戻っただけでなく、それ以前にまで遡ってしまったからである。

今や高瀬の娘への嫌がらせや、野駒ニュースランドへの圧力など、彼らが推進派の陰謀と考える行為への糾弾どころではない。郷土愛を問う話へとすり替わったのだ。

「ちょっと待って下さい」

最前列に座っていた婦人が立ち上がった。その寸前、壇上の相模会長が彼女に目配せしたように見えたが、確証はない。

「一年二組、蜷川《にながわ》こずえの母親です。地域の一員として、加賀原先生のおっしゃる伝統の大切さはよく分かります。けれど、今は現実を考えるときなんじゃないでしょうか。少子化が国全体の問題となっていることは皆さんよくご存じのはずです。なのに公立校の数は変わらない。自治体の財政事情についてはよく分かりませんが、それでも余裕のないことくらい、専業主婦の私にだって想像はつきます」

多少強引ながら、彼女は一気に議題を軌道修正しようとしている。

「学校を減らせばその分、各校に充分な予算を回せます。先生の負担も減りますから、少人数指導を行なって頂くことも可能です。それどころか今回の校舎移転案は、公立校における小中一貫教育を実現するまたとないチャンスなんですよ。これからの格差社会で、どうすれば子供に有利な教育環境を与えられるか、ここにいる保護者の願いはそれに尽きると思います」

多くの保護者が同調するように拍手した。彼らにとっての最大の関心事は蜷川夫人の指摘した通りであると言っていい。

「あんたは自分のことしか考えとらんのかっ」

激昂した加賀原が再び立ち上がった。

「エゴイズムばかりで郷土愛の欠片《かけら》もない。話にもならん。あんたはあれかね、駒沼あたりに引っ越してきたクチかね。あの辺は昔、沼や溜め池のあった土地でな、わしらはみんな鮒《ふな》や泥鰌《どじょう》を捕って遊んだものだ。それがどうだ、今では安い建売ばっかりで、あんな所に住んでるようでは、郷土愛など育ちはせん」

「加賀原先生、失礼ですが、いくら先生でもそれはお言葉が過ぎるのではありませんか」

会長が毅然とした態度で抗議する。

この場合は会長の言う通りだと汐野も思った。[慈愛の精神]を唱えながら、老人には慈愛も寛容もない。あるのはただ、地元先住民の優越心と独善的な地域エゴのみである。

周囲からも加賀原に対する非難の野次が巻き起こった。

「何が郷土愛だっ」「ふざけるなっ」「何を偉そうに」「エゴイストはあんたじゃないかっ」「帰れ帰れっ」

当然であった。苦労してローンを組み、この地に移住してきたというのに、「安い建売」と蔑まれ嘲られては、怒るなと言う方が無理というものだ。

これまで丁重に奉られるばかりで、おそらくはそのような罵声を浴びせられた経験など一度となかったのだろう。老人は驚愕の目で周囲を見回していたが、ついに何事か喚《わめ》きながら、杖を乱暴に振り回して憤然と退出していった。

高瀬をはじめとする反対派は唖然として老人の後ろ姿を見つめている。反対派にとって最も心強い味方であり、誰よりも影響力を持つご意見番であるはずだった加賀原が、こともあろうに古参住民の歪んだ優越意識をこれ以上はないくらいに醜くさらけ出した上、すべてを放棄して戦線を離脱したのである。反対派の陣営は自壊したも同然で、高瀬ははらわたが煮えくりかえる思いでいることだろう。

「先ほどの蜷川さんのご指摘ですが、その欺瞞性はすでに暴かれています。現在の定説では、予算の削減などまったくの空論です」

高瀬が一際大きな声を張り上げた。急いで巻き返しを図るつもりだ。定説とはもちろん彼の信じる〈定説〉に他ならない。

「近くの学校がなくなった住民は、必然的に遠くの学校への通学を余儀なくされる。スクールバスを整備すればいいと行政は言うが、そんな予算が一体どこにあるのか、いくら追及しても納得できる回答は出てこない。このままでは特定の地域に住む生徒だけが、通学時間や費用において不公平な状況に置かれることになる。それでもいいとおっしゃるのですか」

整体師の竹本が再び立ち上がった。

「確かにそれは問題だと私も思います。しかし、今は目の前の問題を一つずつでも解決していくのが先決じゃないでしょうか。そうでないと状況は少しもよくならない。現に、廃校問題が進展しないせいで、夏休み中に完成するはずだった体育館の耐震工事がここまでずれ込んでしまった。本来ならこの保護者会だって、よそに会場を借りなくても済んだんだ。違いますか」

竹本の指摘は概ね事実である。

耐震工事を実施するには決して少なくない予算が必要となってくる。しかし自治体は、やがて廃校となるかもしれない学校の工事に予算を割くことをどうしても躊躇してしまう。

駒鳥中学の場合、着工が遅れた原因はそれだけではないのだが、廃校問題とそれに対する住民同士の対立が影響していることは疑いを容れない。

「校舎移転に反対しておられる皆さんは、子供のためとか、地域のためとかおっしゃいますが、耐震工事が遅れたせいで、生徒に万一の事があった場合、どう責任を取ってくれると言うんですか。生徒の安全を顧みない態度こそ、本末転倒であると申し上げているんです」

賛同の拍手がまたもあちこちで起こった。どうやら数においても新規住民、すなわち廃校賛成派の方がやや優勢のようである。

「曲解はやめて下さい。私はそんなつもりで言ったんじゃないっ」

「じゃあどんなつもりだったとおっしゃるんですか」

喋れば喋るほど、高瀬は自ら泥沼に嵌まっていく一方である。

顔を真っ赤にして立ち尽くす高瀬に代わり、印旛がマイクを取った。

「この問題は本来、政府や自治体が地方創生の美名の下に、行政の効率化を図ったものでしかありません。本来なら少子化の危機感を煽《あお》って学校の統廃合を進める前に、いかにすれば地方が繁栄し、活性化していくか、そういうことを考えるのが先じゃありませんか。なのに結論ありきの統廃合は、行政の無策でしかないのです。そこには財政的合理性も教育的理念もない。これでは我々の野駒市は疲弊する一方だ。そんなことで本当にいいんですか、皆さん」

まるで政治家の演説のようだと汐野は思った。

その耳許で教頭が不意に囁いた。

「もう出馬した気でいるんだな」

「出馬って、まさか本当に」

驚いて横を向くと、こちらに大きな顔を寄せた教頭が下卑た笑みを浮かべ、

「次の地方選挙に打って出る気でいるそうだ。隣の学区の知り合いから聞いた」

なるほど――

多忙で知られる印旛がわざわざ足を運んでくるわけだ。もちろん反対派として保護者会の行方が気になったということもあるとは思うが、一方で選挙運動のリハーサルでもあるのだろう。野駒ニュースランドへの圧力を最初に持ち出してきたのも、そう考えれば大いに得心がいく。だとすれば、印旛は将来的に自分のライバルとなる可能性もあるわけだ――

汐野は複雑な思いで印旛や保護者達の舌戦を聞く。

「だからどうしたって言うんですか」

最前列の蜷川夫人が後方を振り返って印旛に反論している。

「行政の意図がどうあろうと、私達にとっては子供のことが一番です。そのための保護者会なんじゃないですか。変な方向に議論をねじ曲げないで下さい」

今度は高瀬が言い返した。

「だったら私の娘はどうなるんですか。私の娘は、何者かに学校内でバッグにスマホを仕込まれたんですよ。親としてこれ以上の心配がありますか」

最初に「事の本質は校舎移転問題だ」と発言したことなど忘れてしまったかのようだった。彼にとって娘への被害や嫌疑は、単なる恰好の方便であるらしい。

実際に、それを持ち出されて蜷川は言葉に詰まった。

会長がすかさずフォローに回る。

「皆さん、どうかお座り下さい。このままではいくら話したところで埒が明きません」

そこで意味ありげに間を持たせた会長は、一同に向かって明瞭な声で提案した。

「ここはやはり、盗作問題にはっきりとした結論を出してもらう必要があると思われます」

えっ——

汐野は危うく腰を浮かしかけた。

どうしてそうなるんだ——

「校舎移転問題は、保護者会の趣旨を逸脱させるばかりです。この会場を借りていられる時間もそろそろ終わりに近づいております。図書準備室で発見されなかった作品集は、少なくとも県の教育委員会が確実に保管しているはずです。生徒の心を慮《おもんぱか》ってか、学校としてはイタズラということであえて追及しない方針のようですが、こうなった以上、先生方から教育委員会に責任を持って問い合わせて頂く。その結果を待って、改めて話し合うことと致しましょう。今日のところは、それしかないと考えますがいかがでしょうか」

盗作の事実が判明すれば、藪内教育長の立場がなくなる。逆に盗作がなかったと証明されれば、ＬＩＮＥの書き込みは藪内教育長を陥れようとする反対派の陰謀となる。

「つまり、そこが明らかにならないと議論にもならないというわけですね」

話を合わせるかのような竹本の発言に、会長が応じる。

「その通りでございます。では――」

会長が締めくくりに入ろうとしたとき、

「提案があります」

挙手しながら印旛がまたも立ち上がった。会長の許可を待たずに発言する。

「現状では教育委員会も学校も到底信用できません。しかしご指摘にもありましたが、根拠がないと言われればそれまでです。そこで、学校から問い合わせを行なって頂くのと並行して、保護者有志でＳＮＳによる呼びかけを行なってみてはどうでしょうか。つまり、七二年度版作品集をお持ちの方、もしくは七二年に『羅生門』の読書感想文を書いて全国コンクールで入賞した人をご存じないか、そういったことを発信して全国から情報を募るのです。お集まりの皆さんはお忙しい方ばかりと思いますが、これならさして手間もかからず効率的に……」

「そういった軽率な行為は絶対におやめ下さい」

少なくとも表面上は温厚な態度を保っていた会長が、険しい顔で一蹴した。

「印旛さん、あなたは生徒を守るという大前提をどう考えておられるのですか。わざわざ世間の耳目を本校に集めるような真似をしようなどと。無責任な人達がネット上で手ぐすね引いて獲物を待ち受けているんですよ。そんなことをしたら要らぬ憶測を招くばかりか、本校生徒のすべてが傷つきかねません」

「ですから、盗作騒ぎは伏せてですね、単に情報だけを」

「理由を訊かれたらどうお答えになるおつもりですか」

「例えば、そうですね、昔読んだことがあって忘れられないとか……」

「あなたは見知らぬ人の厚意に対し、嘘をつくことを肯定するのですか。そんなことを生徒の前で言えるのですか」

印旛は黙った。政治家を志すにふさわしい思考の持ち主と言えるだろうが、その了見を不用意にさらけ出してしまうようでは失格だ。

会長は貫禄たっぷりに場内を睨め付けるように見渡して、

「皆様に重ねてお願いします。最初に申し上げました通り、本日話し合われたことをツイッター、フェイスブック等ＳＮＳに記すのは厳に慎んで下さい」

推進派か反対派かにかかわらず、疲れ果てた他の保護者達も仕方がないといった空気を醸し出している。

「よろしいですね。では、これを以て本日の会の終了と致したく存じます。ご多忙の中、長い時間お疲れ様でございました」

教育委員会事務局の斯波はノートを閉じて立ち上がり、内心を窺わせぬ夜の沼のような目で汐野達に一礼すると、何も言わずにそのまま去った。

12

駒鳥中学の学区からは遠く離れた、市の中心部に聳《そび》えるタワーマンションの中層階。そこに久茂校長の自宅があった。

職員室で耳にした噂では、まだ相当な額のローンが残っているらしい。校長が保身第一を信条とするのも、共感はできないが理解はできる。

保護者会の会場を出た汐野と安宅は、そのまま校長の自宅へと直行した。

二人の報告を聞き終えた校長は、テーブルの上に置いてあったスマホを取り上げ、その場から電話をかけた。相手は藪内教育長である。

「……ええ、それは分かっておりますが、本校と致しましては保護者の手前……はあ、そういうことでしたら……もちろん今後とも真相究明に全力を挙げて……はい、おっしゃる通りだと思います……承知致しました、ではそのように……はい、よろしくお願い致します」

電話を切った校長は、難しい顔で対面に座った汐野を睨んだ。

「教育長は保護者会の様子をすでに把握しておられたよ」

斯波だ――

彼がいち早く教育長に報告したであろうことは想像に難くない。

「教頭先生、汐野先生」

校長は意を決したように二人を交互に見て言った。

「私達は教育者として、常に最善の道を模索してきたつもりではありますが、こればかりは現場だけではどうしようもない。つまり、意識する、しないにかかわらず、私達は皆公務員であり、委員会の指導を受ける立場にあるということです」

いつも責任の所在を曖昧にしようとする——もしくは誰かに押し付けようとする校長の態度が、なぜか歴然とした変化を見せていた。

「廃校は完全に既定路線です。それについて保護者間で議論して頂くのは大いに結構。住民運動も学校の関知するところではない。しかし、結論はすでに出ているのです。数年後には我が校を含む何校かが廃校となる。詳しくは知りませんが、跡地の売却先さえ水面下で話が進んでいるそうです。決まっていないのは職員の異動後だけと言っていい」

いきなり不穏当極まりない話を切り出してきた。

教頭も初耳だったのだろう、驚愕の表情でこちらを振り返った。汐野は無言で首を振り、自分も知らなかったことを示す。

「この場での話はもちろん一切他言無用です。いいですか、絶対に漏らしてはなりませんよ」

汐野も教頭も、馬鹿のように何度も頷くしかなかった。

他人に肚の中を見せることなどかつてなかった校長が、ここまで本心をさらけ出そうとは。予想もしていなかっただけに、汐野は己がいよいよのっぴきならない状況に追い込まれたことを、いやが上にも意識せざるを得なかった。

「この件に関する問い合わせへの回答はできる限り引き延ばします。学校の統廃合は、どうしたって行政の問題だ。しかも住民は決して一枚岩ではない。根深い相互不信がある。だったら型通りの反対運動があるくらいが、自然に見えてちょうどいい。ね、そうじゃないですか」

親しげな口調で言われても、迂闊に同意することさえためらわれた。

「人間の意見が完全に一致することなんて、古来あった試しはありません。何をどう言ったところで、どうせ最後まで反対する人はいるんですから。そういう人って、もともとは主義主張で反対していたとしても、気づかぬうちに手段と目的が逆転してるもんなんです。つまりは反対のための反対ですね。得てしてそんなものでしょう、人間てのは」

思わぬ形で校長の秘められた人間観を拝聴する恰好となってしまった。

だが汐野は、自分でも意外なことに、ある種の感動を覚えていた。

温厚を装いつつ日々を無難に過ごすばかりであると思われていた人。教育者として全校生徒に型通りの訓示を述べるだけであると見なしていた人。そんな人が、人間と社会に対して冷笑的な、あるいは虚無的な信条を隠し持っていようとは。しかもその心底は、どこまでも深い憎悪に満ちて、鋭く切れ落ちた断崖を覗き込む心地がした。そうだ、久茂校長の内面は、まったき虚ろの洞なのだ。

それは心地好い敗北感だった。自分にはこんな人物はとても書けない。だが書いてみたい。煩悶しつつ全力で文学に取り組んでいた頃の昂《たかぶ》りを久々に思い出していた。自分とは相容れぬ唾棄すべき人――実際そう間違ってもいないだろう――とばかり思っていた校長に、俄然シンパシーを感じたほどである。

「だから反対派には自由にやらせておけばいいんです。どうせその時が来れば、廃校は強制的に執行されるんですから。沖縄の基地問題と違って、自治体もその気でいるのだからどうにもなりませんよ。そんなことより――」

校長はそこで一旦言葉を切って、こちらの真意を探るように身を乗り出した。

「問題は私達の異動後です。今よりは少しでもよい条件で異動したい。私達も公務員でしかないと最初に言ったのはそういう意味です。お分かりでしょうか」

「はいっ」

いつの間にか前のめりになっていたらしい。我ながら恥ずかしいくらいの大声で、間髪を容れず返答していた。隣の教頭が呆れたようにこちらを見ている。

当然だ。自分はなんとしてでも教育委員会へ異動しなければならないのだから。

「なかなか頼もしいですね、汐野先生は」

その返答を自分への忠誠心だと勘違いしたのか、校長は大いに満足したようだ。

だが教頭は得心のいかぬような面持ちで、

「校長先生、保護者会の結論は、県教委の保管している作品集を取り寄せるかどうにかして、盗作の有無を確認しろと……万一それで藪内三枝子の盗作が判明したら……」

心底怯《おび》えているのか、普段校内で見せる傲慢さが今はすっかり影を潜めている。

「そもそも、PTA会長は推進派なのに、どうして教育長の致命傷となりかねないことを提案したりしたんでしょうか」

「そりゃあ、推進派といっても相模さんは単なるPTAだ。別に行政と気脈を通じているわけじゃありませんよ。誰であろうと保護者を巻き込むなんて、そんな危ない橋を渡るわけにはいきません。あの人の発言は、会長としての責任感から事態を打開する方策を探ってのことでしょう」

不安を抑えられないらしく、教頭がなおも食い下がる。

「しかし、作品集がこちらに届けられたら……」

「それはあり得ません」

「えっ」

その断言に、汐野も教頭と並んで驚いた。

落ち着いた態度で校長は答える。

「我々は市教委に保護者会の要望を伝えたし、市教委もまた県教委に問い合わせを行なった。しかし県の都合か何かで、本どころか回答すらついに届かなかった——と、まあ、そういうことになっているのです」

「藪内教育長のところで問い合わせを押さえるというわけですね」

浜田議員も確かそんなことを語っていた。

自分と浜田との関係など知る由もない校長は、口許を綻ばせて感心したように言った。

「汐野先生は察しがいい。ＰＴＡなんて、役員の顔ぶれもどんどん入れ替わっていく。こちらとしては教育委員会に連絡済みだとの一点張りで引き延ばせるだけ引き延ばせばいい。しかも幸いなことに、会長ご自身がＳＮＳへの投稿を禁じて下さったそうじゃないですか。そのうちに校舎移転が執行される。高瀬さんの娘さんも、教育長のお嬢さんも、その頃にはとっくに卒業している。読書感想文のことなんて気にするどころか、もう誰も覚えてなんかいませんよ」

「反対派、いや反対派でなくても保護者の誰かが痺れを切らして県教委に問い合わせでもしたら……」

「組織のシステム上、県はまず市の委員会に訊けと突っぱねるはずです」

「しかしですよ、市教委からの問い合わせなんてなかったことが発覚すれば……」

「教頭先生、あなた、意外と心配性ですね」

顔は微笑んでいるが、どこまでも冷たく突き放すような校長の声だった。

「発覚はしません。なぜなら、公文書には問い合わせを行なったという〈証拠〉が残されるからです」

これには汐野も衝撃を受けた。反射的に聞き返す。

「改竄《かいざん》、いえ、偽造ですか」

校長はさすがに声を潜めるようにして、

「言い方が悪いですね。先ほどの電話で、教育長はそれとなく〈方針〉をほのめかしておられました。誤解しないで下さいよ。あくまでも一つの可能性についての雑談です。その上で、たとえそれがどんなものであろうとも、私達としては委員会の方針に従うよりないじゃないですか」

「大丈夫でしょうか」

教頭はすでに顔面蒼白といった体《てい》だった。

「二人とも、何を驚いているんです。各省庁の次官が揃って公文書の改竄や破棄に精を出している時代ですよ。地方だけが清廉潔白だなんて考える方がどうかしている」

「でもこの場合、県にはなんのメリットもないじゃないですか。なのにリスクだけ引っ被るなんてどう考えても……」

どうやら教頭は計画の否定に懸命なようだ。しょせんはそれも保身と我が身可愛さのなせる業なのだが。つまりは市教育委員会の作った〈ストーリー〉も、それに対する教頭のあら探しも、表裏一体の辻褄合わせというわけだ。

「しつこいですね」

校長がついにうわべの笑みを消した。

「県には学校統廃合を推進するという立派なメリットがある。仮にですよ、仮に『問い合わせはなかった』と公式に回答したとしても、それで終わりだ。トップが虚偽の答弁をすることは今や日常茶飯事です。こちらとしては、そんなはずはない、おかしいですねととぼけていればいいんです。その頃には私達の異動後の待遇も決まっている。それが公務員というものです」

校長の話を頭の中ですばやく点検する。問題はない。確かに行政の対応は一般に知られている以上に杜撰なものだ。加えて、最も優先されるのは情実と根回しなのだ。

「お話はよく分かりました」

いち早く発言する。

「校長先生のご指示の通りに致します」

教頭がまたも驚いたようにこちらを見る。対照的に、校長は再び心のない笑みを浮かべていた。今まで教頭が得ていた校長の信任を、もぎ取ることに成功したのだ。

大きく頷いた校長が、湯呑みを取って茶を啜る。

目の前に湯呑みが置かれていたことさえ忘れていた。汐野も教頭も、校長にならって湯呑みを取り、一息で飲み干す。喉が異様に渇いていた。

ふう、と小さく息を吐いて、校長はそれまでと打って変わったしみじみとした口調で語り出す。

「二人とも、私のことを教育者にあるまじき卑劣な人間だと思っているでしょう」

いや、そんなことは――と言いかけたが、言葉は喉に詰まって出てこない。実際にその通りであるからだ。

校長も自分達も、到底教育者とは言えない卑劣漢だ。少なくとも、今この瞬間、教育者としての倫理を大きく踏み外そうとしている。

自分はいい。元から教育者であるとは思っていなかったから。しかし教育に半生を捧げ、今後も教育の道で生きていくであろう校長と教頭は、どういう心境で日々を過ごしていくのだろう。

それを考えると怖くなった。

「でもねえ、これが最善なんですよ」

最善？　それは誰に言っているのだろうか。もしかしたら自分自身にか。

「教育長のお気持ちを考えてあげて下さい。教育長だって人の親だ。娘さんの盗作が発覚したら、自分自身の保身よりも、まず娘さんの将来について考えるでしょう。たとえ自らが辞任することになったとしても、娘が傷つくよりははるかにいいと」

胸を衝かれた。

それでなくても感受性の強い三枝子のことだ。ないと信じてはいるが、何かの間違いで盗作が事実であったと判明した場合、どんなに打撃を受けることか。最悪の事態さえ容易に想像できる。

沈鬱に翳《かげ》る校長の顔は、その場しのぎの嘘をついている人のものとは思えなかった。

藪内教育長と浜田議員とは昵懇《じっこん》の間柄だと聞いているが、校長と教育長との関係については知らない。しかし、「人の親として」察する心はあって当然だ。

教頭も何も言えずにうなだれている。

明白に校長の側に立つこととなったこの流れでいけば、盗作問題は少なくとも学校の中ではうやむやにできる――

そう考えた自分が、一番卑劣なのだろう。汐野は己を嘲った。

虚栄に溺れ、自らの才に驕った人でなしの李徴は虎に変じた。自分が変身するとすれば、愚昧な猿だろうか。それとも卑小な鼠だろうか。

「ま、とにかく、私達はそれぞれができる限りのことをするだけです」

その場の空気を変えようとするかの如く校長が口を開いた。

「汐野先生、それに教頭先生」

「はい」

教頭と同時に返事をする。教頭よりも先に名前を呼ばれた。いい兆候だ。

「当面は先ほどの方針を堅持すること。よろしいですね。よほどのことがない限りは、このまま切り抜けることができるでしょう」

「はいっ」

今度は教頭より先に返事する。

その通りだ――よほどのことがない限りは――

13

「――以上をもちまして、駒鳥中学校体育館耐震補強工事もようやく完工となりました。生徒の皆さんには、長い間不便であったことと改めてお詫びしますが、今日からはこの体育館で、思い切りのびのびと活動して頂きたいと願っております」

翌週の金曜日、長くもなく短くもない校長の挨拶で全校集会は締めくくられた。

「解散っ。整列のまま三年生から教室へ」

体育教師の蒲原が、己の見せ場であると勘違いしているのか、必要以上の大声を上げて生徒を移動させる。

工事の終わった体育館に集められた生徒達の半数は落ち着かぬ様子で、残りの半数は生欠伸《あくび》を嚙み殺しながらぞろぞろと動き出す。

落ち着かないのは汐野も同じで、土曜の保護者会以来、何が起こるか予想もつかない殺伐とした空気の中で過ごしていた。幸いこの一週間は平穏に過ぎようとしているが、生徒の間に蔓延した相互不信の空気は、呼吸する者をことごとく疲弊させ衰微させるようだった。

生欠伸をするのは本来ならばごく普通の反応で、校長は言うまでもなく、偉そうな大人の話を拝聴して嬉しがる中学生など天然記念物よりも少ないだろう。彼らとて学校を覆っている目に見えない不吉な翳りに気づいていないはずはない。それをあえて笑い飛ばし、虚勢を張ろうとするのもまた中学生だ。

さらに気になる生徒もいる。仮面を被っているかのように表情を殺し、内面を隠して教師になど覗かせもしない。

高瀬凜奈、三隅小春はその最たる例で、それとなく観察していると、入場時に何事か二人互いに頷き合っただけで、後は模範的な態度で整列していた。いかにも演劇部員らしい姿勢の良さで文句のつけようもないのだが、かえって不穏なものを感じずにはいられない。ことに凜奈に対しては。

思い過ごしだ——汐野は自らに言い聞かせる。

廃校反対派のリーダーを父に持つ演劇部の部長。全校のヒロインにして問題のスマホが隠されたバッグを持っていた疑惑の人。凜奈の置かれた立場を考えると、平静でいられるはずがない。

そんな先入観が、自らの心に暗鬼を住まわせているだけなのだ——

三隅小春に関しては、なんと言っても凜奈の相棒で、どんな秘密を共有していてもおかしくはないという予断。それを捨て切れずにいるだけだ。

すべて考えすぎなのだ——

気がつくと、並んで立った白石茉莉と淡水詠子がこちらを見ていた。咎《とが》めるような視線であった。

思春期の男子生徒と同じに、演劇部のツートップを凝視していたら怪しまれても仕方がない。

汐野は慌てて視線を逸らす。

整列した生徒達は、足並みこそ揃ってはいないものの、順序正しく体育館から消えていく。

やがて汐野のクラスの番が来た。自分の前を通り過ぎていく生徒の顔を眺めていると、一際硬質な仮面が目に入った。

藪内三枝子だ。

なにしろ騒動の発端となった当事者である。心を閉ざしていても不思議はない。しかしこの生徒の場合、以前と変わりはないと言われればそう思えるところが奇妙でもあり、彼女らしい個性でもあった。

二年二組の列の最後尾に付き、汐野も体育館を出る。外に出る間際、振り返ると一年生の列の中に、また別の冷ややかな仮面を見つけた。

広野果穂。しかし果たしてそれは仮面か。己の心の投射でないと言い切れるのか。

完工直後で明るいはずの体育館が、猜疑心の渦巻く暗い奈落と化している。

この牢獄に囚われてはならない——

汐野はもう振り向かずに列に続いた。

翌週末の日曜は、いよいよ文化祭の本番である。

体育館の完工からあまりにも間がないが、これ以上遅らせれば中間テストにも三年生の受験勉強にも影響が出る。なんとしても強行する以外に選択肢はなかった。

保護者の間では相変わらず廃校推進派と反対派の対立が続いており、工事の着工、ひいては文化祭等の学校行事が遅れたことを、互いに相手の所為として非難し合っているらしい。だがそんなことは、慌ただしいというより息つく暇もない学校勤務にあってはさしたる意味を持たない。

今はともかく、文化祭を無事に終えることが最優先であった。

生徒達もそれは充分に理解しているようで、各人がそれぞれの役目に没頭していた。まるで、そうすることによって何かの呪縛から逃れられるとでも信じ込んでいるかの如く。

当然ながら、体育館を使用する各部から使用許可を求める申請が殺到した。混乱の中、割り振りが決められ、多くの部が長いとは言えない放課後の時間を分け合うこととなった。

本番の演《だ》し物から、演劇部と音楽系の部に比較的長時間の使用許可が下りた。他の部の中には不満を漏らす生徒もいないではなかったが、特に演劇部の上演する——というより凜奈の出演する芝居は、在校生だけでなく保護者や他校生の間でも注目されており、表立って異議を申し立てる者はいなかった。

騒がしく、目まぐるしい一週間だった。

関係者の気になる動きには事欠かなかった。保護者の中に、「やはりＳＮＳで情報提供を呼びかけるべきだ」と考える人が少なからず出てきたというのである。それも、廃校推進派と反対派の双方からだ。

確かに一連の騒動の端緒となった盗作問題に決着をつけるには、七二年度版作品集を入手するのが早道だ。生徒を守るためなら、多少の方便はやむを得ないと思い直す者がいても不思議ではない。

そうした人達に対して、相模会長は必死の説得工作を試みているらしいが、汐野にはご苦労なことであるとしか言いようはなかった。ＳＮＳへの投稿などやろうと思えば誰にでも瞬時にできてしまう。それを止めるすべなどありはしないし、いつの時代も馬鹿につける薬は存在しないのだ。

そんな事共を気にはかけつつ、汐野はテスト問題の作成や文化祭の準備に忙殺された。

週の半ばを過ぎる頃には、生徒達は誰もがそわそわと浮き足立って、授業どころではなかった。教師にしてみればやりにくいにもほどがある状況だが、さすがに叱るわけにもいかない。形ばかりの注意はするが、学校行事の滞りなき遂行は教師にとっても大問題である。万一遺漏やトラブルがあれば、原因がなんであれ、必ず教師の責任が追及される。この一週間だけは、特例として我慢するよりないと諦めた。

通常の授業の傍ら、汐野は顧問を務める文芸部の準備にも付き合わねばならなかった。

金曜の放課後に部室を覗いてみると、部長の将人をはじめとする部員達が各々最後の追い込みに励んでいた。すなわち、『駒鳥中学文芸部オススメの本』のポスター製作だ。

普段の活動では全部員が部室に集まることなど滅多にないのだが、今日は全員が顔を揃えていた。

藪内三枝子も例外ではなかった。他の部員達と同様、黙々と自分の発表する本のポスター作りに取り組んでいる。

汐野は、今さらながら彼女がどんな本を選んだのか知らなかったことに気がついた。一連の事件に振り回され、文化祭のための指導が自ずと疎かになっていたのだ。

三枝子の背後に近寄って上から覗き込む。独特の几帳面な字で、［ヒューゴー賞・ネビュラ賞ダブル受賞］［ジェンダー問題について］［『ゲド戦記』との関連］など、作品のポイントについて記されていた。

作者名はアーシュラ・K・ル＝グウィン。一九六九年作品。

「藪内」

思わず声をかけていた。

「はい」

怪訝そうな顔で三枝子が振り返った。心なしか、挑発的な色も混じっているように感じられた。

「君は『闇の左手』を選んだのか」

「はい。漫画以外ならどんな本でもいいということでしたので……どうかしましたか」

「いや、君は最近部活に来てなかったので、いつの間にそこまで仕上げたのかと思ってさ」

慎重に言葉を選びながら言う。今まで把握していなかったことが悔やまれた。

周囲の部員達も作業の手を止めて、じっとこちらの様子を窺っているのが分かる。

「家でずっと進めてたんです。あのときはいろいろあって、何かしてないと、もう頭がどうにかなりそうでしたから」

もっともな話である。

「そうか。ちょっと見せてもらっていいかな」

「どうぞ」

三枝子が椅子を横にずらして前を開ける。

ポスターの全貌が目に入った。ほとんど完成していると言っていい。

[LGBT問題に対する先駆性][フェミニズムについての見解][作者のジェンダー観——ジェイムズ・ティプトリー・ジュニアとの交流]などの見出しが目に飛び込んできた。それぞれの項目は一段と細かい字でびっしりと埋め尽くされている。

これはまずい——

部員達の前である。汐野は己の顔色が変わらないよう抑えつけた。

ＬＧＢＴに関する問題については、昨今さまざまな立場からの言説が流布している。そしてそれらは——あくまで自分の主観でしかないのだが——往々にして〈炎上〉する。

それでなくても性に関するあれこれは、学校や教育委員会の方針に関係なく、口うるさい保護者などから真っ先に問題視される案件だ。

「どうでしょうか」

三枝子が不安そうな面持ちで尋ねてくる。その不安は真実のものなのか。それとも仮面に描かれた記号なのか。

「うん、そうだねえ……」

曖昧な返答で時間を稼ぎながら、必死で穏当な言葉を探す。

文化祭は明後日である。ここまで出来上がっているものを、今から変更させるわけにもいかない。

「ＳＦは駄目なんでしょうか。ル゠グウィンは国際的に評価されてますし、『ゲド戦記』という切り口もあるから来場者にも親しみが持てるんじゃないかと」

「いや、ＳＦだから駄目ってことはないよ」

「そうとしか思えません。それって、先生が否定している、特定ジャンルへの偏見ですよね」

「待ってくれ、先生はただ、中学校の文化祭でジェンダーがどうとかはちょっと……」

案の定、三枝子はかえってむきになったようだ。

「性差別やＬＧＢＴの問題は今世界的に話題になっているじゃないですか。私は世間に訴えるのに最も適切な問題だと考えてこの本を選んだんです」

「だから、中学生がそういう問題を考えるのはまだ早いんじゃないかなと思っただけだよ」

昨今教育の現場では、ＬＧＢＴのような問題はむしろ積極的に採り上げていこうという傾向にあるし、実際に教員の研修などでも扱われている。

知ったことか。自分は教育になんの思い入れもない。今は触らぬ神に祟り無し、だ。

だが三枝子は途端に大人びた軽侮の表情を見せ、

「いつもと言ってることが違いますね」

「いつもと違うって？」

「だって先生、いつも読書に年齢は関係ないって言ってるじゃないですか。あれは嘘だったんですか」

すると三年生の哲平が口を挟んだ。

「先生が言ってたのはそういう意味じゃないと思うよ」

全員が哲平を振り返る。

平然とした様子で彼は続けた。

「今の自分より、ちょっとレベルの高い本にチャレンジするのはいいことだって意味だろう。社会性の高い問題提起をしようってのはまた違う話なんじゃないかな」

哲平がいてくれたことを今日ほどありがたく思ったことはない。

他の部員達も納得したように頷いている。

「そもそも文芸部オススメの本って企画なんだからさー、この本はこんなに楽しいですよ、オモシロイですよーってアピールするのがいいんじゃないの」

咲良もごく真っ当な見解を口にする。

「なのにさー、ジェンダーだの問題提起だのって、来てくれたお客もドン引きするっての。そもそもウチみたいな学校の文化祭に、そんなアタマのいいお客なんて来やしないって」

調子に乗った咲良の軽口に、一年生の果穂や由乃らが声を上げて笑った。

「でも私、真剣にこの本を採り上げたいと思ってるんです。それに、今から他の本を展示しようとしたって、もう時間が……」

悔しそうに呟き、三枝子はすっかり俯いてしまった。

いよいよまずい——

『闇の左手』はいい作品だよ。先生は別にこの本が駄目だと言ってるわけじゃない」

精一杯快活に言って、作成途中の三枝子のポスターを手に取った。

「どれどれ、ちょっと拝見」

どこまでも軽い口調とは裏腹に、三枝子の記した文章を懸命にチェックする。

「うん、なかなかよくまとめてるね。ただ、ここところはちょっと分かりにくいかもしれないな。かと言ってこれ以上詳しく書くと複雑すぎるし、第一このポスターに収まり切るかどうか」

三枝子の視線が一瞬、不可解な光を帯びた。自らへの幻滅とも他者への嘲笑とも見える一方で、まるで異なったもののようでもある。だがその光はすぐに消え、中学生らしい思案に取って代わった。

「じゃあ、そこは削除しましょうか」

狙い通り乗ってきた。この場合、自分から提案させる形に持っていくのが肝要である。

「うん、その方が分かりやすいだろうね。それからここ、ほら、この部分も、難しい用語を使うより、『だから女性への差別が』とか、何か別の言い方に置き換えてみたらどうだろう」

『だから女性への差別がなくならないのです』とかですか」

「そうそう、そんな感じ」

「分かりました」

三枝子は早速別の紙を取って修正し始めた。

うまくいった――

これで問題になりそうな過激さはだいぶ緩和される。

「ようし、みんなもあと一息だ。頑張れよ」

はい、と全員が返事する。

作業に戻った部員達の作品を、一つ一つチェックして、然《しか》るべき助言を与えて回る。

哲平の『ドラコニア綺譚集』のポスターも相当に背伸びした文章だったが、この程度なら許容範囲である。文化祭でよくある〈スベった〉展示物として流されるだけだろう。

「じゃあ頼むぞ、芦屋。先生は職員室にいるから、何かあったらすぐに連絡してくれ」

「はい」

部長の将人に後を任せ、汐野は部室を後にした。

そのまま職員室に戻ろうと思ったが、思い立って体育館に向かう。

《カムパネルラ、また僕たち二人きりになったねえ、どこまでもどこまでも一緒に行こう。僕はもうあのさそりのようにほんとうにみんなの幸《さいわい》のためならば僕のからだなんか百ぺん灼いてもかまわない》

出入口の前に立ったとき、小春の声が聞こえてきた。

『銀河鉄道の夜』終盤のジョバンニの台詞である。演劇部が仕上げのリハーサルをしているのだ。館内は床も壁面も新しいだけあって美しく輝いてはいるが、補強用の柱で窓の一部がふさがれたせいか、以前より薄暗く感じられた。それでも広い空間は新鮮な解放感に満ちている。

汐野は出入口の所から舞台に立つ凜奈と小春の演技をそっと眺めた。

《ああきっと行くよ。ああ、あすこの野原はなんてきれいだろう。みんな集まってるねえ。あすこがほんとうの天上なんだ。あっあすこにいるのぼくのお母さんだよ》

カムパネルラはそう言い残し、銀河鉄道の車内から唐突に姿を消す。それは彼の死の暗示でもある。

なぜだか急に不穏な心地となって、汐野は中に入らず逃げるように引き返した。

土曜日。学校は本来なら休みのはずだが、教師は残らず出勤している。

自主的に登校している生徒も多い。一連の騒ぎの影響で、文化祭の準備が遅れているためだ。学校側としても、さすがに生徒の校内立ち入りを認めざるを得ない状況であった。

明日の進行の打ち合わせに来た教師達は、必然的に活動中の生徒達にも目を配ることとなり、負担は自ずと倍増した。

いまいましい――ＬＩＮＥのイタズラ騒ぎがここまで尾を引くなんて――

そんな本音が、教師達の顔にほぼ例外なく表われている。

職員室で、教頭や各学年主任を中心に最後の確認が入念に行なわれた。事故とまではいかずとも、進行になんらかの手違いがあったりすれば、すべて学校側の責任とされる。少なくとも、クレームを入れてくる保護者が必ず出る。

クレーマーと紙一重の保護者は年々増える一方で、普段から教師は対応に追われている。盗作騒動や住民間の対立といったさまざまな問題が未解決のままに開催される今回の文化祭では、例年に増して苦情が増えるものと予測された。

「持ち場についての説明は以上の通りです。万一何か突発的なアクシデントが起こった場合は、先ほど配布致しました連絡手順に従い、絶対に慌てず騒がず、冷静な対応をお願いします。万が一にも、生徒や来場した保護者を動揺させるようなことがあってはなりません。その点、慎重の上にも慎重を期して臨んで下さい」

しつこいくらいに念押しする教頭の言葉で打ち合わせは終わった。

教師はそれぞれの仕事を再開する。担任を持つ者は自分の教室へ、出展する部活の顧問は各部室や校庭へと足早に散っていく。関係書類のチェックなどを始める者もいる。

普段は極力仕事を避けようとする木崎や比呂美さえ、慌ただしく職員室を出ていった。

学校行事削減の流れで、昨今は文化祭のない中学校が多数を占めるが、生憎《あいにく》と駒鳥中学では、依然として学校生活における最大の行事の一つと位置付けられている。

どんなことがあってもこれを成功させなければならないというプレッシャーは、教師にとって相当な負担に他ならない。

何かあったら大変だ――何も起こらないでくれ――

普段は各々エゴイスティックな全教職員の心が、等しくそう願っているようだった。まったくＬＩＮＥのイタズラ騒ぎのおかげというよりない。とんでもない皮肉である。

ぼんやりとそんなことを思ったが、二年二組の教室に入った瞬間、汐野の頭からあらゆる雑念が吹き飛んだ。

「なんだ、全然進んでないじゃないか」

汐野のクラスでは、『クイズゲーム』をやることになっていた。デパートやショッピングモールの占いコーナーのように机を挟んで椅子を対面に五、六組並べ、待機している〈クイズマスター〉が来場者相手にいくつかクイズを出す。正答率に応じて、手作りの景品を進呈する。全問不正解であっても、参加賞を渡す。出題されるクイズは市販のクイズブックを種本とし、景品はクラス全員で作ったバッジやアクセサリーなどの工作、それにイラストのミニ色紙などだ。準備に手間がかからず、交替のローテーションさえしっかり行なわれれば当日の人手もさほど必要ではない。そう考えて選択した演し物だ。

もちろん決定の主体は生徒達で、準備や運営も自主性に任せることが建前とされている。

しかるに――

「設営が全然できてないじゃないか。飾り付けはどうなったんだ。入口に出す立て看板は」

驚きのあまり、責めるような口調になってしまったことは否めない。

「だって、最初から大木さん達、『くだらねー』とか『ダセー』とか言って、あからさまにやる気なかったじゃないですか」

うんざりとした声が返ってきた。学級委員長の美月だ。

落ち着いて見回すと、教室内で設営準備を行なっているのは、クラスの半数もいなかった。美月以下、副委員長の匠、それに男子と女子が数名ずつだった。部活の方に行っている生徒もいるのだろうが、それにしても少なすぎる。文芸部の三枝子は、教室にいて黒板のデコレーションを手伝っていた。

怒りに満ちた様子で美月が続ける。

「大木さんて、例の一件以来、何かといえば心のケアを口実にすぐ保健室に行っちゃうんですよ。芝田さんや小出さん達も付き添いだとか言ってみんな一緒に出てっちゃうし。淡水先生に訊いたら、大木さん、全然保健室に来てなくて、どっかでサボってるだけなんですよ、あの人達」

一言もないとはこのことだった。

生徒の自主性に任せるべき文化祭で、担任がそれとなく眼を光らせているのは生徒の安全や展示物の妥当性を管理するためだけではない。羽目を外しすぎる生徒や、逆に亜矢達のように、怠惰な方向へと流れる生徒を指導するためでもある。

「分かった。大木達は後日先生から必ず指導するようにする」

「文化祭が終わってからそんなことしてもらっても、さ」

不満そうに八田が言った。これまた返す言葉が見つからない。

本当にＬＩＮＥ騒ぎのせいで――

腹の中で膨れ上がり、噴出しそうになるいまいましさを喉の手前で押し潰し、努めて明るい口調で告げる。

「よし。今日登校して文化祭の準備をしているみんなの努力は、先生、決して忘れないから安心しろ」

要するに内申をよくしてやるという意味なのだが、そうと言明しないところが重要だ。

以心伝心というもので、殺気立っているかに見えた生徒達も、ようやく落ち着いたようだった。

「とにかくみんな、協力して準備を進めてくれ。飾り付けは後片づけのことも考えてな。山形、肝心のクイズの方は大丈夫なのか」

「大丈夫です。全部これの丸写しですから」

匠は自分の前にある雑誌や書籍の山を指し示す。『クイズ入門』『生活のなぞなぞ』といった書名が散見できた。

「そうか。あんまり難しいのは――」

「分かってますって」

「頼んだぞ。ここにいるみんなで、明日の文化祭を成功させよう」

そう言い残して教室を後にする。わざわざ「ここにいるみんなで」と言い添えたのは、内申の上乗せについて生徒を安心させるための担保である。

実際は口で何を言ったところで、最終的な内申書の内容など生徒には知るすべもないのだが。

汐野はたまらず校庭に出て深呼吸をした。

落ち着け――学校行事に対する生徒のやる気のなさなんて、毎年こんなものじゃないか――

同時に思う。今年は特別だ。誰も彼も、半ば投げやりな気分になっている。そのくせ何かを予感し、恐れている。同時にそれを期待し、見物したいと願っている。怖いもの見たさという心理だ。

教師もまた例外ではない。

一つ言えるのは、もはや誰であろうと単なる野次馬ではあり得ないということだ。

風が強い。空には厚い雲が垂れ込めて、秋の陽光を遮っていた。

体育館の方からは、吹きつける風に乗って吹奏楽部の演奏が流れてきた。それが凜奈の台詞ではなかったことに、汐野は安堵し、また失望にも似た意外感を覚えていた。

14

一夜明け、文化祭当日となった。

心配されたほど天候は悪化せず、ただ生暖かい風がそよぐ程度の曇天であった。

汐野は暗いうちから支度を調え、普段よりかなり早めに出勤している。それは他の職員達も同様である。

校庭には各種の模擬店が並んでいるが、いずれも中学生にできる規模の店だ。フリーマーケットのようなバザーもある。生徒達が家庭の不用品を持ち寄ったものだ。もちろん現金は扱わない。入場時に渡される手製の『がんばれ駒中コイン』が使われる。

開場時刻には保護者らが一斉に入ってきた。心なしか例年よりもその数は少なく、浮き立つような家族の表情はあまり見受けられなかった。

習慣に従い足を運んでみたものの、肌で感じられるほどの異様な空気にとまどいを覚えているのだろうか。

そんな想像を巡らせながらも、汐野は割り当てられた役割をこなすため奔走した。息つく暇も、考える余裕もない。ただひたすら走り回り、疲弊する。それが教師にとっての文化祭だ。教師の消耗が学校という場の文化なら、これこそ正しく〈文化祭〉に違いない。

それでも昼に近づくに従って、来場者の数は増えていった。客が多いと生徒達も自ずと活気づく。学校全体が、次第に文化祭らしい華やかさを帯びてきた。

各クラスとも、それなりの入場者で賑わっているが、メインはなんと言っても新しくなった体育館での演し物である。

吹奏楽部、合唱部、ダンス部の発表から始まって、空手部の演武へと続く。最大の目玉である演劇部の舞台『銀河鉄道の夜』は、プログラムの一番最後に回された。言わば全体の大トリであり、文化祭のフィナーレに等しい位置付けだ。

人気や注目度からしてもふさわしい扱いと言えるが、問題は、それが決まったのは盗作騒動が始まる前だということである。

別に犯人が凜奈だと特定されたわけではないので、演目にもキャスティングにも変更はないのだが、高瀬凜奈という存在がなんらかのトラブルを誘発する要因となる可能性は否めない。

さまざまな危惧を含め、駒鳥中学の全関係者が、演劇部の上演に注目していると言っていい。中には、あからさまにそれが目当てで来校したとおぼしき者達もいる。

そうした来校者の動きをチェックしつつ、汐野は刻々と消化されていくプログラムの確認と補助に取り組んだ。今のところ、これといった問題は起こっていない。拍子抜けするほどに順調な進行だった。

二年二組のクイズゲームもそれなりに好評のようだ。亜矢達サボり組もそれまでとは打って変わって呼び込みや景品の配布に熱中している。汐野にとっては一安心というところだ。

昼食後の長い準備時間をはさんで、ついに『銀河鉄道の夜』上演時刻となった。

館内に並べられたパイプ椅子はすでに満席で、詰めかけた生徒達の大半は立ち見を余儀なくされている。汐野も出入口に近い最後方から観客に紛れて見物することにした。自分の他にも、多くの教員の姿が見られた。木崎や末松、それに塙達もいる。

正面にしつらえられた舞台の周辺には、演劇部入魂のセットが配置されていた。学校備品であるホワイトボードの前に、実物の机と椅子が並んでいる。どうやら学校の教室を模したセットのようだ。汐野は、原作に忠実に演《や》るのだと茉莉が言っていたことを思い出した。

教室のセットなら、中学生の女の子達でも簡単に製作できる。『銀河鉄道の夜』を演目に選んだのは、存外慧眼であったかもしれない。

舞台に向かって左側には、体育用具室の扉が見える。今はそこが楽屋兼控室だ。扉の前には、演劇部顧問の茉莉が緊張の面持ちで立っている。

単なる顧問の立場を超え、茉莉は今回の上演に入れ込んでいる。これも高瀬凜奈という逸材に対する過剰な思い入れのせいか。

やがて場内の明かりが消え、騒がしかった観客達が静まり返る。

《ご来場の皆様、長らくお待たせ致しました。ただ今より、宮沢賢治作、駒鳥中学演劇部による劇『銀河鉄道の夜』を上演致します。最後までごゆっくりご鑑賞下さい》

演劇部員によるアナウンスが響き、拍手が湧き起こった。

先生に扮した部員と、生徒に扮した部員達が入ってきて、芝居は始まった。

カムパネルラ役の凜奈とジョバンニ役の小春もいた。原作通り少年の扮装をしている。二人の姿には、中学生とは思えぬほどの——いや、中学生ならばこそだろうか——官能的情緒があった。

最初のシーンでは生徒役の台詞はほとんどなく、先生役の独演に等しい。それでも、凜奈と小春は観客の目を惹きつける存在感を示していた。

続いて活版所のシーン。黒子の部員達がすばやく舞台装置を入れ替え、セットを変える。段ボールで作った舞台装置だから簡単だ。しかし不思議とチープさを感じさせない。舞台全体に中学生レベルではないオーラが漂っていた。

場面は次々と変わり、やがて銀河ステーションのシーンになった。銀河鉄道に乗ったジョバンニが、カムパネルラと再会するシーンである。

列車で向かい合って座る小春のジョバンニと凜奈のカムパネルラ。

突然出現した友の姿に、何か言おうと口を開きかけたジョバンニを制し、カムパネルラが声を発した。

《みんなはね、ずいぶん走ったけれども遅れてしまったよ。ザネリもね、ずいぶん走ったけれども追いつかなかった》

《どこかで待っていようか》

《ザネリはもう帰ったよ。お父さんが迎いに来たんだ》

虚ろで寂しげな二人の芝居は、絶妙の間合いで死の暗示を表現している。

中学生の演技に、観客達は真剣に見入っている。そして、汐野もまた。

列車の座席から腰を浮かせたカムパネルラが、窓に向かって元気よく言う。

《ああしまった。ぼく、水筒を忘れてきた。スケッチ帳も忘れてきた。けれど構わない。もうじき白鳥の停車場だから。ぼく、白鳥を見るなら、ほんとうにすきだ。川の遠くを飛んでいたって、ぼくはきっと見える》

すべての観客は、一瞬、川の向こうを飛ぶ白鳥を幻視したに違いない。それほどまでの熱演だった。

だが、凜奈会心の演技とも言える台詞の途中で、誰かが「あっ」と小さな声を立てた。静寂の中、その声は小波のように広く大きく伝わっていく。

横を見ると、薄闇の中にほの白い光が浮かんでいた。

誰だ、こんなときにスマホを見るなんて——

舌打ちしたとき、背後からいきなり肩をつかまれた。

「汐野先生」

驚いて振り返る。新聞部顧問の西だった。手にやはりスマホを持っている。

「これを見て下さい。たった今アップされたんです」

西の差し出すスマホの画面に目を遣った汐野は、驚愕の声を抑えられなかった。

そこに表示されていたのは、野駒ニュースランドの記事であった。

［市立駒鳥中学　保護者会で住民対立の一部始終］

西は早口でまくし立てるように言った。

「私も演劇部の芝居を覗こうと思って体育館に来たんですが、スマホの電源を切ろうとしたらこれが……ちょうど汐野先生の後ろ姿が見えたものですから……」

そんなどうでもいい説明など聞き流し、夢中で記事の本文に目を走らせる。

［昨今全国の学校で多発している生徒間のＬＩＮＥトラブル。それに端を発した不可解な騒ぎが野駒市立駒鳥中学校でも持ち上がった。その対応策を講ずるためと称して緊急保護者会が開かれたのだが、そこで見えてきたのは何やらキナ臭い背景だった。まずは当日の様子を記録した下の動画をご覧頂きたい］

今やざわめきは会場全体に広がっていた。

舞台を振り返ると、凜奈は演技を続けながらも困惑したように客席を横目に見ている。彼女の集中力は今や完全に途切れていた。なんと言っても中学生の女の子である。こんな状況で動揺しない方がおかしいくらいだ。それに応じて観客も没入を妨げられ、夢から覚めた途端に悪い知らせを告げる電話を受けたような顔をしている。

せっかくの芝居が台無しだった。控室の前から茉莉が声を上げずに励ましているのが見えたが、もはやどうにもならないだろう。

西と一緒に外へ出た汐野は、急いで記事に添えられた動画を再生した。

《あんたはあれかね、駒沼あたりに引っ越してきたクチかね。あの辺は昔、沼や溜め池のあった土地でな、わしらはみんな鮒や泥鰌を捕って遊んだものだ。それがどうだ、今では安い建売ばっ

かりで、あんな所に住んでるようでは、郷土愛など育ちはせん》
　いきなり加賀原老人の暴言から始まった。
《何が郷土愛だっ》《ふざけるなっ》《何を偉そうに》《エゴイストはあんたじゃないかっ》《帰れ帰れっ》
　あの日、会場内で密かに撮影していた関係者がいたのだ。全員の顔にモザイクが掛けられ、音声も加工されているが、対立の様子が鮮明に収録されている。
《校舎移転に反対しておられる皆さんは、子供のためとか、地域のためとかおっしゃいますが、耐震工事が遅れたせいで、生徒に万一の事があった場合、どう責任を取ってくれると言うんですか》
　生徒が特定されるような発言を巧みにカットしながら、集会での対立の概要を伝えている。
《なのに結論ありきの統廃合は、行政の無策でしかないのです。そこには財政的合理性も教育的理念もない。これでは我々の野駒市は疲弊する一方だ。そんなことで本当にいいんですか、皆さん》
　ご丁寧に印旛社長の演説まで収録されていた。
［……このように一連の事件の背後には、どうやら市が強引に推し進める学校統廃合問題が横たわっているようだ。生徒のことを考える保護者会であるはずが、生徒そっちのけで親同士の醜い対立が繰り広げられたのだ。ここに野駒市教育行政の歪みが如実に表われていると言えるだろうが、そもそもの発端となったＬＩＮＥのイタズラ騒ぎとは、実は駒鳥中が積極的に採り入れている読書感想文の盗作疑惑なのである。生徒のプライバシーに配慮して詳述は避けるが、これまた

不可解としか言いようのない事件であり、背後にはやはり大人の思惑が見え隠れする。もしそれが生徒を盗作行為へと追い込んだのであるならば、絶対に許されぬ行為であると断ずるしかない。本サイトでは今後も事件の全容解明に取り組んでいく所存だが、それにしても教育の現場たる駒鳥中学の関係者は、事態がこれほど紛糾するまで一体何をしていたのか。その重大な怠慢は、教育の放棄に他ならない。（執筆　野駒ニュースランド専属記者　雲天忠夫）」

全身から力が抜け、その場に崩れ落ちそうになった。

〈よほどのこと〉が起こってしまった——

「大丈夫ですか、汐野先生」

情けないことに、かろうじて西に支えられた。

「大丈夫です。それより早く対応しなければ」

「対応って、何をどうすれば……こんな事態、打ち合わせでもまるで想定してなかったし……」

汐野は再び体育館の方を振り返った。大声で話し合ったり、スマホ画面を凝視したりしながら保護者達が外へと出てくる。その中には高瀬や相模ＰＴＡ会長らの姿もあった。ともにスマホを耳に押し当てて何事か怒鳴っている。

凜奈と演劇部員達の気持ちを思えば、さすがに胸が強く痛んだ。

汐野は手にしたスマホを西に返し、

「西先生はすぐに職員室へ行って、先生方にこのことを伝えて下さい。私は体育館で騒ぎの収拾に当たります」

「分かりました」

西が駆け出すのと同時に身を翻して体育館に戻る。

先ほどに比べても騒ぎは大きく広がっている。とても収拾できるものではなかった。観客に席へ戻れと命じるわけにもいかない。困惑の色を浮かべ心配そうに残っているのは、演劇部員の家族だろう。

部員達は、あちこちに固まって互いに顔を見合わせている。中には声を上げて泣いている者もいた。裏方の果穂は、泣いているのか怒っているのか、音響機器の陰に隠れてよく見えない。

小春は舞台の真ん中で呆然と立ち尽くしていた。その斜め後ろに立った凛奈は、どこか醒め果てたような目で空席だらけになった会場を見つめている。運命の悪意を他人事のように受け止める、超然と悟り切った目だ。

汐野には、その目がまさに銀河の彼方を眺め渡すカムパネルラのものであるかに思えた。

突然——

凛奈が前へ二、三歩歩み出た。そして閑散とした客席に向かい、指をまっすぐに突き出し声を張り上げた。

《ああきっと行くよ。ああ、あすこの野原はなんてきれいだろう》

放心していた小春が驚いたように凛奈を見る。

《みんな集まってるねえ。あすこがほんとうの天上なんだ。あっあすこにいるのぼくのお母さんだよ》

それはカムパネルラの最後の台詞であった。その言葉を残して彼は銀河鉄道からも姿を消し、天上の世界へと召されるのだ。

鬼気迫るその演技は、しかし決してカムパネルラのものではない。どこか空虚で、希望を少しも感じさせぬ芝居。汐野の知るカムパネルラは、冷笑的でも自棄的でもなかったはずだ。それはカムパネルラであってカムパネルラではない。高瀬凜奈だ。厳密には、高瀬凜奈の再解釈によるカムパネルラだ――

小春が凜奈に抱きついて嗚咽し始めた。それでも凜奈は舞台の中央に毅然として立っている。

そのとき、凜奈の視線がこちらを捕らえた。

錯覚かもしれない。

いや、凜奈は確かに自分を見た。そして微かに嗤ったのだ。

不意に狼狽を覚えた汐野は、我に返ったように周囲を見回す。舞台袖で立ち尽くす茉莉を見つけ、急いで駆け寄った。

「白石先生っ」

「あっ、汐野先生」

茉莉の頬ははっきりと分かるくらいに濡れていた。

「どうしよう、私……私……」

普段は気の強い女性だが、一挙に心が崩壊したようだった。

「せっかくの舞台を……みんなあんなに頑張ってたのに……それを、それを……」

「しっかりして下さい、白石先生」

せめて自分だけは冷静でいなければと、汐野は根拠のない空元気を示す。

「こんなとき、顧問のあなたが動揺していたら生徒はどうなります。先生は部員を誘導して演劇部の部室で待機していて下さい。淡水先生を探してすぐに演劇部員のケアに当たって頂くよう伝えます」

「はい」

茉莉はハンカチで涙を拭い、部員達に呼びかけた。

「みんな、先生の所へ集まって。これから全員で移動します。小道具やセットはそのままでいいわ」

舞台の上では小春が凜奈に手を掛けて揺すっている。

「凜奈、早く……先生が……ねえ、聞いてるの、凜奈」

その手を凜奈は、うるさそうに振り払った。

小春が一瞬、驚いたような表情を見せる。

だがすぐに凜奈は小春の方に向き直り、何事もなかったように自分から相棒の手を取り、二人一緒に茉莉のもとへと小走りに駆けていった。

汐野は体育館を出て校舎に向かう。保健室に直行しようと廊下を進んでいる途中で詠子と出くわした。

「あっ、淡水先生、ちょうどよかった」

事情を話して演劇部室に向かうよう要請する。

保健室は校内の異変により気分の悪くなった生徒への対応に追われており、詠子は各生徒の担任に連絡したところだという。それでも彼女は即座に応諾してくれた。

「分かりました、すぐに行きます」

「お願いします」

詠子と別れ、剣呑な校内の様子を偵察しながら二年二組の教室に回る。

「あの、先生」

受付をしていた匠が真っ先に訊いてきた。教室内に残る生徒や入場者を意識した小声である。

「ついさっきまではお客もいっぱい入って、大成功だってみんな喜んでたのに、なんだか潮が引いてくみたいな感じになっちゃって」

そこへ亜矢が割り込んできて、

「親から聞いたって子がいて、ネットにウチの学校の記事が出てたって言うんですけど、ほんとですか」

「本当だ」

苦い思いで答えると、二人はショックを隠せない様子だった。ことに亜矢は、何者かに自分のスマホを利用された当事者でもあるのだ。

何かを言いかけた二人に、急いで釘を刺す。

「詳しい事情はまだ分からない。先生達もこれから調べるところだから、他の生徒にはしばらく黙っていてくれないか」

「はい」

匠は素直に応じたが、亜矢は泣きそうな顔をして、

「あたしに教えてくれた子はよそのクラスなんで、もうみんなに喋っちゃってるかも」

「それは仕方ない。本当のことだし、いずれは知られる。今はせめて時間稼ぎをしたいだけなん

だ。みんなのクイズゲームを楽しみに来てくれた来場者のためにも、二人とも、とにかく協力してくれ」

今度は二人同時に頷いた。

「じゃあ頼んだぞ」

そう言い残して教室を出ようとして振り返ると、クイズマスターの一人として小学生の相手をしていた美月が、不審そうにこちらを見た。

あえて何も告げずに退出した汐野は、次いで文芸部が展示を行なっている教室に向かう。

ちらほらと客の入っていた二年二組とは違い、あからさまに暇そうにしていた部員達が好奇心を露わにして寄ってきた。

「あっ先生、さっきから校内の様子が変なんですけど、何かあったんですか」

皆を代表するように将人が尋ねてくる。

「後で説明するから、みんなはやるべきことに専念してくれ」

「つまり、ここでお客の対応をしてればいいってことですか」

「ああ。自分のクラスの仕事があったら、それも自由にしていい」

咲良が皮肉めいた口調で、

「後で説明するからって、それじゃあ、よっぽどのことがあったようにしか思えないんですけど」

否定するわけにもいかない。

「実はその通りなんだ」

全員が顔を見合わせる。

汐野は教室の中ほどまで進み、周囲の展示物を見回した。

ジャック・ロンドン『野性の呼び声』、カズオ・イシグロ『わたしを離さないで』、ジョン・ディクスン・カー『火刑法廷』、江戸川乱歩『少年探偵団』——

部員達の一生懸命作ったポスターが、足を止め眺めてくれる人を待ち、虚しく壁を飾っている。

その光景に、汐野は思いも寄らぬ感慨と寂寥《せきりょう》とを覚えていた。あろうことか、後悔すらも。

これまで文化祭のための指導を熱心に行なっていたとはとても言えない。むしろ放置していたと言った方が近い。なのに、この言いようのない居たたまれなさは一体なんだ。

ポスターの下に展示された本達が、自分に訴えかけているのだろうか。その本の面白さを伝えようと努力した部員の熱意をいじらしく、また尊いものと感じてでもいるのだろうか。

自分にはそんなふうに想う資格はない——

百も承知でありながら、押し寄せる感情に逆らえなかった。

哲平は『ドラコニア奇譚集』の前で、三枝子は『闇の左手』の前で、それぞれ寂しそうにうなだれている。まるで、読まれぬ本の悲しみを代弁するかのように。

「先生、どうかしたんですか」

由乃に声をかけられ、我に返った。

「いや、せっかくのいい展示なのにと思ってね」

よけいなことを言ってしまった。後悔するがもう遅い。

部員達はかえって落ち込んだようだ。

「そうだ、今回作ったポスターは後輩達のためにも文芸部で保存することにしよう」

思いついて提案してみたが、さほど士気は上がらなかった。いかにも取って付けたようなタイミングもまずかった。

「先生はもう行くけど、まだ見学者が来るかもしれないから、みんなしっかりやってくれ」

しっかりと何をやれって言うんだ——

自らの発言の偽善ぶりに嫌悪を抱きながら、汐野は教室を後にした。

考えるな、考えても無駄だ——

大股で職員室へと向かう。そこではより現実的で、途轍もなく醜悪な問題が待っているはずだ。生徒の気持ちなど、考える余裕もなくなるほどに。

職員室の前では、安宅教頭と永尾が数人の保護者に取り囲まれていた。相模ＰＴＡ会長や高瀬、竹本、印旛達だ。

「ですから、学校としては文化祭のつつがない進行を第一と考えておりましてですね……」

しどろもどろの教頭を遮るように、高瀬が一際大きな声で言う。

「こんな状態では文化祭はすでに失敗したも同然じゃないですか。この期に及んで一体何を言ってるんですか」

「保護者にも動揺が広がっています。私は皆さんにどう説明したらいいんですか」

これは相模会長だが、廃校反対派の高瀬と推進派の会長が、歩調を合わせて教頭に詰め寄っている図には一種異様なものがあった。

「失敗だなんて、そんな、文化祭は終わったわけではありません。まだ続いてるんですよ。少しは生徒の気持ちを考えて下さい」

悲鳴のような声を上げたのは永尾である。

「あのねえ、演劇部の芝居だって中断しちゃってるんですよ。それをまだ続いてるだなんて、よくそんなことが言えますね」

高瀬が苛立たしげに言う。

彼は体育館で娘の出演する舞台を観劇していたはずである。勝手に自ら中途退出しておきながら――汐野は高瀬の理不尽な言い草に反感を覚えた。

「高瀬さん、校内にはまだ頑張っている生徒さんがいるというのも事実ですよ」

会長はさすがに理性的だった。

「私達がいたずらに騒ぎを広めては本末転倒でしょう。ここは一旦、学校側にお任せするしかないのでは」

「その学校が信用できないから、とうとうこんなことになったんじゃありませんか」

高瀬の反論に、言い返せる者は一人もいない。

「それにしても、一体誰があんな動画をネットニュースなんかに流したんだ。保護者会は撮影も録音も禁止なんじゃなかったんですか」

返す刀で、高瀬は会長を追及し始めた。

会長はいかにも心外そうに、

「私だって驚いているところです。しかしこの時代、誰が撮影したのかを調べようとしても……」

「責任逃れをするつもりですか。保護者会を仕切っていたのは、会長、あなたじゃないですか」

「まあ、なんてことを。高瀬さん、あなたはそもそも」

「そもそもなんだって言うんです」

今度は内輪揉めか――

「やめて下さい、生徒に聞かれたらどうするんですか」

教頭の制止に、全員が黙った。

「お願いです。ここは我々に任せて、一旦お引き取り下さい。文化祭をせめて定刻まで開催させて下さい。文化祭終了後、我々は責任を持って事の究明に当たります。結果は随時お知らせしますので、ここはどうか、生徒のためにも、どうか、どうかお願いします」

普段はどちらかというと傲岸な教頭が、腰を二つに折るほどの勢いで頭を下げた。身長が高い分だけ、その動作には迫力がある。

同時に永尾も低頭した。その姿勢のまま、二人とも顔を上げない。上げたら最後、再び果てしのない罵詈雑言に晒されることは目に見えているからだ。

「分かりました。私はＰＴＡ役員と連絡を取って善後策を協議します。その代わり、何か判明したら必ず連絡して下さいね」

会長の発言に対し、印旛が付け加えた。

「連絡はもちろんですが、説明会の開催も必要では」

「もちろんですわ。それもお約束頂けますね、教頭先生」

「承知しました。後日必ず説明会を開きます」

下を向いたまま教頭が応じる。

集まっていた保護者達は互いに低い声で話し合いながら引き上げていった。

ふう、と息を吐いて顔を上げた教頭と視線が合った。

中に入れ、と相手の目が告げている。

汐野は慌てて二人に続き、職員室に入った。

室内では、多くの教員がひっきりなしにかかってくる電話の対応に追われている。非常時の対応策は考えられていたのだが、あまりにも予想外にすぎる事態のため、職員室は恐慌状態に陥っていた。

大方は関係者からの抗議や問い合わせであろう。校長室では久茂校長が、事務室では恵が、同じく電話対応に追われていることは想像に難くない。

「あっ、教頭先生、新聞社から取材の申し込みが来てるんですけど」

受話器の送話口を片手で押さえた五木が叫ぶ。

「取材はすべて断るように」

怒鳴るように答えた教頭に、

「何度もそう言ってるんですが、もうしつこくて」

「生徒が第一だとだけ言って切ってしまえっ」

それから教頭は全員に向かい、

「皆さん、聞いて下さい。本日、野駒ニュースランドに保護者会の盗撮映像がアップされました。そのことはすでに伝達されているでしょうか」

振り返った全員が頷くのを確認し、教頭は続けた。

「このような事態はまったく想定しておりませんでした。私は教頭として責任を痛感しています。しかし今は、生徒の動揺を最小限に抑えることが最優先です。手順通りの連絡方法により通達、担任の先生方は各教室で生徒の様子を見守りながら撤収の準備を進めて下さい。基幹となる連絡の担当は引き続き瓜生先生にお願いします。よろしいですね」

「はい」

心持ちうわずった声で瓜生が答える。

「各部の顧問をしておられる先生は、その前に部員の生徒をそれぞれの教室に戻るよう指示して下さい」

職員室内の教師達が緊迫した面持ちで教頭の指示に耳を傾けている。

「伊藤先生」

「はい」

ツヤ子が震える声で返答する。

「事務室に連絡し、校内放送で終了時刻の近いことを伝え、来校者のお帰りを促してもらうようにして下さい」

「はい」

しかし老教諭は依然自席に座ったままでいる。

「何をしてるんですか、伊藤先生。急いで下さい」

「あっ、はいっ」

我に返ったようにツヤ子が立ち上がり、出ていった。駒鳥中学は古いせいか設備の配置が独特で、校内放送の機器は職員室ではなく事務室にある。内線電話を使わずに直接事務室へ向かったのは、それだけ動転していたせいか。

「担任を持たない先生方は、校内の巡回に当たって下さい。校庭での模擬店の撤収を急がせると同時に、出歩いている生徒には教室に戻るよう指示。保護者からの質問があった場合には、現在調査中なので後日説明会を開く予定であると伝えて下さい。いいですか、くれぐれも落ち着いて冷静な対応を心がけるように。それではすぐにかかって下さい」

教師達が一斉に動く。

教頭の的確な指揮は、正直に言って意外であった。他の教師も同じ感想を抱いたことだろう。常軌を逸した事態が、かえって教頭の覚悟を促したのか。ともあれ、今は教頭の指導力と危機管理能力がひたすら頼もしいばかりであった。

汐野もすぐに文芸部の展示が行なわれている教室に向かった。一人だけいた見学者に間もなく終了であると断ってから、部員と一緒になってポスターを手早く剝がし、解散を告げた。

次いで二年二組の教室に向かう。すでに三分の二ほどの生徒が集まっていた。残りの生徒も三々五々戻ってくる。

誰もが不安そうな表情で押し黙っている。中には啜り泣いている生徒もいた。意外にも、大木亜矢のグループに多かった。女子中学生に特有の一時的な感情の発露かもしれないが、それでも汐野には手酷くこたえた。

噂話に興じていた一部の男子も、教室のそんな空気に反応して次第に言葉少なになっていき、やがては皆が黙り込んだ。

美月がクラスを代表するかのように手を挙げたが、汐野が視線を向けると、手を下ろして俯いた。聡明な生徒であるだけに、こちらから返ってくる答えが想像できてしまったのだろう。

わけもなく悲しい。そして悔しい――文化祭にやる気も関心も示していなかった生徒さえ、今は皆と同じく、そんな想いを露わにして唇を噛み締めている。

皮肉にも、二年二組の生徒の心が、ここまで一つになったのは初めてではないか。そしてそれは、駒鳥中学全体についても言えるのではないか。

なすすべもなく教壇に立ち尽くし、汐野はそんなことを考えていた。

「クイズの景品、余っちまったな」

突然、誰かがぽつりと言った。坪井であった。彼の視線の先を、全員が見る。

空いている席の上に、景品として提供されるはずだった品々が積み上げられている。

バッジ。ステッカー。メダル。イラスト絵はがき。いずれも生徒達の手作りだ。

せっかくみんなで作ったのに――そんな想いが感じられる。

「美月のクイズマスター、ハマってたのにね。出題するときの顔、本物の魔女みたいでウチの弟がビビってたよ」

亜矢の軽口に、皆が笑った。

「じゃあ、今度夜中に弟クンの枕元でクイズやってあげるから」

美月が笑いながら言い返す。おかげで教室内の雰囲気が幾分明るいものとなった。

〈全校生徒にお知らせします。駒鳥中学校文化祭の終了時刻となりました。充分に注意して下さ

い〉

今頃になって校内放送が流れてきた。全員が顔を上げる。

ツヤ子の声である。「充分に注意して下さい」と言われても、何をどう注意するのかよく分からない。しかも教頭に言われた「来校者のお帰りを促」す文言が抜け落ちている。そんなところにも学校側の混乱が表われていて、生徒達に対し、ただひたすらに恥ずかしい。

〈担任の先生の指示に従い、一年生から順次下校して下さい。なるべく集団になって下校し、寄り道は絶対に避けて下さい〉

下校の手筈はすでに連絡が回ってきている。担任の教師は、極力生徒に付き添い、下校を見守ること。当然の対処である。

しばらくすると、ドアが開いて二年一組の担任である清子が顔を出した。

「汐野先生、一組は全員教室を出ました。二組の誘導、お願いします」

「はい、了解しました」

汐野は生徒達を振り返り、

「よし、じゃあさっき言った通り、廊下側の列から移動。前の人を押すんじゃないぞ。静かにすばやくだ」

出口の横に立って全員を見送った汐野は、教室に誰も残っていないのを確認し、隣の三組に顔を出して伝達した。

「二組、教室を出ました。佐賀先生、三組の誘導をお願いします」

そして急いで二組の列を追いかけ、最後尾に付く。

校門を出た直後から、生徒達はいくつかの方向へと分かれていく。最も数の多い集団を選び、しばらく下校に付き添った。生徒数が二人になったところで彼らと別れ、指示された通りパン屋の前の交差点に立って生徒を見守る。そこが汐野の持ち場であった。

他のクラスの生徒達が間断なく汐野の前を通り過ぎていく。

「さようなら、汐野先生」

「はい、さようなら。気をつけてな」

そんな挨拶を交わしながら、周囲を見回す。

近隣の住民が何事か囁き合ってこちらを見ている。噂がすでに広まっているようだ。地方の街とそこで生活する人々にとって、学校の存在は決して小さくない。文化祭が途中で事実上の中止となったのだ。関心を呼ばないわけがない。

人々の視線がことごとく身に突き刺さるようだが、汐野は怯まず生徒達に目を配る。ここで何かあったらもうおしまいだ。

そして、さらに——どこかに雲天が潜んでいないか。

誰から動画の提供を受けたのかは知らないが、文化祭の当日に記事をアップしたのは偶然ではないだろう。きっと世間の注目を集めるため、騒ぎを起こす最高のタイミングを計っていたに違いない。

だとすると、それはジャーナリストの矜持などでは決してない。単なる〈悪意〉だ。

あの男の放っていた、粘り付くような気配を思い出す。中断された文化祭から急ぎ帰宅する生徒達。雲天が彼らに接触し、なんらかのコメントを引き出そうとするのは容易に想像できた。

見つけたらただではおかない——ともすればそんな凶暴な衝動に駆られそうになるが、懸命に自制する。少なくとも、奴を絶対に生徒に近づけてはならない。

目を凝らして雲天の姿を探したが、幸か不幸か、汐野の配置された場所からは雲天も、他の媒体の記者らしき人物も見当たらなかった。

最後に生徒を見送ってから五分ほど経ったとき、胸ポケットの中でスマホが振動するのを感じた。

「汐野です」

急いで応答する。連絡担当の瓜生からだった。

〈汐野先生、そちらの様子は〉

「特に異状ありません。生徒も見える範囲には一人もいません」

〈分かりました。ご苦労様です。生徒は全員学校を出ました。ええと、すぐに学校にお戻り下さい。二十分後に職員会議が開かれるそうです〉

職員会議——

予想された展開だ。保護者への説明。生徒のケア。野駒ニュースランドに記事が出た経緯の解明。動画撮影者の正体。そして相模会長らと約した説明会をどうするか。すべてを早急に決めねばならない。今夜は終電をあきらめるしかなさそうだ。

それらの難問以上に、汐野にとって厳しいのは、〈よほどのこと〉が起こってしまったという事実だ。

——よほどのことがない限りは、このまま切り抜けることができるでしょう。

校長は自宅でそう語っていた。過去の作品集について県教育委員会への問い合わせは行なわないと。

それが起こった。

すなわち、「県教育委員会への問い合わせ」を実行しなければならなくなったということだ。

15

「一体誰が保護者会の動画を流出させたんだ」

集まった教師の間からそんな声が聞こえてきた。

体育の蒲原だった。着古して色褪せたジャージ姿のまま、腕組みをして椅子にふんぞり返っている。普段なら全員から反感と顰蹙《ひんしゅく》を買いそうな態度だが、今は頷いている者も何人かいた。

思いは誰しも同じなのだ。思いというより、怒りだろうか。保護者会は生徒のために開かれたはずである。その映像を盗撮したばかりか、よりによってネットニュースに渡すとは。

「保護者会には生徒の家族や学校関係者しか出席できなかったはずでしょう。なのにわざわざ騒ぎを大きくするような真似をするなんて」

憤然とする五木に、塙が答える。

「案外、それが狙いかもしれませんよ」

「どういうことですか、塙先生」

「つまりですね、廃校推進派、あるいは反対派のどちらかが、自陣の旗色が悪いと見て、問題を表面化させることによって世間に訴えようとしてですね……」

「いくらなんでもそれは穿ちすぎなんじゃないですかね。下手すると逆効果になりかねない」

「いやいや五木先生、昔と違って、昨今の保護者は何をするか分かりませんからな」

ツヤ子を除けば教師の中で最年長の熊谷《くまがい》までもが口を挟む。

「どっちにしたって、誰がやったとしても不思議はないですよ、この時代」

木崎であった。いつもの冷笑的な口調である。

「つまり漏洩源の追及には意味がないと、そうおっしゃるんですか」

瓜生が問うと、木崎は鼻で笑うように答えた。

「当たり前でしょう。『こっそり録画していた者に心当たりはないか』なんて、警察の真似事でもするつもりですか。今の状況下で学校が保護者に対してそんなことをやったりしたら、それこそ火に油を注ぐようなものでしょう。第一、仮に撮影者を特定できたとして、どうするって言うんです？　その人の氏名を公表しようとでも？」

「いえ、別にそういうつもりじゃ……」

瓜生はすっかり口ごもった。

まったくの正論である。録画した保護者の氏名が判明しても絶対に明かしてはならない。その子供である生徒が学校でどんな目に遭うか。想像しただけでも恐ろしい。

恐慌状態にあると言っても過言ではない教員達の中で、唯一冷静さを保っているのは、皮肉にも万事に対してシニカルな態度で距離を取る木崎だけかもしれないと沙野は思った。

当人は澄ました顔で職員会議の始まるのを待っている。教師としての仕事を、それこそ〈公務員のお役所仕事〉と割り切っているような木崎を好ましく思う職員は、汐野の知る限り駒鳥中学には一人もいない。しかし自分のようにうわべを姑息に取り繕ったりしない分、木崎は一種真っ当な感覚を持つ人物と言えるのかもしれなかった。

「皆さん、揃ってますね」

突然ドアが開き、教頭がせかせかと入ってきた。その後ろには校長が続いている。

「それでは職員会議を始めます。校長先生、お願いします」

正面の黒板を背にして立った校長は、一同に向かい、前置き抜きに話し始めた。

「事務室には保護者から問い合わせの電話が殺到しており、事務員の皆さんは対応に追われています」

現在、職員室の外線電話はすべて「事務室におかけ直し下さい」とのメッセージが流れるようになっている。また各人のスマホは電源を切るよう指示されていた。

「しかしながら、今私どもが最も憂慮すべきは、何を措いても生徒の心の傷です。学校生活の大きな目標の一つであった文化祭がこういう形で中断を余儀なくされた。生徒にとっては大変なショックであったでしょう。私どもはまず生徒の心のケアに取り組む必要があります。野駒市ではスクールカウンセラーの導入が遅れていますが、それが今日ほど歯痒《はがゆ》く思われたことはありません。淡水先生はおられますか」

「はい」

隅の席にいた詠子が蒼い顔で手を挙げる。

「ああ、そちらでしたか。当面、生徒のケアに関しては淡水先生が中心になって対策を進めて頂きたい。取りあえずは大まかなプランを取りまとめて下さい。それもできる限り早急にです。必要な予算や人員がありましたら、対策案と併せて私の方までお願いします。できる限り手配します。ご苦労をおかけしますが、淡水先生が頼りです」

「全力を尽くします」

与えられた使命の重大さに、詠子は表情を強張らせながらも力強く頷いた。

まず生徒の話から始めたところが校長の抜け目なさだ――

汐野は密かに舌を巻く。生徒を思いやる素振りを示すことによって、校長は最低限のアリバイを担保したのだ。

「一方で、学校の混乱から日々の生活に乱れを生じさせる生徒も出てくることが予想されます。これにつきましては、各学年の生徒指導の先生方にお任せします。普段よりも注意して生徒の様子に目を配って下さい」

「はい」

五木、佐賀らが同時に返答するのを確認し、校長は「さて……」と間を置いた。

本題が始まるぞ――汐野は身を硬くする。

「私はPTA会長の相模さんと先ほど電話で話しましたが、学校による説明会は調査の進展があり次第開催すること、ただし、十日以内に進展が見られぬ場合は、その時点で説明会を開催する。つまり、遅くとも来週の木曜には開催されることになります」

来週の木曜――

すぐにでも説明会をと迫る会長に対し、校長はぎりぎりまで引き延ばそうと交渉したことだろう。本来ならばＰＴＡ会長にそこまでの権限はないのだが、場合が場合であり、また、相模夫人の性格が性格である。校長と会長との間で、おそらくは熾烈《しれつ》な駆け引きがあったに違いない。

その結果、十日間という猶予を得た。事態の深刻さを思えば、校長は大健闘したと言ってもいい。あの相模会長に対し、校長がどのような弁舌を駆使してそこまでの譲歩を引き出したのか、汐野には想像もつかなかった。

「問題の保護者会では、七二年度版の読書感想文作品集について、市の教育委員会から県の教育委員会へ問い合わせるということで一応の結論となったと聞いております。従いまして、私は事態の経緯に関し、適宜市の教育委員会へ報告を致しております。でありますから、県の方へは市から問い合わせがいっているはずです。にもかかわらず、県からは未だ回答が届いておりません」

校長はこちらをまったく見ることなく、平然と嘘を言い切った。先日校長の自宅マンションで、教頭を交えた密談の際に打ち合わせた通りの〈嘘〉である。

演技力の有無で云々できるようなレベルではない。非人間的なまでに、モラルや感情を放棄した虚ろの力だ。それはぬるりとした感触を伴って、汐野の心を侵食する。

「教育委員会へは私から再度問い合わせを行なってみます。その結果を待って、説明会を開きます。なんらかの手違いにより、期限までに回答が得られないということも考えられますので、その場合は、市の教育委員会からも必ず立ち会いを頂き、説明してもらうことと致します」

斯波だ、と思った。藪内教育長の腹心である事務局の斯波指導主事が来て、もっともらしい説明を行なうに違いない。

だが、それだけでこの騒ぎが収まるとも思えないが――

汐野の危惧などもとより承知しているとでもいうかのように、校長は淡々と続けた。

「並行して、教育委員会とも協議し、野駒ニュースランドに抗議を行ないます」

「待って下さい」

西が挙手する。

「なんでしょうか、西先生」

「それは報道の自由に抵触するのではないでしょうか。すでに本校にはネットニュース以外に地方新聞やケーブルテレビ等、他の媒体からも取材の申し込みが何件も来ています。彼らは独自に、七二年度版の作品集を入手しようとするでしょう。こうなった以上、なんらかの形で情報を出していった方が――」

「なに言ってんだよ。元はと言えば西先生のせいでしょうが」

野次を飛ばすかのように蒲原が声を張り上げる。茉莉や詠子が眉を顰《ひそ》めた。比呂美に至っては、おぞましい生き物でも見るかのような目付きをしている。

「先生のミスで、新聞部の渡辺がよけいな記事を学校サイトにアップしたのが原因だって聞いてますがね。え、そうじゃないんですか」

周囲の反応などお構いなしに蒲原は続けた。事態の経緯に対する己の理解が妙な具合にねじ曲がっていることには考えが及びもしないようだ。それを指摘しても、むきになって猛然と突っかかってくるだけだと分かっているから、誰も注意しない。

得意げに座っている蒲原に対しては、校長も一瞥をくれただけで相手にしようともしなかった。

「西先生のおっしゃることも分かります。しかし、最初に申し上げた通り、本校の方針はあくまで生徒のケアが最優先です。ことに発端となる事件は生徒のプライバシーが大きく関わっておりますから、現時点での迂闊な情報提供は危険だと判断します」

校長はあくまで隠蔽策を主軸に据えるつもりなのだ。〈生徒優先〉を前面に押し出している限り、誰であっても反論はしにくい。

だが〈よほどのこと〉が起こってしまった今となっては、もはや完璧な隠蔽はあり得ない。校長は何を考えているのだろうか。

「地元マスコミ各社には先手を打って取材の自粛を求める文書を発送しておきます。その上で今後のメディア対応についてですが、対応策の検討を西先生に一任したいと思うのですがいかがでしょうか」

「えっ、私に、ですか」

「そうです。西先生は大学でその方面の勉強をなされていたと伺いました。ぜひお願いしたいと存じます」

「分かりました。誠心誠意取り組ませて頂きます」

うまい、と思った。西の顔を立てつつ、責任を彼一人に押し付ける。しかも、依頼したのは「対応」ではなく「対応策の検討」だ。実行の時期どころか、実行するかどうかさえ明言していない。要は体のいい時間稼ぎのようなものだ。しかもこれで、情報公開についても前向きであったという印象を教師達に与えることに成功した。

木崎もそうだが、心の奥に虚無を飼い、人の世を冷たく嗤える人間ほど、たとえ何が起こっても頭脳は論理的に作動するものなのかもしれない。

「最後に汐野先生」

「はいっ」

突然名前を呼ばれ、反射的に立ち上がっていた。

「先生は県教委から連絡があり次第、当該年度の作品集に掲載されている感想文と、本校生徒の感想文をただちに照合して下さい。いいですね、これはぜひとも汐野先生に直接やって頂かなくてはなりません」

「はい、承知しております」

嫌な汗に濡れる掌を握り締め、平静を装ってきっぱりと返答する。

このまま隠蔽策を取り続けられるとは考えにくい。自分がその役を実行する日は確実に近づいているのだ。

「あの、よろしいですか」

今度はツヤ子が手を挙げた。

「伊藤先生、どうぞ」

「ネットに載って、話がこれだけ広まったのですから、誰かが県に直接閲覧を申し込むとか、作品集をどこかから入手してくるってことは考えられませんか」

「充分に考えられますね」

校長は少しの動揺も見せずに応じる。

「先ほども申しました通り、生徒のメンタル、いや将来にも大きく影響する事案ですから、市教委にはその点、くれぐれも配慮してもらえるように伝えてあります。また、県教委以外の場所で、当該年度の作品集が入手可能かどうか……汐野先生、ご意見をお願いします」

「そうですね……」

汐野は考え込むふりをして頭を整理しながら言った。

「少なくとも、近隣の公立図書館にないことは確認済みです。県内の学校にもないだろうと、南《みなみ》駒《こま》中学の先生がおっしゃっておられました。新聞社やマスコミが保管しているとも思えませんし、なにしろ五十年近くも前の作品集で市販もされておりませんから、入手は難しいのではないかと……考えられるとすれば、当時の入賞者やそのご家族、担当教員が個人的に所蔵している場合ですね。それこそ、伊藤先生のようなベテランの先生が持っておられる可能性が――」

「私、あの、私は持ってませんから。ウチは狭いんで、作品集の保管なんてとてもとても……」

別にツヤ子が持っていると断じたわけではないのだが、泡を食って必死に否定する。つくづく底の浅い人物である。

「ありがとうございます、汐野先生」

狼狽するツヤ子は無視して、校長は締めくくりに入った。

「マスコミ、ことに野駒ニュースランドの記者がそうした個人所有者に接近を図ろうとすることも考えられます。汐野先生はそのような場合にも備えておいて下さい」

「承知しました」

それから校長は全員に向かい、語調を一段と強めた。

「繰り返しとなりますが、本校はあくまで生徒最優先。何があっても生徒を守る。保護者から質問された場合は、その通りに答えて下さい。マスコミからの質問に対しても同様です。況《いわ》んや保護者会を録画した人物の追及など言語道断と心得て、教育者としての誇りを以て生徒や保護者に接して下さい。以上です」

長い議論に終始するかと覚悟していたが、校長のある意味一方的な仕切りによって、職員会議は意外と早く終了した。

教師達は言葉少なに散会していく。

校長の裏を知る教頭は、己の顔色を悟られぬようにするためか、ハンカチでしきりと顔の汗を拭っていた。

自席で荷物をバッグに詰めていると、スマホに着信があった。沙妃からだった。急いで廊下に出て正面玄関とは反対の方に向かい、応答する。

「僕だ」

〈あたしよ、今日は大変だったわね〉

「ああ、もう最悪だよ。どうしてこんなことに――」

てっきり自分を心配して電話をかけてきてくれたのだと思い込んでいた。しかし違った。

沙妃は汐野の愚痴を遮るように、

〈今夜はうちに来て。できるだけ早く〉

「いや、さすがにへとへとなんだ、今夜はちょっと」

〈あたしが頼んでるんじゃないの。父が来いと言ってるの〉

その声の抑揚のなさに、汐野は己の勘違いをようやく悟った。

〈藪内さんもいらっしゃるんですって〉

「教育長も？」

〈ええ、善後策を協議するらしいわ。だからあなたも同席しろって〉

選択肢はなかった。

「分かった。学校から直行する」

〈ほんとに分かってる？〉

「えっ、何を」

〈あなたにはもう後がないのよ。しっかりしてちょうだい。ここでしくじったらおしまいなんだから〉

沙妃は［あなたには］と言った。［あたし達には］ではなく［あなたには］と。こちらを突き放すような冷徹さで。

「せいぜい頑張ってみるよ。じゃあ、後で」

皮肉を明るい口調にくるんでごまかし、電話を切る。

甘かった。最悪の一日はまだ終わってはいなかった。

高級住宅街の夜はことのほか暗く感じられた。浜田家の門前に立ち、インターフォンのボタンを押す。

すぐに出てきた沙妃が、汐野を邸内へと招き入れる。和江は在宅しているのかいないのか、姿を見せなかった。

「遅くなりまして申しわけありません」

応接室に入ると、浜田と額を付き合わせて密談中だった小柄な男が振り返った。

藪内雄三教育長であった。

受け持ちの生徒の保護者でもあるから、これまでに何度か顔を合わせているし、年齢も知っている。確か今年で五十七歳だ。年相応なのかどうか分からないが、頭頂部がやたらと薄い。いかにも度の強そうなレンズの分厚い眼鏡のせいで、娘の三枝子と似ているかどうかも定かでなかった。その眼鏡の奥から、じっとこちらを見据えている。

「ご無沙汰しております、藪内先生」

丁寧に挨拶をしたが、藪内は返事さえよこさなかった。

「いいから、早くそっちに座りたまえ」

苛立たしげに浜田がソファの端を指差した。

「失礼します」

居心地が悪いどころではない。針の筵だ。

沙妃も汐野を残して部屋を出た。どうやら今夜ばかりは同席を許されていないらしい。

「……それで浜田先生、沼槌さんはなんとおっしゃってるんですか」

汐野のことなど完全に無視して、藪内は浜田に話の続きを促した。

沼槌とは、野駒ニュースランドの沼槌段三郎オーナーのことだろう。

「ええ、それなんですがね、問題の盗撮映像は保護者会に参加した父兄の誰かが編集部に持ち込んできたのは間違いないっていうんですよ。もちろん匿名を条件にね」

「やっぱり、廃校問題の絡みですか」

「いえ、それがどうも、金目当てだか面白半分だか、そのあたりはよく分からんのですが、とにかく廃校問題とは関係なさそうだということでした」

「一体何を考えているんだ。保護者でありながら生徒の保護なんて頭にない。そんなことをすれば結果がどうなるか、想像くらいできそうなもんじゃありませんか」

藪内は大仰に嘆息した。

「実に嘆かわしい。ネットのせいで、昨今の人心は乱れるばかりです。もう私には理解すらできません。このままじゃ、本当に国が滅びてしまいますよ」

「まったく同感ですが、今は目の前の問題に対処することが先決です。沼槌さんの話では、編集長が問題の映像を持参して直談判に及んだそうですよ。こんないい素材を握り潰すって言うんなら、編集部のモチベーションを維持できないってね。そうなると、いくらオーナーであっても抑え切れず、やむなく掲載に同意したと、まあ、そういうことでした」

浜田はテーブルの湯呑みを取り上げ、一口飲んだ。

汐野には茶も水も運ばれてくる気配はない。夕食もとらずに駆けつけたので、空腹がつらかった。そう言えば今日は文化祭の進行に追われて昼食もろくに食べてはいなかった。

湯呑みを置いて浜田は続ける。

「学校側がいくら生徒の保護を訴えようと、『背後には学校統廃合問題を巡る対立がある、そしてそれこそが生徒を混乱に巻き込んでいる』と主張されたら報道に値すると見なされてしまうわけです。どうしようもありませんよ」

「つまり、記事の削除も訂正もできないと」

「ええ。むしろそんなことをすれば、逆に炎上すると踏んでいるんですな、編集部の連中は。ことにタチが悪いのはやはり雲天とかいう例の記者で、問題の七二年度版の作品集を所有している者がいないか、あちこち訊いて回ってるそうですよ」

雲天はやはりやっていたか――

聞いているだけで心臓に強烈な圧迫を感じる。寿命が縮まるというのはこういうことを言うのだろう。

「作品集と言えば、蔵書の問い合わせの方は大丈夫でしょうな、藪内先生」

「ええ、斯波が万事心得ています。ですが、ネットニュースに載ったのは痛かった。県の方から動かれると、私にはもうどうにも……」

「県の教育委員会には頑固なのが揃ってますからなあ。私なんぞが迂闊に動くとかえって逆効果になりかねません」

「分かります、分かります」

藪内はしきりと頷いている。

傍で聞いていると、自分達の方が真っ当であるかのように思い込んでいるところが滑稽だ。言うまでもなく、不正であるのは浜田と藪内――そして自分も――の方なのだ。

「しかし先生、確か以前、七〇年代の作品集は残っていないとおっしゃっておられませんでしたか」

「はあ、あのときはそう思い込んでいたのですが、なにしろ自分で確認したわけではありませんから……県教委が総出で倉庫を調べたら、案外ひょこっと見つかるなんてことも……」

「そりゃ困りますよ」

浜田はいよいよ苦い顔をして、

「私は先生が県にも作品集は残ってないって言うから安心しとったんだ。それがもし見つかって、万が一、盗作であることが……」

そこで浜田は自らの失言に気づき、慌てて言い直した。

「いや、お嬢さんがそんなことをしたなんて私も思っておりませんよ。しかし、昨今世間を賑わした盗作騒ぎのあれこれを見ておりますと、少しでも似ている箇所があったら強引にこじつけて、LINEやツイッターでやれパクリだの検証だのと、面白半分に騒ぐ輩が実に多い。そういう連中を黙らせることは不可能だし、一旦疑惑の目を向けられたが最後、風評被害がついて回ることになる」

藪内は実に分かりやすい仕草で頭を抱える。

「私もそれを心配してるんです。まったく違っていればいいのですが、同じ題材で読書感想文を書いたときに、類似箇所が一つもないとは言い切れません。入選するレベルの作品ならば、むしろ、似ている文言があった方が自然ではと」

「どうなんだ、汐野君」

落ち込む一方の藪内を励ますように、浜田がいきなり話を振ってきた。

「なんだね、君は。さっきから黙って聞いておるばかりで役にも立たん。そもそもお嬢さんの感想文を指導したのは君じゃないか」

八つ当たりもいいところだが、そんなことは口にはできない。

「は、前にも申し上げました通り、私はお嬢さんが盗作など行なっていないと確信しております。しかし、今お二方がおっしゃられた通り、似ている箇所がある可能性は否定できません。やはり、七二年度版と照合してみないことには、なんとも言いようがないとしか……」

浜田と藪内が黙り込んだ。

息苦しさを覚えるほどの沈黙に耐えかねて、汐野は思い切って藪内に尋ねてみた。

「教育長、大変不躾《ぶしつけ》な質問で恐縮ですが、その後、お嬢さんは……」

「相変わらずだ。父親なんて眼中にもないという態度でな」

そっけない口調で藪内が答える。

「『本当にやってないんだな』と最初に訊いたときも、『やってるわけないでしょう。第一、昔の作品集なんて知りもしないし』と、母親譲りのヒステリーでな。妻にも散々責められるし、ただでさえ険悪な家の中がよけい険悪になった」

危うく「お察しします」と言いかけて、汐野はその文言を呑み込んだ。どんなとばっちりが飛んでくるか分からない。こんなときは迂闊に定型の慰めなど伝えない方が無難である。

「ウチも沙妃が中学生くらいの頃は、そりゃもう大変でしたよ」

同じ娘を持つ父親同士であるだけに、浜田の言葉は効いたようだ。

「大丈夫ですよ、藪内先生。もう少し経てば、お嬢さんもきっと分かってくれますから」

「そうだといいんですがねえ」

藪内はため息をついて肩を落とす。教育行政を司る教育委員会の教育長が、こと自分の家庭問題となると、世の大半の父親とさして変わらない。立場が立場であるだけに、外部に知られないようにするのはこの上なく重荷だろうが、今夜ここで遠慮なく愚痴をこぼしているということは、取りも直さず、浜田との関係が彼にとってそれほど特別なものであるということだ。

「汐野君、学校の方はどうだった」

浜田が思い出したように訊いてきた。

汐野としては、今日一日の出来事をありのままに話すしかない。

中でも校長が、相模会長との間で最長でも十日以内の説明会開催を約したことに、二人は大きな反応を示した。

「十日以内か……」

浜田が考え込むように、

「それまでにＰＴＡを納得させられるだけの回答を用意せにゃならんというわけだな」

「野駒ニュースランドや他のマスコミ対策も必要ですよ」

心配そうに言う藪内に、

「少なくとも、盗作がデマだということさえはっきりすれば、後はどうにでもなります」

藪内と同時に、汐野も顔を上げて将来の義父となるはずの人を凝視する。

「本筋に立ち返れば、盗作騒ぎと校舎移転は別の話だ。いざとなれば、県の方からマスコミに対し教育的見地に基づいて学校への介入を規制することもできる。いずれにせよ、この十日の間に私の方でも根回しを進めておきます。その間、藪内先生は教育委員会内部で情報の管理に努めて下さい」

「それはもちろん」

「汐野君、君は学校サイドからできるだけ情報を集めてくれ。君の話からすると、久茂校長は意外に頼れる人物のようだ。折を見て私の方から連絡してみることにするが、現段階ではまだまだ油断はできん。ともかく、我々がこうして苦労しているのも、すべて君のためだということを忘れんようにな」

「はい、常に心しております」

浜田の言い方には釈然としない部分もあるが、汐野はただひたすらに低頭する。

その後も一時間ばかり、あれこれと話し合ったがこれといった案もなく、その夜は解散となった。

藪内はタクシーを呼んだが、汐野は終電に間に合うよう駅まで走った。

沙妃は見送りにも出てこなかった。


振替休日の月曜は事件に関していかなる進展もないままに終わり、火曜となった。

文化祭中断の余波は未だ収まってはおらず、生徒だけでなく、教師までも衝撃の痕を隠せぬまま授業に取り組まねばならなかった。なんと言っても中間テストが近づいている。一刻も早く学校生活を立て直し、万全の態勢でテストを実施するのが急務であった。

その一方で、校長や教頭らはさまざまな用事で日夜走り回っている。

特に教頭は、自ら野駒ニュースランドの編集部へ赴いて説明を求めるとともに、取材の自粛を促したが、案の定、話は嚙み合わぬまま物別れに終わったという。

そんな調子で水曜、木曜と過ぎていき、金曜になった。

実りなき一週間の疲労を抱え、汐野は放課後の校舎を巡回していた。

ポケットの中で不意にスマホが振動した。画面を見ると、［ＨＡＭＡ］と表示されている。

浜田議員であった。第三者に知られてはいけないので、本名が表示されないように設定しているのだ。

周辺に人がいないことを確認してから、汐野は応答ボタンを押した。

「お待たせしました、汐野です」

〈おお、汐野君か〉

浜田の弾んだ声が耳に飛び込んできた。

〈喜べ。例の作品集な、県にも保管されていないことが判明した〉

あまりに突然で、咄嗟にどう答えていいかさえ分からなかった。

こちらの事情にはまるで構わず、浜田は続けた。

〈君も知っとるだろう、教育委員会で藪内さんの下におる斯波君、彼が今日、別件で県の教育委員会へ出向いたんだ。そこで事務局長とあれこれ雑談しているうちに、当然ながら駒鳥中学の話になったそうだ〉

「するとやはり、県の方でも把握はしているということですね」

〈まあ聞きたまえ。事務局長の言うには、この問題は現在のところ市の委員会の管轄であって、県としちゃあ当面は静観するつもりでいるという〉

要するに、「厄介ごとはそっちで始末しろ、間違ってもこっちに持ち込んでくれるなよ」という意味だ。大人の世界のロジックと本音とがあからさまに透けて見える。

いずれにしても、県の方に介入する意思がないということは、こちらにとっては好都合ではある。

〈それでな、斯波君は思い切って訊いてみたそうだ。県では過去の作品集を保管しているのかと。すると先方の言うには、七年前に県庁舎を建て替えた際、ほとんど処分したそうだ。なにしろ五十年も前の読書感想文だからねえ。この時代、保管場所を確保するのも大変だし、廃棄に反対する者がいなかったどころか、みんな当然のように思っとったらしい。だから汐野君、仮に県の委員会に作品集に関する問い合わせがあったとしても、調べようがないというわけだ。おそらく他県でも事情は似たようなもんだろう〉

一安心というところか――

少なくともこれで、盗作問題はイタズラによるデマということでうやむやにできる。

〈斯波君はすぐに藪内さんに報告した。さっき藪内さんから連絡をもらってな、それで君に電話したんだ〉

「ご厚意に感謝します。ほっとしました」

〈藪内さんの言うには、そういうことなら、教育委員会の方針で盗作疑惑と校舎移転問題とはあくまで別の案件として処理すると。ま、当然だわな。そもそもがだよ、因果関係が証明されていた話でもないし、そこへ来て盗作がデマとなると、野駒ニュースランドの記事も単なる勘繰りすぎの牽強付会《けんきょうふかい》、つまりはあっちがデマの飛ばし記事ということになる。むしろ、デマを元に保

護者間に無用の不安を与えたとして、学校側が向こうを非難してもいいくらいだ〉

その通りだが、しかし――

「雲天という記者は油断がなりません。当時の入選者や関係者を探り出して、七二年度版を見つけ出そうとするのでは」

〈半世紀近くも前の話だよ。当時中学生だったか高校生だったか分からんが、入選者をそう簡単に見つけられると思うのか。仮に発見できたとして、その人物が当時の作品集、いや、原稿そのものでもいいよ、それを保管していて、しかもたちどころに引っ張り出してこられるもんかね〉

「それは、確かに」

〈どっちにしたって、雲天がそれらを全部クリアする頃には、藪内さんのお嬢さんもとっくに卒業しとるだろうし、駒鳥中学も廃校だ。覚えてる者などおりはせん。いくら野駒ニュースランドといえど、報道の価値すらない記事を載せるものか。もっとも、それまで野駒ニュースランドが存続していればの話だがな〉

浜田の口振りは、野駒ニュースランドに対し圧力をかけ続けていくことを言外に匂わせるものであった。地元の有力者である沼槌オーナーの権限を以てすれば、充分に可能な話である。

〈ともかくだ、何度も言った通り、学校統廃合は教育委員会の既定路線で変わることはない。委員会にはこの件で動くつもりはこれっぽっちもないんだよ。君はつくづく悪運の強い男だな、汐野君。その運の強さこそ、政治家にとって何よりも必要な資質なんだ〉

「恐れ入ります」

〈君も大変だったろう。また折を見てウチに寄ってくれ。沙妃も寂しがっとったよ〉

「ありがとうございます。ぜひ伺わせて頂きます」

スマホを耳に当てた姿勢で、虚空に向かって何度も頭を下げ、通話を切る。

それから肩で大きく息をついた。

盗作問題さえしのげれば、後は自分の責任ではない。

せいぜいボロを出さずに年度末までやり過ごせれば――

漠然とそんなことを考えながら巡回を再開した。

校舎を出て体育館の方へ回る。校庭を突っ切る通常のルートではなく、プールの横を通っていこうと思い立った。大回りになるが、たまにはチェックしておくのもいいだろう。

この季節、プールは水を抜かれて白く乾き切ったコンクリートの底を露わにしている。寒々とした光景を横目に見ながら進み、フェンスに囲まれた長方形の角を曲がる。すると、前方から含み笑いらしき声が聞こえてきた。

女子生徒と――もう一人は、教師か。

誰だろうと思って目を凝らすと、こちらの足音に気づいたのか、二人が同時に振り向いた。

三枝子と末松であった。

「あっ、汐野先生、巡回ですか」

末松が持ち前の童顔で明るく笑いかけてきた。

「ええ。末松先生は？」

「僕も先生を見習って、今学期から放課後は校内をできるだけ巡回するようにしてるんです。もっとも、毎日じゃありませんけどね」

「へえ、全然知らなかったな」

「だって、巡回は教師の自主性に任されてますから、自分から言うとなんだか自慢してるみたいじゃないですか」

「そりゃそうだ」

「なので、僕はなるべく汐野先生が回らないコースを見るようにしてるんです」

「なるほど、そういうことだったのか」

汐野は次いで三枝子に目を遣り、慎重に尋ねた。

「それで、藪内はどうしてこんなところに」

女子生徒と男性教師の接触は、学校という場において最も気を遣うべき点の一つである。ここは決して人目を避けられるような場所ではないが、かと言って、大勢が往き来する経路でもない。それに、末松と三枝子という組み合わせが意外でもあった。

三枝子は末松に比べると、ややぎこちない笑顔を見せて、

「私、末松先生と一緒にお喋りしながら歩いてたんです。それで、気がついたらいつのまにかこんなとこまで付いて来ちゃって」

「実は僕、汐野先生と同じ読書サークルの会員だって、藪内さんに話しちゃったんです。それで時々、小説について話したりしてて」

分からない。小説について話すなら、文芸部の誰かと語り合えばいい。文学的に早熟な三枝子のことだ、同じ年代の文芸部員で相手にならなければ、自分に話せばいいのではないか。むしろ三枝子が自分ではなく、さして素養があるわけでもない末松を相手に選んだというのが不可解だ

った。

こちらの表情を敏感に読み取ったのか、三枝子が恥じらうように頬を染め、意を決したように言った。

「あの、実は、私、『シンデレラ・ハンターズ』シリーズのファンなんです」

「シンデレラ……なんだって？」

聞き返すと、末松が明朗な口調で説明してくれた。

「『シンデレラ・ハンターズ』。割とメジャーなライトノベルのシリーズですよ」

ようやく得心がいった。三枝子が話し相手として自分を避け、末松を選んだ理由について。

「私、汐野先生に『シンデレラ・ハンターズ』を読んでるなんて知られたくなかったんです。それで……」

「僕、ライトノベルならそれなりに読んでますから。おかげで、あのサークルでは結構バカにされてますけど」

確かに汐野はライトノベルを見下している。あの幼稚で毒々しい表紙を見ただけでも吐き気がするくらいだ。控えめに言って、文芸とはまるで異質な文化——それが文化と呼ぶに値するものなら——であると考えている。

公の場でそうしたことをおおっぴらに口にしたことはないが、普段の言動から自分がそう認識しているであろうと三枝子や文芸部員達が察していても不思議はない。

ことに三枝子は、日頃背伸び気味の文学論を語ったりしていることから、少なくとも自分にだけはライトノベルの読者であると知られたくなかったのだ。

「なんだ、そうだったのか」

思わず漏らすと、末松がにやにや笑いながら、

「あれえ、その納得ぶりからすると、汐野先生、ホントにライトノベルお嫌いなんですねえ」

「いや、別にそういうわけじゃ……嫌いとか、嫌いじゃないとか、そういう問題じゃなくて……」

我ながら歯切れの悪い言いわけだった。

「すみませんでした、今まで隠してて」

自尊心の高い三枝子がぺこりと頭を下げる。気難しそうな文学少女の、思わぬ一面を見たように思った。

「そうだ、僕、これを機に文芸部の副顧問に立候補しようかな。ライトノベル担当ということで」

「要らないよ、そんなの」

「だったら、ライト文芸担当ってのはどうですか。近頃はそういうジャンルもあるそうですよ」

「そんなのは作家とも言えない未熟な書き手が、同じく未熟な編集者と自分達の力不足を言い繕ってるだけだよ。わけの分からない中途半端な名称をでっち上げてさ」

「先生、ほんとにライトノベルが嫌いなんですね。藪内さんが怖がるわけだ」

語るに落ちた——そう気づいたがもう遅い。

「副顧問になりたいなら、そうだな、埴谷雄高全集でも読破してから話を聞こうじゃないか」

開き直ってそう言うと、

「これだもんなあ」

大仰に頭を掻く末松に、三枝子と一緒になって声を上げて笑った。

巡回を終え、末松とともに職員室に戻る。他の教師達は、各自中間テスト問題の作成やその他の雑務に余念がない。

汐野も早速自席でパソコンを起ち上げた。テスト問題の作成にかかる前に、念のため野駒ニュースランドのサイトをチェックする。

浜田から聞いたばかりである教育委員会の意向からして、新たな動きはないだろうと踏んでいた。

しかし、楽観的な予想はいとも呆気なく裏切られた。

ディスプレイに表示されたヘッドラインを目にして、汐野は声を失った。

［浜田議員と藪内教育長の不適切な関係］

反射的に配信日時を確認する――五分前だった。

道理で職員室でまだ騒ぎになっていないはずだ。『こまどり新聞』の一件以来、休み時間には必ずニュースサイトをチェックするようになっていた西でさえ、今は一心不乱に学年事務に取り組んでいる。

汐野は急いで本文に目を走らせる。

［先日本サイトが報じた駒鳥中学関係者の対立に関して、また一つ新たな疑惑の存在が明らかとなった。本件を精査すべき責任を負うはずの野駒市教育委員会・藪内雄三教育長（57）と、県政の実権を握る浜田勝利県会議員（65）との間に、癒着とも言える関係があるとの証言が飛び出し

たのだ。藪内教育長の親族が経営する複数の企業が、県からの公共事業をいくつも請け負っているばかりか、その落札の経緯はいずれも不透明極まりないものだという。県議会運営委員会会長である海江田健市《かいえだけんいち》議員（61）が怒りを込めて記者に語った衝撃の内容は――」

海江田議員は反浜田派の筆頭格の一人だ。他ならぬ野駒ニュースランドの記事で、浜田派の批判を展開していた当人でもある。

海江田は、数々の例を挙げて浜田と藪内の癒着を糾弾していた。

県道の整備事業。藻駒《もこま》川の護岸工事。県庁舎の保守点検作業。学校備品の納入。そうしたさまざまな事業に藪内教育長のファミリー企業が関わっており、その認可を与えるよう議会を主導しているのが浜田議員であるというのだ。

「――それらが事実であるとするならば、まさに癒着の構図であると言うほかない。そしてその関係から、市の主導する学校統廃合問題について、教育委員会が現状を調査したり議論を行なったりする気配もなくただ同調するばかりであるのも当然と言える。図らずも駒鳥中学に噴出した一連のトラブルには、やはり行政の歪みが投影されていたのだ」

執筆者として雲天の名前が文末に記されている。

またあいつか――

呆然としていると、背後から肩をつかまれた。

悲鳴を上げて振り返ると、いつの間に近寄っていたのか、西が蒼い顔をして立っていた。

「通りがかりに目に入ったんですけど、その記事、もしかして――」

汐野の肩をつかんだまま、西が幽鬼のような声で言う。

「ああ、どうぞご覧になって下さい」

西の手を払いのけるようにして体をずらし、ノートパソコンの画面を見せる。周辺には異状を察した末松や塙達が集まってきた。

記事を一読した彼らは、いずれも悲嘆とも苦悶ともつかぬ呻きを漏らしている。

たちまち職員室全体に広がっていくその呻きを意識の隅で聞きながら、汐野は己が、無明の奈落へとどこまでも落下していくような錯覚に囚われた。

奇妙にも、それは喪失感のようでありながら、また酩酊感に似た恍惚《こうこつ》を伴ってもいた。

16

その夜、呼ばれたわけではなかったが、居ても立ってもいられず汐野は浜田邸に駆けつけた。

先日と同様に、応接室で藪内教育長と密談中だった浜田は、人の悪そうな笑顔で以て汐野を迎えた。

「おやおや汐野君、どうしたね、そんなに息を切らせて。ヤクザか警官にでも追われとるのかね。ま、どっちもおんなじと言えばおんなじだが」

藪内は死人のような無表情で、黙って汐野を見つめている。

予想したものとはかけ離れたその場の様子に、わけが分からず立ち尽くしていると、浜田は一転して焦《じ》れったそうに命じた。

「いつまでもそんなとこに突っ立っとらんで、さっさと座れ」

「はあ、失礼します」

やむなくソファの端に腰を下ろす。前回と同じ場所だ。

「君が来た理由は分かっとる。野駒ニュースランドの件だろう」

「そう、それです」

汐野は身を乗り出して、

「学校はもう大騒ぎでした。さっきようやく会議が終わって……あれは一体どういうことなんですか、行政と企業との癒着って」

一息に言ってしまってから後悔するがもう遅い。なにしろ、浜田はともかく、藪内教育長まで目の前にいるのだ。

藪内が憮然《ぶぜん》とした態度で黙り込んでいるのも当然と言えば当然である。

「ありゃあね、全部事実なんだよ。ここにいる藪内先生の親族はね、そりゃあもう強欲なのが揃っとってね、私もかねがね辟易しとったくらいなんだ。しかもその金の一部は藪内先生の懐に流れ込む仕組みになっておるから困ったもんだ」

「浜田先生、あんまり人聞きの悪い言い方はよして下さいよ。私が受け取ってるのはほんの手数料にすぎません。第一、先生の方に入ってる金の方がよっぽど多いじゃないですか」

さすがに藪内が心外そうに反論した。

「そうだったかなあ。こう見えても私は口座の残金など気にしたことはないもんでなあ」

とぼけた口調で浜田が答える。そのとき汐野は、浜田の顔に再びにやにやとした笑みが浮かんでいることに気がついた。

「何かあるんですね、浜田さん」

改まって問うと、浜田はただでさえ細い目をさらに細め、

「ほう、そう思うかね」

「ええ」

「どうして」

「失礼ですが、これまでは何かあるたびに大変お困りのようでした。しかし今は、それがまったく感じられない。何か策がある、いや、すでに手を打ったものとしか思えません」

浜田は嬉しそうに藪内の方を向き、

「聞きましたか、藪内先生。どうです、これがうちの未来の婿です。なかなか大したものでしょう」

「そのようですな」

いかにも渋々ながらといった口吻《こうふん》で藪内が首肯する。

「彼なら久茂校長も喜んで教育委員会に推薦してくれるでしょう。後は予定通り、藪内先生の方で根回しさえしておいて頂ければ……」

「いや、それはまだ先の話でしょう。今はそれより」

「藪内先生のおっしゃる通りです」

汐野はすぐさま藪内の言葉を引き取るようにして続けた。それが適切な処し方であると判断したからだ。

「どういう手を打たれたのか、早く教えて下さい。私だってそっちの方が気になります」

「なに、種を明かせば簡単なことなんだ」

実にもったいぶった話し方であるところに、浜田の性格が滲み出ている。

「野駒ニュースランドの雲天がネタを取ろうと海江田に接近していることは先《せん》から承知しておった。それで、こっちからわざと海江田の子分に情報を流してやったんだ。証拠のおみやげまで添えてな。元来が本当のことであり、海江田も薄々は察していたはずだから、奴が一も二もなく乗ってくるのは分かっておった。だが私がそう簡単に足がつくような真似をするものか。藪内ファミリーの金の流れは誰にも分からんようになっている。それはともかく、海江田が議会にその証拠を持ち出せば、偽造であることがあっという間にバレるという仕掛けだ。記事の信頼性を地に墜とすと同時に、何かと小うるさい海江田を辞職に追い込む。一石二鳥というやつだ」

浜田の奸智《かんち》に、汐野はもう慄然とするばかりであった。

似たような罠をかつて聞いたことがある。十四、五年ほど前だったか、当時の民主党若手議員が嵌められた『偽メール事件』だ。それを地方行政のみならず、中学校のトラブルに応用しようという発想がまず尋常ではない。

「それだけではないぞ。この話はすでに沼槌さんにも通してある。沼槌さんも思い通りにならない編集長と雲天を煙たがっていたから、これ幸いと責任を取らせて会社から放り出す手筈になっている。これで一石三鳥。いくらネットであっても、ガセネタで記事をでっち上げた前科がある人間を使おうという媒体などあるものか。汐野君も大安心というわけで一石四鳥。これが政治というものだよ」

得意満面といった浜田に向かい、汐野は深々と頭を垂れた。

「さすがです。勉強させて頂きました」

正直に言うと吐き気を催すほど気分が悪いが、全部ではないにせよ、自分を教育委員会に押し込むため、ひいては政治家にするためにやってくれていることである。批判できる立場ではまったくない。

浜田は、うんうん、と頷いて、

「こういうテクニックは政治家になってから大いに役に立つ。この機会によく覚えておきなさい」

「はい、ありがとうございます。しかし、人知れずこんな仕掛けをしておられたとは……浜田さんも本当にお人が悪い」

褒めているように見せかけてさりげなく本音を告げる。「人が悪い」という部分だ。

「雲天がいつ記事にするか、正確に予測できなかったものでな。それにこういうのは保秘を徹底させることこそが成功の秘訣だ。そこも大事な部分だから肝に銘じておけよ」

隠された皮肉には気がつかず、浜田はいよいよ得意げな様子である。

「幸い今日は金曜だ。月曜には県議会があるから、そこで海江田は早速この件を持ち出してくることだろう。そのときが奴の最後だ。その日のうちに沼槌さんの息のかかった新編集長が、事の次第を明らかにする記事をアップするという段取りになっている。週明けには問題はすべて解決しておるということだ。もっとも、月曜の昼間は学校で我慢してもらわねばならんがな。まあ、それくらいはしょうがないだろう」

人間性はさておき、浜田の手際は見事と言うほかなかった。

これは心底から、汐野は将来の義父に頭を下げていた。

「感謝します。おかげで私も安心して仕事に取り組めます」

その仕事がどれを意味しているのか、あえて明言はしなかった。自分でも何が本当の仕事なのか、もう分からなくなっているせいかもしれない。

ドアがノックされ、沙妃が顔を出した。

「もうお話は済みました？」

「ああ、済んだよ」

浜田の顔が瞬時に政治家のものから父親のそれへと変わる。

「じゃあ、悠紀夫さんをお借りしてもいい？」

「ああ、いいとも。汐野君、君、夕飯はもう食ったか」

「いえ、まだですが」

「だったら、沙妃、鰻でもとってあげなさい」

「こんな時間よ。もうお店は閉まってるし、開いてたとしても今から鰻の出前なんかとってたらたっぷり一時間以上は待たされちゃうわ。それより、駅前に新しくできたお店にご案内しようと思うの。さっき電話して確認したら席は空いてるって」

「ああ、それはいいね。ぜひそうしなさい。だが、あんまり遅くならんようにな」

「分かってますって。さっ、悠紀夫さん、早く早く」

沙妃に手を取られるまま、浜田と藪内への挨拶もそこそこに浜田邸を出た。前回の訪問時とは待遇がまるで違う。浜田親子の陰謀の進捗具合に応じていいように翻弄《ほんろう》されていると汐野は感じた。だがそれは、きっと気のせいではないだろう。この親子にとって、もともと自分は浜田家の地盤を維持するための道具にすぎないのだ。

恐ろしいのは、そのことになんの疑問も抱いていない沙妃の内面だ。文学サークルで出会ったときは、汐野も驚くほど豊かな文学的素養を身につけている女性であったのに。そしてそれは、今でも変わっていないはずなのに。

文学の素養とは、人間性に必ずしもよい変化をもたらすとは限らない。それくらいは理解している。他ならぬ自分がそうであるからだ。しかし沙妃の無邪気そうな外面と、非情なまでにリアリスティックな内面との落差は、常に汐野を困惑させる。

「ここよ、このお店なの」

沙妃が案内してくれたのは、駅前の並びにできたフレンチ・レストランだった。改札からは浜田家と反対側に位置しているため、これまで気がつかなかった。こぢんまりとしたその店は、確かに開業間もないようで、新しく洒落た外観がいかにも沙妃の好みであった。

遅い時間のせいか店内に客の姿は少なく、落ち着いた良い席に案内された。ディナーコースを注文してから、例によって沙妃がワインを選ぶ。浜田議員の娘だと知っているのかどうかは分からないが、店員の沙妃に対する態度はことのほか丁重だった。

「これでようやく落ち着きそうね。予想外の事件がいろいろあったせいで、盗作騒ぎもかえってうやむやになるんじゃないかな。議会の反対勢力も大打撃で、言うことなしだわ」

店員が去るのを待って沙妃が切り出す。浜田親子の間では、陰謀の情報はすべて共有されているらしかった。浜田の妻である和江は、そうした話に意図して耳をふさいでいるに違いない。気持ちは分かる。できれば知りたくもない嫌な話の連続だ。ただ娘の沙妃だけが、浜田の血を濃く受け継いだのだ。権謀術数に明け暮れたボルジア家の令嬢の如く。

「うん。お義父さんも言ってたけど、土日が挟まるのは本当にありがたいね。これが平日だったら、県議会が終わって野駒ニュースランドの記事が更新されるまで、何日も学校で大変な思いをしなきゃならないところだった。考えただけで気が遠くなりそうだよ」

本心以外の何物でもない感想しか口にできない己の凡庸さが、今宵はどうにも恥ずかしい。

「月曜は腹が痛いとか言って保健室に籠もっていようかな」

そんな冗談を言ってみたが、沙妃はくすりとも笑わなかった。

「ねえ、分かってる？　あたしがどんなに心配してたか。あのまま問題がこじれてたら、あたし達、結婚なんてできなかったのよ」

じっと汐野の目を見つめて言う。

浜田の跡を継げない者と結婚する気はないということか――

微笑みを浮かべて汐野は答えた。

「ああ、分かってるさ」

月曜日が来た。新しい週は常に新たな災厄を連れてくる。避けられない。いくら身構えていても、こちらの貧弱な想像力など易々と超えてくる。

校舎移転推進派と反対派、双方の保護者から記事の真偽に関する問い合わせと抗議。動揺する生徒への説明。それがいかに見当違いなものであろうと、学校としてはそのつど丁寧に対応しなければならない。久茂校長は、木曜に説明会を行なう予定であるとの一点張りでしのいでいるようだった。校長自身は知る由もないだろうが、この場合は実に正しい対応と言えた。

その日のうちにすべて解決すると知らされていなかったら、汐野は到底耐え切れなかっただろう。

県議会は午前中に始まる予定だと聞いていた。浜田の目論見通りに事が進んでいるのかどうか。平常通りの授業を行ないながらも、汐野は気が気ではなかった。

議会の光景が目に浮かぶ。激烈な口調で浜田を非難する海江田。指名され、悠然と立ち上がった浜田が、証拠の真偽について暴露する。海江田は言葉を失い、立ち尽くす。

だが万一、何かの手違いが生じたら――

「己は次第に世と離れ、人と遠ざかり、憤悶と慙恚とによって益々己の内なる臆病な自尊心を飼いふとらせる結果になった。人間は誰でも猛獣使であり、その猛獣に当るのが、各人の性情だという。己の場合、この尊大な羞恥心が猛獣だった」

生徒の朗読する『山月記』も、まるで耳に入らなかった。否、自分自身が入り込みすぎて、まるで真夜中の深山に独り取り残されたようにさえ感じられた。

皓々《こうこう》と冴える月。自分は山の頂から、過去を悔い、前途を儚《はかな》み、空谷に向かって吼《ほ》えるのだ。

学校という名の空谷に。

放課後の職員室で、西が特段に大きな声を上げて立ち上がった。

「皆さん、これを見て下さいっ」

彼が指し示しているのは、ノートパソコンのディスプレイだった。そこには野駒ニュースランドの最新記事が表示されている。

「どうしたんですか、西先生」

多くの教師達が西の机に駆け寄っていく。

汐野は一人、自席で野駒ニュースランドのサイトを開いた。

［衝撃！　海江田議員の根拠なき中傷　問われる議員の資質］

そんな見出しの下、議会での一部始終が事細かに綴られていた。

深呼吸してから記事の本文を追う。議会は概ね、浜田の仕組んだ通りに進行したようであった。浜田と藪内との癒着を追及した海江田に対し、浜田は持ち込まれた証拠が虚偽であることを明確に証明した。そして浜田派議員により、その場で海江田の問責決議案が提出されたという。最後に、裏付けのない記事を掲載したことについて、編集長名で読者に対する謝罪の言葉が掲載されていた。

人知れず汐野は大きな息を吐く。

勝った――

〈どうだった、学校の方?〉

その夜、沙妃から電話がかかってきた。

「ご想像の通りさ。混乱は収まったとも言えるし、よけいに混乱したとも言える。要するに、みんなわけが分からなくて喧々囂々《けんけんごうごう》といったところかな。職員室は勝手な推測で盛り上がってたけど、そんなのに巻き込まれても時間の無駄だから、僕は早々に引き上げてきた。実際、中間テストの問題作成だって残ってるしね」

自宅マンションのベッドに横たわり、汐野は気楽な気分で応じる。

「教頭は頭から記事を信じ込んでるみたいで、『海江田なんかに投票するんじゃなかった』とか、的外れの文句を言ってたな。校長は校長で、超然とした顔をしながら、意見を聞かれると『生徒がまた動揺しなければいいのですが』とか、相変わらずうわべだけの綺麗事を並べてたよ。あの人のことだ、きっと裏の事情はうすうす察しがついているに違いない。だけどあくまで無関係を保とうとする、その距離感が絶妙だね」

一時期張り詰めていた緊張感が急に緩んだせいか、汐野は我ながら饒舌《じょうぜつ》に過ぎる勢いで毒舌を吐きまくった。沙妃がこの上なく面白そうに聞いてくれるせいもある。

〈お父さんが言ってたわ。海江田の自滅でいろいろとやりやすくなったって〉

どこまでも明るい声で、沙妃が黒い言葉をさらりと口にする。

〈校長先生が、あの、なんとかっていうＰＴＡ会長のおばさん……〉

「相模さん」

〈そう、その相模会長と約束した説明会って、確か木曜日がリミットだったわよね〉

「そうだ」

〈その前に野駒ニュースランドをフェイクだって印象づけることができたわけだから、説明会もだいぶやりやすくなったんじゃない？〉

その通りだ。

〈藪内教育長にも貸しができたから、あなたを教育委員会に押し込むことも思ったより早くでき

そうだって〉

「ほんとかい」

〈ええ。できれば来年にも異動させたいって。あなたが今の学校にいない方が、例の盗作疑惑も早く忘れられやすいだろうっていう狙いよ〉

「そりゃあ助かる」

こちらの喜色が強まるにつれ、沙妃の吐き出す言葉が黒さを増す。

〈年末あたりに何か口実を設けて、校長先生を招いて一席設けるつもりなんですって。校長の懐柔さえうまくいけば、後は自然と、ね？〉

「あの校長なら何もかも承知の上で呑み込んでくれるだろうなあ」

〈ほんとの意味で大人なのね、駒鳥中学の校長先生って。あなたもせいぜい見習わなきゃ〉

「それは……」

さすがにすぐには首肯しかねた。

久茂校長のように世を嗤い、虚無を臨んで生を送る。少なくとも今の自分には、あまり想像したくない生き方であった。また自分が、久茂の境地に至れるとも思えなかった。

〈どうかしたの？〉

沙妃が鋭く突っ込んでくる。時々彼女には自分の心の動きを細大漏らさず見抜かれているのではないかと思うことがある。

それは決して根拠のない杞憂ではあるまい。父親譲りであるのだろう、沙妃の利己的謀略の本能には端倪《たんげい》すべからざるものがあった。

「いや、校長は文学好きかなあって、ちょっと思ったりしたもんだから」

慌てて言い繕う。その程度の言いわけなど、たやすく見透かされているだろうと思ったが、沙妃は特に追及してこなかった。

〈そんなことはどうでもいいの。それとも、あたしと文学の話をするのはもう飽きた？〉

拗《す》ねるような口調で言う。明らかに演技だが、それが分かっていながら乗るしかない。

「そんなことないよ。第一、最近沙妃ちゃんとはご無沙汰だから」

〈あーっ、なんだかやらしい言い方ね〉

「違うよ、最近小説の話をしなくなったってこと」

〈大丈夫、心配しないで。そんなの、結婚したら毎日できるじゃない〉

甘ったるい口調で囁くように沙妃が言う。

一瞬、思った——本当にそうだろうか。

首尾よく結婚に漕ぎ着け、浜田家の婿養子に入ったとして、選挙運動でひたすら頭を下げて回る己の姿しか想像できない。それ以外の情景など、欠片も浮かんでこなかった。

「そうだね、楽しみにしてるよ」

言葉だけが無為に流れる。虚偽ではない。単に心を欠いているだけだ。

おやすみを言い合って電話を切った。スマホを枕元に投げ出して目を閉じる。

浜田家での新婚生活。果たしてそこに、マジックリアリズムについての会話はあるのだろうか。

ポストモダニズムについての議論はあるのだろうか。

やめよう、今は——

今はそんなことを考えている場合ではない。日常の難問と雑務を乗り越えることだけを考えろ。不快に湿ったベッドの上で、汐野は己に言い聞かせる。

まだ何も終わってはいないのだ。

何も。何も。何も。何も。悪夢に終わりは何もない。

他ならぬ悪夢に誘われて、汐野は眠りへと沈み込んだ。

17

翌日の火曜日、汐野は授業の進行だけをプログラムされたＡＩにでもなったつもりで一日の授業を終えた。

足、というより心を引きずるようにして職員室へ戻る。ちょうど、事務員の恵が各教諭にその日学校に届いた郵便物を配っているところだった。

「はい、白石先生」

恵が茉莉に郵便小包らしきものを渡している。

ありがとうございます、と受け取った茉莉が、すぐに開封し始める。

「汐野先生、どうぞ」

「あ、どうも」

汐野も三通の封筒を渡された。いずれも教育機材メーカーからのダイレクトメールだった。そ

れらを手にして椅子に座ったとき、

「ああっ！」

悲鳴に近い茉莉の叫びが耳に飛び込んできた。

「どうしたんですか」

反射的に立ち上がり、茉莉の方を見る。

「あっ」

不覚にも今度は汐野が声を上げた。

茉莉が手にしているのは、黒褐色に変色した古本だった。

その書名は――『一九七二年度版　全日本少年少女読書感想文コンクール入選作品集』

「ちょっとすみませんっ」

茉莉の手から引ったくるようにして本を取り上げ、表紙をめくる。［野駒市立駒鳥中学校図書室所蔵］の蔵書印が押してあった。

間違いない。図書準備室から発見されなかったものだ。

次いで破かれた封筒に視線を移す。ごくありふれた事務用の茶封筒を利用したもので、作品集のサイズに合わせて折り込まれた部分はガムテープで留められている。表には駒鳥中学の住所の横に、［白石茉莉様］と宛名が記されている。その左端には［ゆうメール］と明記されていた。いずれも手書きではない。プリンターか何かで印字されたものだった。

裏返してみる。差出人の名前はなかった。

「例の作品集じゃないですか、それ」

すぐ後ろで塙の声が聞こえた。

振り返ると、大勢の教師達が集まってきていた。

「こんな物がどうして私宛てに」

激しく動揺した茉莉が叫ぶ。ほとんど喚き声のようだった。

汐野は、背後に立つ一同の中に、呆然としたままの恵を見出した。

「真島さん、これはいつ？」

勢い込んで問うと、恵は困惑の面持ちで、

「いつと言われても……普段と同じで、午後まとめて事務室に届いた物をお配りしていただけで……」

郵便局の配達は、速達を除き、午前か午後のどちらかにまとめて来る。それらはすべて事務室に届けられ、宛名に従い、恵が各教員の机に置いておくのが慣例であった。彼女の話からすると、作品集が入れられたゆうメールは通常の手続きにより郵送されたものであると推測された。

塙は破かれた封筒を手に取って調べている。

「百円切手が三枚貼られてますね。重量にしては金額が多めですが、料金不足で届かない可能性を考慮したのでしょう。つまりこれは、郵便局の窓口からではなく、ポストに投函されたんですね」

さらに彼は、切手に目を近づけてしげしげと眺め、

「消印は、ええと、ノゴマ……ヒガシ……あ、野駒東局ですね」

「じゃあ、塙先生はこれがどこのポストに投函されたものか、お分かりになるんですね」

感心したように言う比呂美に、塙は平然と答えた。

「まさか。僕にはそこまでの知識はありませんよ。郵便局か警察なら特定も可能かな、と」

「だったら君は引っ込んでてくれないか」

怒りと脱力感とをない交ぜにしたような顔で永尾が叱りつける。

他の面々は一様に、塙の発した「警察」という単語に反応しているようだった。

「そうですよ、警察なんて、そんな……」

思わず口に出してしまったのは五木だった。責任逃れの心理から、教育現場への警察の介入を恐れるのは全員に共通している。

「そんなことより、肝心の中身はどうなんですか」

例によって木崎が冷笑的な口調で、極めて冷静な意見を投げかけた。

その言葉に、教員達が我に返ったように口々に発する。

「そうだ、早く中身を調べないと」「私にも見せて下さいよ」「優勝作品はどれなんですか」「汐野先生、早く早く」「似ている箇所はあるんですか」「本当に盗作なんですか」

押し寄せてくる一同を、汐野は懸命に押しとどめる。

「待って下さい、すぐに調べますからっ」

すると、誰かが知らせたのだろう、人垣を割って長身の安宅教頭が現れた。

「汐野先生、その本を持って校長室まで来て下さい。それと白石先生も」

有無を言わせぬ口調であり、眼光であった。

「さあ、早く」

促されるまま、汐野は茉莉とともに、先に立つ教頭の後に従った。

押し寄せた教師達が左右に分かれ、退室する自分達を見つめている。出入口までほんの短い距離でありながら、その間を歩む汐野は、まるで法廷に引き出される犯罪容疑者のような心地をたっぷりと味わう羽目となった。

職員室を出る寸前、教頭は室内を振り返って一同に告げた。

「詳細が判明するまで、このことは絶対に他言しないよう、くれぐれもお願いします」

反論はなかった。それどころか、返答する者さえいなかった。

校長室に入るなり、常になく興奮した久茂校長が汐野に向かって手を差し出した。

「見せて下さい」

「どうぞ」

素直に従う。校長はまず手にした本の表紙を撫で、次にページを繰ってはためつすがめつしている。

「なるほど、質感といい、湿り具合やヤケ具合といい、本校で見つかった他の作品集と同じですな」

そして危険物でも扱っているかのような慎重な手つきで汐野に本を返し、

「汐野先生、その本は本校にあった蔵書に間違いありませんか」

「間違いありません」

「つまり、この七二年度版は最初から欠けていたわけではなく、何者かが図書準備室から盗み出し隠匿していた、と考えていいわけですね」

「はい、他に考えられません」

それから校長は茉莉の方に向き直り、

「白石先生、どうしてこの本が先生に届けられたのか、それも自宅ではなく学校へ……何か心当たりはありませんか」

「まったくありません」

幾分落ち着きを取り戻してはいたが、茉莉の顔色は青黴《あおかび》に覆われた石膏像のようだった。

「もう一度よく考えてみて下さい。どんなことでもいいんです。本当に思い当たる節はありませんか」

「もしかして、校長先生は私を疑っておられるのですか」

「そういうわけではありませんが、しかし現に、他の誰でもない、先生宛てにこの本が届けられたということは……」

「そんな、あんまりです」

そのまま泣き出すかと思われた。しかし違った。茉莉はようやく本来の気の強さを取り戻したのか、毅然として言った。

「いくら校長先生とは言え、明白な理由なくして職員を尋問することは人権侵害に当たるのでは——」

「白石先生、状況をわきまえなさい。校長先生は一刻も早く事実を解明しようとなさっておられるだけじゃないか」

追従でもなく、教頭が本気で女性教師を叱りつける。彼は本来、考え方が極端に古いタイプの教師なのだ。

それに対して、茉莉が何かを言おうと口を開きかけたとき——

「白石先生宛てに送ってきたのは、それを隠蔽してしまう可能性が最も低い人物と見なされたからではないでしょうか」

全員が振り返る。

ドアの所に、塙が立っていた。

「なんだ君は。勝手に入ってきたりして」

教頭の叱責に、塙は身を小さくして言った。

「すみません、ノックしようとしたんですけど、大きな声が聞こえたので、つい」

「で、なんの用ですか」

苛立たしげな校長の問いに対し、彼は手にした紙屑のようなものを差し出した。

「これも必要なんじゃないかと思いまして」

それは七二年度版作品集の入っていた封筒であった。

「職員室にほったらかしになっていたものですから。誰かがうっかり捨てたりしたらいけないと思って、慌てて持ってきたんです」

「君はその封筒が何かの手がかりになると言うんだな」

「手がかりというより証拠物件ですね。物証というやつですか」

教頭の問いかけに、塙は改めて封筒に視線を落とし、

「宛名等はおそらくプリンターによる印字……今どきパソコンやプリンターなんてどの家にもあ

りますから、素人に特定は難しいでしょう。警察だってできるかどうか。小学校にだってパソコン室がある時代ですからねえ」

塙は暗に、「中学生なら誰もが可能だ」と言っているのだ。

「塙先生のおっしゃる通りでしょう」

校長が落ち着いた声で言う。

「封筒の件ももっともですし。図書準備室からこの本を持ち去った犯人は、誰かにこれを、いや、厳密にはここに載っている感想文を学校関係者に見せたかった。しかし、相手は誰でもいいというわけにはいかない。こっそり処分でもされたら困るからだ。その点、白石先生ならまず安心と……そういうことですね、塙先生」

「ええ。問題はタイミングが絶妙すぎるってことですかね。今日の午後に配達されたということは、遅くとも昨日の夕方までに投函されたものと思われます。まるで、野駒ニュースランドの配信を待っていたように。もしかしたら県議会の終了後かもしれない。あっ、いやいや、県議会の展開をあらかじめ予期して準備していた可能性も」

「いいかげんにして下さいっ」

当の茉莉が金切り声を上げた。

「なんですか、物証がどうとかタイミングがどうとか、そんなことより今一番問題なのは、その本の中身でしょう！」

そうだ、その通りだ——分かり切ったことなのに、自分達は何をぐずぐずと言い合って——こんなときに——本を目の前にして——

呆れるばかりの愚かしさだ。まるで自分達の魂が、本の検分を本能的に避けようとしていたかのようにさえ思えてくる。

教頭も慌てて汐野に命じた。

「汐野先生、早く中身を」

そしてテーブルの上に置かれていた冊子を取り上げ、差し出してくる。

それは駒鳥中学の優秀作品集であった。巻頭に載っているのはもちろん三枝子の感想文『生きることの罪と業』。

三枝子の感想文は暗誦できるほどに頭に入っているが、汐野は校内作品集と全国版の七二年度版作品集とを受け取り、応接セットのソファに腰を下ろした。

まず七二年度版作品集を手に取って目次のページを開く。

大木亜矢のスマホを使ってＬＩＮＥに投稿された書き込みには、［藪内のパクリ元は１９７２年全国優勝作品］とあった。駒鳥中学の参加している全日本少年少女読書感想文コンクールには、内閣総理大臣賞をはじめさまざまな賞があるが、［優勝］はない。

投稿内容の信憑性が疑われるところだが、真偽を曖昧にするためにわざとそう記したとも考えられる。あるいは筆頭に来る内閣総理大臣賞を優勝の意味と捉えたのかもしれなかった。

ともかく、すべての受賞作を点検するしかない。小学生の部を飛ばし、まず中学生の部に目を走らせる。

内閣総理大臣賞は山本有三『路傍の石』の感想文。明らかに違う。だがまだ安心はできない。

文部大臣賞は井伏鱒二『黒い雨』の感想文……全国読書推進協議会長賞にミゲル・デ・セルバ

ンテス『ドン・キホーテ』の感想文……同じく全国読書推進協議会長賞にジュール・ヴェルヌ『八十日間世界一周』の感想文……同じく全国読書推進協議会長賞に芥川龍之介『羅生門』……

「これだっ」

思わず声を上げていた。

周囲を取り囲む校長達が息を呑むのが分かった。

感想文の表題は『羅生門の闇の奥』。少なくとも三枝子の表題とはまったく異なっている。

「中身はどうなんだっ。本当に盗作なのか」

怒鳴るように発する教頭に、

「待って下さい、これから照合しますから」

シャツの胸ポケットから赤のサインペンを引き抜き、目次に記されたページを開こうとするが、紙が湿っていてなかなか開けない。

「何をしている、まだなのかっ」

苛立たしげに教頭が急かす。

少しは静かにしていてくれ——そう叫びそうになるのをこらえてページを繰る。古本は嫌いではないが、この作品集は状態が悪すぎる。長い間に紙の繊維へ浸透した毒が、指先から体内へ感染するような気さえした。

あった——『羅生門の闇の奥』。

舞い上がる細かな埃が見開いた目に痛いが、気にしている場合ではない。

最初の段落は全体のあらすじで、双方に共通している。読書感想文の定型の一つであり、当時から評価されやすい型としてすでに認識されていたのだろう。一致する文言が散見されるが、同じ小説のあらすじなので問題はない。
深呼吸をする。埃とともに本から立ち上る瘴気《しょうき》のようなものを吸い込んだ。渇き切った喉が、内側から無数の剃刀《かみそり》で刻まれる。流れ出た血が気管に詰まる。なのに唾は一滴も出ない。
気のせいだ――早く――早く先を読まないと――
［極限的な状況下において、人間は追い詰められたとき、悪事を主体的に選択することがあります。そうしなければ、ただ受身のまま死ぬからです］
手にしたサインペンで傍線を引こうとして、危うく自制する。大切な［物証］だ。勝手に書き込みなどしてはならない。サインペンを投げ出して続きを読む。
［下人の選んだ道を誰が責めることができましょう。羅生門の闇の奥で、下人が覗き込んだのは、私達自身の姿ではなかったでしょうか］
氷水よりも冷たく、熱湯よりも熱い汗がシャツを濡らす。そのおぞましい感触に震えが止まらない。
「汐野先生、早く読んで下さい、汐野先生っ」
背後で叫んでいるのは茉莉だろうか、それとも詠子か。もしかしたら凜奈、いや、三枝子かもしれない――
［『羅生門』はそうした人間のエゴイズムを肯定しているように思えてなりません］
［それは人間の原罪ともいうべき業であり、誰であろうと逃れようもないものです］
息が止まる。喉の奥から心臓に達した瘴気の剃刀が荒れ狂う。

［もし私が下人の立場であったなら、果たして私は、罪を犯す誘惑から逃れられたでしょうか］
［何が善で何が悪か、その問いについて考えるとき、私はいつも羅生門の闇を想うのです］
両手で作品集を握り締めたまま、呆然とする。
それでも念のため、駒鳥中学の優秀作品集を取って三枝子の感想文『生きることの罪と業』を読み返す。
［下人の選択を誰が責められようか。羅生門の闇の中で、下人が垣間見たのは、私達自身の姿に違いない］
［この作品はそうした人間のエゴを肯定しているように思えてならない］
［それは人間の原罪、すなわち業であり、いかなる者であろうと逃れようはない］
［仮に私が下人と同じ立場であったなら、私は罪の誘惑から逃れられただろうか］
［何が善であり、何が悪であるのか、そのことについて考えるとき、私は常に羅生門の闇を思い出すのだ］
おんなじだ——
ですます調と呼ばれる敬体と、だ・である調と呼ばれる常体という文体の違いこそあれ、導入部から結論部に至る構成、使用されている修辞や表現など、双方はほぼ完全に同一であると断ぜざるを得ない。
「どうなんですか、汐野先生っ」
言葉を失って放心している汐野の肩を、塙が揺さぶる。
「もういいっ、貸せっ」

痺れを切らした教頭が七二年度版作品集を強引に引ったくった。開かれたままになっているページに視線を走らせた彼の顔色が驚愕に赤黒く変色する。それを放り出し、駒鳥中学作品集の巻頭の感想文を読んだ教頭は、ついに大声で叫んだ。

「これは盗作じゃないかっ」

教頭の投げ出した七二年度版作品集を拾って一緒に読んでいた塙と茉莉は、意味不明の呻きを漏らしている。校長もまた然りだ。

「最初から最後までおんなじだ。これは絶対に偶然なんかじゃないっ。明々白々たる盗作だっ」

一際恐ろしい形相で教頭が吼える。

そして静寂が訪れた。

久茂。安宅。茉莉。塙。校長室にいる面々は、蒼白になったまま誰も口を開こうとしない。不穏を突き抜けた沈黙の心地好さに身を委ねつつ、汐野はただ無言の刻を過ごしていた。

他に何ができるだろう。何も思いつかなかった。何もしたくなかったと言った方が正確かもしれない。考えることも、息をすることも、何もかも放棄して、このまま停止した時間の中にとどまっていられたなら。

「どういうことですか、汐野先生」

最初に発したのは校長だった。虚無の中にも、静かな諦念と憤怒とがほの見える。

「分かりません」

そう答えるしかなかった。

その答えに——あるいは答え方に——教頭が激昂する。

「分かりませんだと？　君はあれほど自信ありげに言っとったじゃないか、絶対に盗作なんかじゃないと」

「それは今でも変わりません。本当に分からないんです。私は藪内の感想文が完成する過程を最初から見ています。適宜指導も行ないました」

塙がおずおずと訊いてくる。

「その、どこかで七二年度版のこの感想文を読んでいて、それが無意識のうちに指導に反映されたとか、そういうことはありませんか」

「無意識と言われると、私に断言なんてできなくなります」

「そりゃそうですね……すみません」

「構いませんよ、塙先生。七二年度版のこの『羅生門の闇の奥』、私は本当に読んだこともありません。考えてもみて下さい、総理大臣賞や文部大臣賞ならともかく、複数ある全国読書推進協議会長賞のうちの一作です。五十年も経ってから目にする機会なんて、受賞者の身内でもなければそうそうあるわけないじゃないですか」

「この『羅生門の闇の奥』、作者は卯佐冨士子《うさふじこ》さんとなってますけど、汐野先生、もしかして、卯佐家のご親族だったりしませんか。いいえ、ご親族でなかったとしても、どなたか所縁《ゆかり》の方とお知り合いだったりとか」

茉莉からの質問だった。

「卯佐なんて知り合いはいません。それどころか、そんな名字、聞いたこともありません」

きっぱりと答えると、七二年度版作品集を持った塙が何か考え込むように漏らす。

「確かにこの生徒、いや、五十年前の生徒ですが、高知県の高校ですね。汐野先生がご存じないということなら、きっとそうなんでしょうねえ」

信じているのか疑っているのか、どちらとも言いようのない嘆息であった。

「いずれにせよ、本校の生徒による盗作が明らかとなったわけです」

校長が淡々と告げた。その全身から一切の感情が消えている。驚愕も、憤慨も、悲嘆も、さらには虚無さえも。虚無をなくした虚無の人。がらんどうの器へと自らを変化させ、ただ機械的にその場を進行させている。木製でも金属製でもない、人間の体を持つデウス・エクス・マキナだ。

「これで事態は根本から変わりました。もともと進展があろうとなかろうと保護者への説明会は木曜に行なうつもりでしたが、汐野先生、説明の方はよろしくお願いします。たとえ先生に心当たりがなかったとしても、義務だけは果たして頂きます」

「ちょっと待って下さい」

驚いたように異議を唱えたのは教頭だった。

「今のままでは事情があまりに不明すぎます。分からないことだらけと言っていい。こんな状況で下手な説明をしようものなら、かえって保護者を刺激することになりかねないのでは」

「では、教頭先生はどうすればいいとお考えなのですかな」

皮肉でも真剣でもなく、校長が聞き返す。

「それは……」

教頭が詰まった。

「もしや教頭先生は、私に隠蔽を求めておられるのですか」

「隠蔽だなんて……私は、報告をもう少しだけ先延ばしにした方が得策ではと……」

「得策？　誰にとっての？」

校長の語気に鋭さはない。また容赦もない。

「それをさせないために、犯人は白石先生宛てに、自宅ではなく学校に送ってきたんじゃないですか。白石先生」

「はい」

「先生は、ここにいる皆のために隠蔽に荷担してくれと私がお願いすれば、承知して頂けますか」

「そんなこと……できかねます」

とまどいつつも、茉莉はきっぱりと答えた。

「そうでしょう。第一、職員室にいた先生方も、本の内容についての報告を今か今かと待っているはずだ。彼らに盗作はなかったと伝えても、じゃあ現物を見せてくれと言われるだけでしょう。もうこうなったら隠す必要はない。我々は経緯を正直に説明し、後は委員会にお任せしましょう。それで皆が楽になれるんなら何よりだ。真実なんてどうでもいい。そんなものはね、どこにもないんですよ。それがこれまで教育者として生きてきた私の結論です」

校長室が突如果てのない砂漠へと転じたようだった。

それは校長の心象風景に他ならない——そのことを、おそらくは全員が同時に悟っていた。

「でも、いきなり委員会に丸投げというのは、少し無責任じゃないですかね」

よく知られた芥川龍之介のポートレートのように、顎に手を遣った塙がいかにも思慮深げな態度で言った。

「まだ我々が校内で行なうべきことがいろいろ残っているんじゃないでしょうか。特に、盗作をやってしまった生徒の聴き取りとか」

「そうだわ、塙先生のおっしゃる通りです。どうしてこんなことをしたのか、まずその理由を訊いてみなければ」

すぐさま茉莉が賛同を示す。

「藪内三枝子は今どこにいるんだ」

教頭に問い質され、汐野はぼんやりとした口調で答える。

「さあ、すでに下校したのでは……もしかしたら、文芸部の部室にいるかもしれませんけど……」

「顧問が把握していないのは無責任じゃないか」

教頭の叱責も、どこか遠い残響のようだった。

「まあいい。だったらすぐに行って、藪内を生徒指導室に――」

「教頭先生、それはさすがに性急でしょう」

校長が口を開く。だが反対というわけでもないようだ。

「盗作が確定した以上、生徒の扱いには慎重を期する必要があります。淡水先生にも立ち会いをお願いするべきだと思います」

冷静な指摘であった。ここで三枝子を追い込むのは危険にすぎる。最悪、自殺というケースが頭をよぎったが、汐野には口にすることさえ憚《はばか》られた。

「白石先生は保健室に淡水先生がいらっしゃるかどうか、確認をお願いします。汐野先生は部室に行ってみて下さい。塙先生は念のため校内を見回って、当該生徒が残っていないか捜して下さい。教頭先生は私と一緒に職員室へ。他の先生方に事情を説明し、今後の対応についての配慮をお願いしなければなりません」

的確な指示のようだが、その言葉はどこか他人事のようにも感じられた。実際には校長の人生にとってもとても重大事件であるはずなのに。

とにかくも、汐野は指示に従い校長室を後にした。

どうして三枝子が――なんのためにそんな――しかし一体どうやって――自分は三枝子の感想文を最初から――

そんな疑問が半ば混濁した思念の底から、泡沫の如く、あるいはボウフラの如く、後から後から湧いてくる。

確かに三枝子は、読書感想文の執筆に苦心していた。だがそれは、彼女の文才と実力とを以てすれば充分に乗り越えられるはずのものだった。そのことを誰よりも知っていたのは彼女自身だ。いくら追い詰められていたとしても、盗作に手を出すなど、彼女のプライドが許すはずはない。それとも、自分が彼女の苦しみや性行、資質を見誤ってでもいたのだろうか。

いくら考えても分からない。

それどころか、とても現実とは思えない気分であった。踏み出す足が浮ついて、雲か排ガスの塊の上でも歩いているような気さえする。最悪も度を過ぎると、さながらテーマパークのアトラクションとして脳が認知するのかもしれない。それも悪夢のテーマパークだ。

一方の肉体は、過度のストレスに悲鳴を上げている。その悲鳴に耳を少し傾けただけで、己が過呼吸を起こしかけていることが分かった。足を止めて深呼吸をする。するとたちまち、胸部と腹部に鋭い痛みが襲いかかってきた。内臓のすべてが攪拌され、圧搾されているかのような激烈なものであった。

「先生、どうしたんですか」

通りかかった男子生徒が驚いたように声をかけてくる。誰だったか、名前すら思い出せない。

「いや、なんでもないよ」

「でも、凄い汗が……」

「なんでもない」

不機嫌に答えて歩き出す。

部室へ――文芸部へ急がねば。ただそれだけを考えて足を動かす。他のことはもう考えない。考えようとしても考えられない。

文芸部室に到達した。窓から中を覗くと、女子生徒が一人、椅子に座って本を読んでいる。

三枝子がいた――

「藪内っ」

ドアを引き開け、飛び込むように中に入る。

女子生徒が驚いたように振り返った。

「汐野先生？」

三枝子ではなかった。果穂だった。

「……広野か」

「先生、藪内先輩を捜してるんですか」

「ああ、ちょっと連絡事項があってね」

空々しい言いわけをしながら、顔の筋肉だけで笑みを作る。うまくいったとはとても思えない。

果穂にはさぞ不気味に見えていることだろう。

「藪内先輩なら、今日は部室に来ませんでしたよ」

「そうか……他のみんなは」

なんとかごまかそうと思い、平静を装って尋ねてみる。やはりうまくは言えなかった。

「みんなもう帰りました。あたしもそろそろ帰ろうと思ってたところです」

読んでいた文庫本をバッグにしまいながら、果穂が立ち上がる。

気をつけて帰れよ——そう言おうとして、汐野はカラフルな文庫本の表紙に目を留めた。カタカナのタイトルの一部が一瞬見えた。

予期せぬ衝撃に全身を貫かれる。

「それは？」

「はい？」

「今……バッグにしまった本だ」

「ああ、これですか」

果穂は少し恥ずかしそうにしまったばかりの文庫本を取り出した。

派手な原色で塗られた髪をたなびかせた、異様に目の大きい少女のイラスト。題名は——

「あたし、このシリーズのファンなんです。『シンデレラ・ハンターズ』。汐野先生って、たぶんこういうの嫌いだろうと思って、なるべく部室では読まないようにしてたんですけど、新刊が出たばっかりで、もう我慢できなくて……この本がどうかしたんですか」

「いや……広野がその作品のファンだということは、みんな知ってるのかな」

声がうわずっているのを自覚する。果穂も今やあからさまに不審そうな目で汐野を見ながら、

「みんなって、部員のことですか」

「そうだ」

「知ってたと思います。特に中路先輩なんて隠れファンだし。あっ、でも芦屋部長はアンチですよ。あの人、キャラや世界観の設定がちょっとでも性癖に合わないとなんだかんだイチャモンばっかりつけてくるし。藪内先輩なんて、この前あたしがシンハン——『シンデレラ・ハンターズ』の略ですけど——シンハン読んでたらすごくバカにしたような顔するし」

「なんだって」

思わず聞き返していた。果穂はそれを誤解したらしく、

「あっ、今のは藪内先輩には内緒にしといて下さいね。あの人のそういうとこはみんな分かってるし、部長も人それぞれだって言ってるし……芦屋先輩って、いろいろアンチのクセして、ジャンル自体は大好きなんだなって分かるから、みんなも部長として認めてて、部長はいつも素直じゃないよねーなんて……」

際限のない果穂のお喋りに構わず、汐野は無言で部室を出た。背後で果穂が何か叫んでいるような気がしたが、どうでもいい。

三枝子は『シンデレラ・ハンターズ』のファンなどではなかった。汐野と同じく、やはりライトノベルを嫌悪していた。しかし果穂が読んでいるのを見て、タイトルだけは記憶していたに違いない。だからあのとき――プールの横で末松と一緒にいるところを自分に見つかったとき、咄嗟にそのタイトルを挙げることができたのだ。恰好の口実として。

騙された。自分と、自分の知る彼女自身のライトノベル蔑視を逆手に取られた。見事なまでの機転である。

――私、汐野先生に『シンデレラ・ハンターズ』を読んでるなんて知られたくなかったんです。それで……

――僕、ライトノベルならそれなりに読んでますから。おかげで、あのサークルでは結構バカにされてますけど。

末松まで実に巧みに彼女の嘘に合わせてみせた。

そのことが意味しているのは――

頭痛がする。脳髄が思考を拒否している。耐えられない。これ以上。

職員室のドアを開けたとき、中にいた全員の視線が自分に注がれるのを感じた。

「藪内三枝子はすでに帰宅したそうです。私も気分が悪いので本日は帰宅します」

かろうじてそれだけを告げ、自席で荷物をまとめにかかる。

それはあまりに無責任じゃないか――盗作はあり得ないと言ったのはおまえだろう――こっちはこれから会議なんだ――できれば今夜にでも保護者に連絡すべきでは――せめて今後の対策だけでも――

そんな声が聞こえてきた。実際には口を開いている者などいない。皆こちらを見つめたまま黙っている。それは教師達の心が発する罵倒であり、怒号であった。

「汐野先生」

一際抑揚のない、いや、魂の感じられない声がした。現実の声だ。

バッグを手に振り向くと、すぐ後ろに校長が立っていた。

「ご気分が悪いというのなら仕方ないでしょう。藪内教育長には私の方から連絡して面談の予定を決めておきます。そのときには汐野先生も必ず同行して下さい」

校長の何もない虚無の眼球を、正面から覗き込むのが怖かった。だから目を伏せたまま頭を下げた。

「失礼します」

職員室を出るとき、冷笑を浮かべた木崎の顔が目に入った。その顔は、しかし誰よりも汐野の心情を理解しているように見えた。人間とはこんなものですよと、嗤っているように思えたからだ。

そうですよ、木崎先生——こんなものなんですよ、自分なんて。

自宅マンションに帰り着き、ダイニングキッチンの椅子に呆けたように座っていると、スマホに沙妃からの着信があった。

出てはいけない——理屈を超えて、直感が告げる。

しかし意志に反してのろのろと動き出した手は、スマホの応答ボタンを押していた。

〈藪内さんから父に電話があったわ。お嬢さんのことで校長から面談の申し入れがあったって〉

こちらを気遣うどころか、挨拶さえも一切抜きで切り出してきた。

〈藪内さんの話だと、校長は具体的なことは何も言わなかったけど、口振りだけはやたらと事務的で冷たかったそうよ。やっぱり娘が盗作してたんじゃないかと、もう半泣きだったたってお父さんが〉

相槌を打つ気にさえなれず、ただ黙って聞いていると、沙妃はこちらの沈黙にも気づかず続けた。

〈本当なの？　本当に藪内の娘は盗作してたの？。ねえ、どうなのよ〉

焦れったそうに尋ねてきた。すでに敬称も消えている。

「間違いない。盗作だ」

そう答えると、スマホの向こうで沙妃が息を呑んだ。

だがそれも一瞬で、すぐに冷徹で突き放したような口調に転じた。

〈あなた、自分の言ってること、分かってる？　藪内のバカ娘の盗作に気づかなかったどころか、全校代表にまで選んで。とんだ間抜けっぷりじゃない〉

「そういうことになるな」

〈なによ、その言い方。まるで他人事みたいに〉

「悪かった。他人事なんかじゃない。僕と君の問題だ」

皮肉のつもりで口にすると、沙妃は真っ向から乗ってきた。

〈なんであたしの問題になるのよ。いい？　これはあなただけの問題。あなた、まさか、まだ政

治家になれるなんて思ってるわけじゃないでしょうね？〉

開き直って脅迫することもできた。浜田議員がどんな謀略を巡らせたか、雲天に暴露してやるぞと。

しかしそんな気力は残っていない。また、たとえ実行したとしても、証拠がないと鼻で笑われるのがオチだろう。実際にその通りなのだから。

「ねえ、沙妃ちゃん」

〈なに？〉

「君は、今でもトールキンが好きなのかい」

〈はあ？〉

「『指輪物語』のトールキンさ。初めて会った頃、トールキンが好きだって言ってたじゃないか」

〈魔法の指輪を始末するような大冒険をしてきたから褒めてほしいとでも言いたいわけ？〉

「違うよ。実を言うとね、僕、ファンタジーは好きじゃないんだ」

〈知ってたわよ、それくらい〉

沙妃はこともなげに嗤った。

「知っていた……？」

〈あなたって、ハイファンタジーとローファンタジーの区別もつかない人だから。それどころか、ファンタジーのカテゴライズなんかに興味はないって、顔に書いてあったわよ、最初から〉

その指摘はかなりこたえた。歴史的評価の定着した作家と作品への敬意は持っていたつもりだが、ファンタジーへの偏見が無意識のうちに表われていたのだろうか。何より、それを沙妃に見抜かれていたことが、今は途轍もなく痛かった。

〈やっぱり中途半端な人はダメね。あなた、SFも嫌いでしょ？　ディックだ、ヴォネガットだと語っていても、なんて言うか、空疎なの、話の中身が〉

極めて現実的な問題について話していたつもりが、よもや沙妃から文学的素養の浅薄さについて嘲笑される羽目になろうとは。

真の俗物は自分だと、突きつけられることになろうとは。

〈あたしねえ、あなたと結婚して、毎日一緒に本の話ができたらいいなあって、ほんとに思ってたのよ。なのにあなたって――〉

耐えられない。反射的にスマホの電源を切っていた。

これ以上聞く必要はない。すべては終わった。

そして思った。かつての自分は、五分前までの自分は、本当に沙妃を愛していたのだろうかと。

18

沙妃から告げられた事実上の別れ話は、その夜、汐野の眠りをどこまでも妨げた。

水曜日の朝、寝不足のまま出勤した汐野は、校舎に入るなり待ち構えていた教頭に捕まった。

「おはようございます」

こちらの挨拶が聞こえなかったかのように、教頭はいきなり険しい表情で言った。

「校長室まで来てくれ」

ある程度予想されたことであったので、汐野は何も言わず素直に従った。

校長室には久茂だけでなく、詠子と茉莉もいた。

状況を考えると三枝子のカウンセラー役を務める詠子は分かるが、茉莉はどうして――

そんなことを考えているうちに、校長から先に挨拶されてしまった。

「おはようございます、汐野先生」

「あ、おはようございます」

慌てて挨拶を返す。校長は気にする様子もなく、昨日と同じ抑揚のない口調で淡々と告げた。

「保護者への説明会はいよいよ明日に迫っています。相模会長にはすでに開始時刻を連絡しました。放課後の午後五時、場所は言うまでもなく本校体育館です」

その声は、まるで空谷の彼方から響いてくるようだった。何もない心の谷にかろうじて届く魂のない言葉。それを何度か反芻《はんすう》して、ようやく頭が追いついてきた。

明日――説明会――

切迫した事態の深刻さを理解して急速に目が覚めた。

「藪内教育長との面談は今夜八時に決まりました。こちらから市庁に出向く予定です。教頭先生と三人で学校から直接向かいます。いいですね」

「はい」

他に返事のしようはない。

「保護者である教育長との面談の前に、当該生徒から話を聞いておく必要があります。従って、聴き取りはどうしても今日の放課後に行なわねばなりません。立場上私も立ち会いますが、生徒のメンタルケアのためにも、淡水先生にお願いして特別に同席して頂くことにしました」

盗作の証拠を突きつけられれば、三枝子が取り乱すことは必至である。当然の配慮と言えた。

詠子が汐野に向かってぎこちなく目礼する。かなり緊張しているらしい。

「早い段階で当該生徒に聴き取りの実施を伝えると、どんな行動に出るか分かりません。白石先生、二年二組の六限は英語だそうですね」

「はい」

「白石先生なら生徒も安心でしょう。特別措置として帰りの会は中止にします。先生は六限終了後、当該生徒を速やかに生徒指導室へ誘導して下さい。私はそこで待機しています」

「分かりました」

蒼ざめた顔で茉莉が同意する。要するに、聴き取りのあることを三枝子に知らせると、学校からの逃亡、いや、もっと最悪の事態——はっきり言うと自殺である——すら予想される。それを防ごうというわけだ。

最後に、茉莉による三枝子の誘導を補佐するため、教頭と汐野の配置場所が決められた。

感情のない分だけ、校長の指示は実に的確であった。脳を構成する神経細胞が、そのまま機械にでも置き換わったかの如く。

「またこのことは、他の生徒にはくれぐれも悟られないように」

その指示もまた当然と言えた。誰にも異論はない。

「では皆さん、よろしくお願いします」

校長の締めの言葉で打ち合わせは終わった。汐野は茉莉とともに急いで職員室へ向かう。朝の会の時間が迫っている。早く準備を済ませねばならない。

だが汐野の頭は、朝の会や授業以外のことで一杯になっていた。


精神的に不安定である反面、時として中学生は異様に鋭敏な感性を発揮することがある。教師達が懸命に押し隠そうとする動揺を直感的に察知したのか、学校全体が嵐の予兆に怯える雛鳥達の巣と化したようだった。

普段は存在しない鬼どもが、心の亀裂からぬるりと現世に這いずり出て、学舎の廊下を徘徊《はいかい》している。そんなおぞましい光景を、汐野はありありと幻視した。

一限目は羅生門で雨宿りをしているような、二限目は暗夜に道を失ったような、悪寒と焦燥とがないまぜになった思いをこらえて授業をこなした。

水曜の三限に汐野の授業はなかった。同じく末松も授業がなく、職員室で学年事務に専念している。他にも何人かの教師が職員室に残っていたが、いずれも自席での仕事に余念がない。

頃合いを見て立ち上がった汐野は、なにげない素振りで末松に近づき、机の上を覗き込むように見せかけて背後から囁いた。

「ちょっと相談したいことがあるんだけど」

「あ、なんでしょう」

「ここじゃアレなんで……」

視線でドアの方を指し示すと、

「いいですよ」

彼はいつものにこやかな態度で承諾した。

末松と二人、連れ立って職員室を出る。ドアの所でさりげなく確認したが、こちらに注意を払う者はいなかった。

汐野は末松を文芸部室へと案内した。三限の最中なので生徒はいない。

「さあ、入ってくれ」

末松を先に入れ、自分も中に入ってドアを閉める。廊下の左右に人気はない。

「なんでしょう、話って」

無邪気な様子で末松が尋ねてきた。

「シンデレラなんとかっていうライトノベルのことさ」

それだけで、末松はすべてを察したようだった。

「ああ、ばれましたか、僕の嘘」

「どういうことだ」

「どうって、別に。僕は『シンデレラ・ハンターズ』なんて読んだことなかった。それだけですよ」

「それだけで済むかっ」

文芸部の両隣も部室である。多少声を荒らげても問題はない。

「どうして藪内に合わせるように嘘をついたりしたんだ」

「なんだ、そういう誤解ですか」

「誤解だと」

「僕は藪内とそんな関係じゃありませんよ。だってあの娘、全然かわいくもないし、僕のタイプじゃありませんから。頼まれたって遠慮したいですね」

今や末松は、素顔を隠そうともしなかった。しかもあからさまに汐野を嘲笑するような態度で応じている。

「校内の見回りをしてるってのも嘘だろう」

「当たり前ですよ。誰がそんな面倒なことするもんですか」

「じゃあどうしてあんな所にいたんだ」

「あのときに言ったでしょう、藪内と話をしてたって」

「そんな弁解が通るような状況じゃないってことくらい――」

「弁解じゃないですもん。ほんとですもん。僕、藪内とよく話し合ってるんですよ、汐野先生のこと」

「なんだって?」

予想だにしなかった言葉が飛び出した。

「汐野先生って、つくづく薄っぺらい人だねえって、あれで政治家になるつもりだから笑っちゃうよねって、ほんとに笑ってたんですよ、いつも二人で」

「おい、待て」

混乱する。話が見えない。沙妃や浜田家のことは、末松にも秘密にしていたはずだ。

「俺が政治家になるなんて、どこでそんなデタラメ……」

「だめだめ、とぼけようったって」

末松が悪魔のように先回りする。

「あのサークルじゃ有名だったんですよ。沙妃さんが浜田勝利の娘で、結婚相手を物色してるって。わざわざ汐野さんに教える人はいませんでしたけどね。だって汐野さん、新入会員の頃から偉そうにしてたそうだし。要するに嫌われてたんですね。そりゃそうでしょう、僕だって嫌いですもん」

僕だって？

「沙妃さん本人は秘密にしたがってるようだったから、みんなそれを察して本人の前では気づいてないふりしてただけで。沙妃さんと結婚するってことは、浜田家に婿入りして政治家の地盤を継ぐってことでしょう？　あのサークルの人達はそんなの嫌だから、沙妃さんには距離を置いてたんですって。政治家なんてやだよって、みんな言ってました。でも、あれだけの美人じゃないですか。内心ではお互い牽制し合ってたんじゃないですかね」

知らなかった――自分だけが――

「そのうち汐野さんが沙妃さんをモノにしたっていうか、沙妃さんに引っ掛かったっていうか。もう丸分かりでしたから。二人して顔も出さなくなったし。サークルクラッシャーがいなくなってくれてよかったって、負け惜しみ言ってる人もいましたよ。事実上ハブられてたんですよ、あんたら二人とも。僕、散々聞かされましたから、二人の悪口」

末松は愉悦の笑みを浮かべている。心から愉しくて仕方がないという邪悪の証左だ。

叱られたときに彼が見せる曖昧な笑顔に対し、汐野は以前から微妙な違和感を抱いていた。その理由をようやく悟った。

「汐野さんて、学生時代からそうでしたよねえ。自分だけが文学が分かって、他人は分からないと決めつけて。ライトノベルなんて読むどころか、視界に入るのも穢《けが》らわしい、漫画なら許せるが小説のふりをした漫画は許せない、あんなもの本屋に置くなとまで言ってましたね」

まったく覚えていないが、自分なら言いそうだった。なぜなら、今もそう考えているからだ。

「みんな笑ってたんですよ、あの頃から。何様だ、いつの時代の人間だって。デビュー前から巨匠のつもりかって」

「じゃあ、おまえはどうして……」

「面白いからですよ。そんな汐野さんを側で見てるのが。いやあ、今日まで堪能させてもらいました。あー腹イテぇ」

「末松っ」

殴りかかった途端、したたかに顔を床に打ち付けていた。足払いをかけられたのだ。

「今のは正当防衛、いや、緊急避難かな。僕だって殴られるのは嫌ですから」

頭上から末松の声が聞こえる。幸せそうな嘲笑も。

呻きながら立ち上がる。口の中で血の味がした。

「汐野先生、弱いんだからカッコつけない方がいいですよ。でも僕、汐野先生のカッコ悪いとこが好きなんですけどね」

「それでもおまえは教師なのか」

「そのセリフ、あんたにだけは言われたくないですね。小説家志望転じて政治家志望の汐野センセイにだけは」

末松の言葉に、侮蔑だけではない、明らかな憎悪が混じり始めた。

「ほんの少しとは言え、あんたに小説の才能があったのは認めますよ。それが僕には全然なかったこともね。ところがあんたは、沙妃さんを手に入れた上に政治家になろうとしてやがる。正直に言いましょう、僕もね、ちょっと、いや、だいぶ沙妃さんには惹かれてました。それと政治家っていう人生コースにも。浜田家の地盤があれば楽勝だ。だからもう悔しくて。あんな美人がなんでこんなバカにって」

「……おまえだったのか」

「は？　何が？」

「とぼけるな！　ＬＩＮＥに書き込みをしたり、白石に盗んだ作品集を送りつけたりした犯人だっ」

末松はきょとんとしている。それが今までのような作り物の仮面でないことは、汐野にも分かった。

「とんでもない。僕は汐野先生の間抜けぶりを横から観察してただけで、法に触れるどころか、公務員の服務規程にもなんら違反してませんよ」

「生徒に教育的にも倫理的にも不適切な話をした」

「証拠なんてありませんから。彼女も否定するだけですよ。でも先生、ご自分に関する話が教育的にも倫理的にも不適切だって、自分で認めるわけですね。いやあ、さすがのクズっぷりだ」

「じゃあ藪内と何を――」

「だから言ったでしょう、あんたの悪口だって。藪内がなんだかあんたの指導に不服そうな顔してたから、こっそり教えてやったんですよ。学生時代のこととか、読書サークルでなんて言われてたかとか。そうそう、浜田家に婿入りして政治家になるつもりだってことは、あの子、最初から知ってましたよ。父親の話を盗み聞きでもしたんでしょう。だから話が合ったんですよ。学校を捨てて自分だけ政治家になろうって、どこまでムシがいいのかなあ、なんて」

そこまで言ったとき、末松は突然何かに気づいたようにまた顔を輝かせた。

「あ、もしかして、藪内の感想文が盗作だったたってこと、先生、前から気づいてたんじゃないですか」

「そんなわけあるかっ」

「本当ですかねえ。あの子も先生に似て底が浅いから、何かやらかすんじゃないかと思ってたけど、実際やっちゃってたわけですし。もっとも、僕は全然知りませんでしたけどね。知ってたらあんな不細工な生徒に近寄るもんですか」

放っておくとその場でダンスのステップでも踏みかねないようなはしゃぎぶりだった。

「どうします、汐野先生？　これであんたの野望は全部台無し。よかったら感想を聞かせてもらえませんかね」

もう応じる気力さえ失なわれていた。完全な敗北だ。

足を引きずるようにして部室を出る。

「どこ行くんです、汐野先生。待って下さいよーセンパイ。ねえってばー、おい、待てって言ってんだろ、コラ汐野」

背後の嘲笑はどうでもいい。自分には人を見る目などまるでなかった。その程度の人間観察力で、小説など最初から書けるはずもなかったのだ——

廊下を数メートルほど進んだところで、

「汐野先生」

不意に声をかけられた。

振り向くと、柱の陰に塙が立っている。

その顔色を見て、汐野はまたしても最悪が更新されたことを悟った。

「塙先生、もしかして……今の話を……」

塙はゆっくりと頷いた。

「僕、隣の書道部室に忘れ物をして……空き時間の間にと思って取りに来て……そしたら、大きな声がしたものだから……」

汐野は塙が書道部の顧問であったことを思い出した。

「歩きながら話しましょう」

塙を促して先を急ぐ。今はできるだけ末松から遠ざかりたかった。

「話すことなんてありませんよ」

並んで歩く塙が応じる。

「口止めでしたら無用です。耳にした限りで言っても、いくら好奇心旺盛な僕だって関わりたくない話でしたね。末松先生の正体というか、品性の下劣さにも驚かされましたが、汐野先生も大概ですよ」

耳が痛いどころではない。恥辱のあまり過呼吸を起こしそうだった。

「どっちもどっちだと思いますけど、どちらも法に触れているわけではない。ましてや教師としてどうかなんて、僕が言えた義理じゃないですから。さっきの話は聞かなかったし、僕には関係ない。誰にも言いませんからどうかご心配なく」

話すことはないと言いつつ、そこまで一気に喋った塙が、はっと気づいたようにこちらを見た。

「そうか、教師なんか辞めて政治家になるつもりだったから、先生は校舎移転なんてどうでもいいと考えてたんですね」

驚いて塙を見る。

「どういうことですか。その問題に関して、私は誰にも意見を述べたことなんてないはずですけど」

「言わなくたって分かりますよ、それくらい。汐野先生はいつもその場その場で話を合わせてるだけっていうか、ああ、興味がないんだなって伝わってきましたから。ことに校長先生や教頭先生にはひたすら迎合してるように見えましたし」

忘れていた――一見軽いお調子者とも思えるこの男には用心すべきだとあれだけ自戒したはずなのに――

「知りたくなかったけど、知ってしまったらもうどうしようもない。僕、末松先生のコンプレックスというか、陰湿さは大嫌いです。でも鬱屈した原因は想像できます。末松先生は確か汐野先生の後輩でしたよね？」

「それが何か」

「もちろん生来の性格もあるのでしょうけど、あの人をあんなふうにしてしまったのは、汐野先生の独善と傲慢ですよ」

「待って下さい、いくらなんでも――」

「言いすぎだっておっしゃりたいんでしょう」

「当たり前だ」

塙が足を止める。

「それですよ。ご自分ではちっとも気づいてない。僕だって嫌いです、汐野先生のそういうとこ」

「おい、もっとはっきり説明を――」

汐野の間近に顔を寄せた塙は、囁くような小声で言った。

「実は僕、全巻読んでるんですよ、『失われた時を求めて』」

声が出ない。息もできない。ただ立ち尽くし、目の前の男を見つめることしかできなかった。

「さすがに覚えてたみたいですね、あのときの発言。ああいうことを言う人って、得てして自分自身は読んでないか、途中で放り出してたりするもんじゃないかと思ってたんです、僕」

さっきは末松がごろつきに見えた。今は塙が悪魔に見える。

「その顔からすると、どうやら当たってたみたいですね。じゃ、僕はこれで」

足を速めて歩み去ろうとした塙の背中に向かい、汐野は咄嗟に声をかけていた。

「待って下さい、塙先生」

四限が始まった。二年四組での授業である。

「己は昨夕も、彼処《あそこ》で月に向って咆えた。誰かにこの苦しみが分って貰えないかと。しかし、獣どもは己の声を聞いて、唯、懼《おそ》れ、ひれ伏すばかり。山も樹も月も露も、一匹の虎が怒り狂って、哮《たけ》っているとしか考えない。天に躍り地に伏して嘆いても、誰一人己の気持を分ってくれる者はない。ちょうど、人間だった頃、己の傷つき易い内心を誰も理解してくれなかったように」

生徒の朗読がまたも頭を攪拌し、平然と素通りしていく。

咆えたいのはこの俺だ――

心の中がすでに虎となって猛り狂っているようだ。

「人間だった頃、己の傷つき易い内心を誰も理解してくれなかったように」

俺だ――俺のことじゃないか――

今にも山に向かって駆け出さんとする虎を必死になだめ、焙烙《ほうろく》で炙られるに等しい焦燥に耐える。

四限の終了を告げるチャイムが鳴る寸前に、汐野は教科書を閉じていた。

「少し早いが、今日はここまでにしよう。みんな、だいぶ中島敦の文章に慣れてきたようだな」

起立、礼と号令がかかり、授業は終わった。

昼休みを挟んで、午後の授業となった。

五限は汐野が受け持つ二年二組での授業である。

「今日の授業は自習とする」

いつもなら生徒達の歓声が湧き起こるところだ。実際に万歳をしかけた男子生徒もいたが、大部分の生徒は黙って教壇の汐野を見つめている。学校を覆っているのはもはや得体の知れない空気などではない。明らかな［鬼気］だ。奈落から吹き付ける常世の風に煩をなぶられ震えているのか。

「中間テストの範囲は前回の授業でやったところまでだから、この機会にみんなしっかり復習しておくように。特に李徴の心情は必ず出すぞ。それから藪内は連絡事項があるのでちょっとだけ先生と一緒に来てくれ」

教室内がにわかにざわめいた。皆これまでの出来事との関連を疑っているのだ。

授業中に生徒を呼び出すことはよほどの場合に限られていて、生徒もそれを知っている。だが、汐野にはもはやどうでもよいことだった。

「藤倉」

機先を制して学級委員長の美月を指名する。

「はい」

「君はクラスのリーダーとしてみんなの手本になってくれ。勝手に出歩こうなんて不心得者がいるかもしれんからな」

自分の声に有無を言わせぬ威圧が滲むのを抑えられない。

「……はい」

美月は何か言いかけたようだったが、おとなしく従った。学校を蝕《むしば》む目に見えぬ瘴気は、日頃勝ち気な彼女からもすでに気力を奪い去っていたのかもしれない。それは他の生徒も同様のようだった。本来は喧しいはずの中学生達がひしめく教室に今在るのは、倦怠、あるいは萎縮とでも称すべき気分であった。

「じゃあ、藪内」

無言で立ち上がった三枝子を連れ、汐野は急ぎ足で廊下を進んだ。その間、三枝子は一言も発しようとしなかった。

六限終了の直後には校長自ら臨席する三枝子の聴き取りがある。その前になんとしても二人だけで話したかった。それが可能な時間は今しかない。

「さあ、入ってくれ」

汐野の向かった先は、図書室であった。各教員に与えられているマスターキーでドアはすでに開けてある。授業時間中だから他の生徒が入ってくる心配もない。

図書準備室や書庫ほどではないが、どういうわけか、常になく黴臭く湿った臭いが鼻を衝く。午後になって急速に傾いた日は、図書室全体に深い陰翳《いんえい》をもたらしていた。

三枝子を中に招じ入れ、ドアを閉める。図書準備室の手前あたりまで進んでから、改めて三枝子に向き直った。

「さて、と……」

俯いたままでいる三枝子の表情は読めなかった。ちょうど陰になった部分に立っているせいかもしれない。

「おまえはこの前、末松と一緒にプールサイドを歩いていたな」

三枝子が意外そうに顔を上げる。その話か、とでも言うように。

だがすぐにまた顔を伏せてしまった。構わず続ける。

「あのときおまえ達は、ライトノベルの話をしていたと言った。だがさっき末松が吐いたよ。あれはおまえのアドリブで、奴はそれに合わせただけだったってな。嘘をついた理由は分かる。だからすっかり信じてしまった。そうだ、俺はライトノベルなんて小説とは認めてない。本当は漫画家になりたいくせに絵が描けない奴が書くものだ。小説を漫画の代用品くらいにしか思ってない。幼稚なんだよ、作者も読者も」

返事はない。

普段から心に抱いていた本音である。一息に吐き出してから、充分に間を溜めて問う。

「盗んだスマホでＬＩＮＥに書き込みを繰り返したのも、フリーアドレスを使って新聞部の渡辺にメールを打ったのも、白石に作品集を送りつけたのも、藪内、全部おまえの自作自演だな？」

「そう考えたのには理由がある。俺はずっと盗作なんかであるはずがないと主張していた。執筆の過程を最初から見ていたからだ。そうだ、最初おまえは太宰で書こうとしていた。それを放棄して悩んだ末に『羅生門』を選んだ。そしておまえは俺の目の前で一言一句、呻吟《しんぎん》しながら書き上げた。何かを引き写しながら書いたわけじゃない。なのに五十年前の作品と一致しているのはどういうわけだ？　答えは一つしかない。あらかじめ元になる感想文を読んでいた。図書準備室から七二年度版作品集を盗んだのはおまえだ、藪内」

三枝子はうなだれた恰好で立ち尽くしている。

「末松はおまえが俺の指導に不満そうだったと言っていた。だから二人で俺の悪口を言い合っていたんだとな。読書感想文なんてそう長いものじゃない。全文を頭に入れておけば、出だしの一行目から自分で考えたふりをしながら書いていくことも可能だ。ときにはわざと論旨から逸脱してみせて、俺を自分の思う方向へと誘導した。つまり、俺の指導とアドバイスによって完成したと、俺に思い込ませるためだ。それくらい、おまえなら簡単にできただろう。なにしろ俺はなんにも分かっていない大馬鹿だからな。悩んだ末に『羅生門』を選んだのも、もちろん演技だ。オリジナルの感想文がある以上、最初から採り上げる作品は決まっている。計画の総仕上げは、自分の作品が盗作だと全員に知らしめることだ。だから白石に送りつけた」

「だったら……」

三枝子の肩が微かに震えている。

「先生、だったらどうして私をこんな所に連れてきたんですか。盗作したって分かってるんなら、教材室とかで聴き取りをやるものなんじゃないですか。なのに、どうして……」

「心配しなくていい。教材室での聴取は六限終了後に予定されている。それくらい、想定済みなんだろう？　おまえはきっと教材室で認めるはずだ、私は盗作しましたってな。そのことに関しては七二年度版作品集という証拠があるからだ。しかしそれ以外はどうだろうな。むしろ、公の場で本当のことを言うとはとても思えない。だったらその前に二人だけで話しておこうと思ったまでさ。でないと、真相は分からないままだ。おまえがどうしてこんなことをやったのか。こんな騒ぎを仕掛けて、しかも自分からばらすような真似をして、一体なんの得があると言うんだ。父親の立場を悪くするだけでなく、自分の将来をも台無しにした。この俺も巻き込んでな。いくら俺に不満があったとしても、単なるイタズラで済むような話じゃない。いいか、俺には聞く権利がある」

「……スマホ、出して下さい」

「なんだって？」

「先生の持ってるスマホ、ここに出して下さい」

消え入るような声で三枝子が呟く。最初はよく聞き取れなかった。

「私が話すこと、録音されてたら嫌だから……ニュースでやってました、女の子が録音をネタに脅されたって……そうなったら、私、耐えられない……」

「分かった」

所持していたスマホをポケットから取り出して近くの机の上に置く。

「この通り、電源は切ってある。なんなら身体検査をしてくれたっていい」

そして机から一歩下がり、俯いている相手を見据える。

「さあ、話せ」

今や三枝子は、両手を腹部に当て、体を二つに折るようにして全身の震えを抑えていた。

「末松先生は言ってませんでしたか」

「何をだ」

「私ね、読んでるんですよ、先生の『空虚』」

なんだって――

衝撃に凝固した汐野の眼前で、三枝子はゆっくりと顔を上げた。

震えていたのではない。笑っていたのだ。

「あれえ、忘れたんですか、ご自分のデビュー作。いいえ、載ったのはその一作きりですから、代表作、としといてあげましょうか」

読まれていた――俺の『空虚』を――

図書室内の陰翳が一段と濃くなった。

陰の部分に佇む少女は、すでに強烈な負の本性を露わにしている。

「末松先生が教えてくれました、まあ読んでみなよって、くすくす笑いながら。私、すぐに市立図書館に行って文芸潮流のバックナンバーを読みました。最高のタイトルですよ、『空虚』って。中身がもうなんにもない。見事に作品の本質を表わしてますよね。おまけに痛い自意識のテイストまで表現してくれてますから。ここまで来ると前衛アートと言ったっていいんじゃないですか、面白くもない無意味な本文込みで」

全身を焼いているのは、窓から差し込む秋の西日だろうか。違う。目の前にいる少女の発する強烈な憎悪だ。

「次の日は末松先生と二人でもう大笑い。あんな駄作を書いといて作家気取りかよって。私、思いましたもん。こんな人が偉そうに私を指導してんのかって。でもまあ、先生だって仕事ですから、理解はできます。ある意味、いい反面教師だと思えば耐えられましたし。作家になれなくて仕方なく教師になった。文字通りの反面教師ですよね」

「俺に対する反感か。嫌がらせだけであんなことをしでかしたって言うのか」

怒りに任せて問うてみた。

間違いだった。

「まさか」

三枝子は憐れむように呟き、次いで告白の歓喜に咽ぶ。

「私、見たんです。あの日、夏休みが始まって間もない頃、先生がここで高瀬さんと二人きりでいるところを」

その笑み。その悪意。その妄執。

汐野はそこにいる者の正体を悟る。

闇に潜んで人を惑わす――暗鬼だ。

「私、先生に質問し忘れてたことを思い出して、図書室へ引き返したんです。そしたらドアが半開きになっていて、変だなって……だって、先生はいつもドアをきっちり閉めるでしょう？　なので、こっそり中を覗いてみたら、高瀬さんが先生のすぐ側に……そう、ちょうどそのあたりです」

三枝子は汐野の手前にあるテーブルの端を指差した。確かに自分は夏休み中、好んでそこに座っていた。ドアの陰から書棚にぎりぎり遮られず見通せる位置だ。

「高瀬さんの髪が先生の顔にかかってて……あのときの先生ったら、もう……」

「違うっ」

我知らず叫んでいた。

「あれは読書感想文の指導をしてただけだっ。やましいことなど何もない」

「分かってますよ、それくらい」

おかしくてたまらないといった様子で三枝子は続ける。

「だって、話し声まで丸聞こえだったんですもん。あのときの高瀬、絶対意識してやってますよね。ああやれば自分の言いなりにならない男なんていないって。さすが演劇部のスター。実際、先生はもう涎《よだれ》を垂らさんばかりの――」

「仮に涎を垂らしていたとしても、それがどうした。誰からも非難される筋合いはない。俺は何もやっていないとおまえ自身が認めたんだ」

「あれ、開き直るつもり？」

からかっているつもりだろうが、その声はどこまでもおぞましい。

「こうも言ったでしょう、声は丸聞こえだったって」

「だから俺は何も――」

「『こりゃあよく書けてる。文章がとてもいいし、作品と真摯に向き合っているのが端々から感じられる。今年の全校代表レベルじゃないか』」

出し抜けに自分の物真似を見せられて、汐野は言葉を失った。

声色自体は決してうまいものではなかったが、発した言葉は正確だった。そのことがかえって三枝子の記憶力――妄執の度合を伝えていた。

「それがどうした。高瀬の感想文を選んだのならともかく、俺が選んだのは――」

「私の方でしたね。私の盗作感想文」

「おまえは……」

「『全校代表レベルじゃないか』」

一段と大きな声で三枝子は繰り返した。

汐野の様子を満足そうに確かめてから、再び陰々滅々とした声で発する。

「先生、覚えてます？　去年、私の感想文になんて言ったか。『よく書けているとは思うけれど、中学生らしくないっていうか、無理して背伸びしようとしている感じがする。来年はもっと素直に自分らしくやればきっと全校代表になれる』。そう言って三年生の感想文を代表にしましたよね。私は無理やり自分を納得させました。先生の言う通りだって。それがナニ？『暗夜行路』？ 愛人とか不倫とかの話ですよ、アレ。あんなのが〈中学生らしい〉って言うの？ ふざけんなっての。全校のアイドルなら不倫の話でもオーケーかよ、え、汐野？」

激昂と呪詛とを交えた三枝子の口吻に、汐野は抗弁する余地さえ見出せなかった。

「そんな頃でした、末松先生が私に先生のこと話してくれたのは。まあ、末松もコンプレックスだらけで屈折しまくりなのはウザいけど、汐野先生の話だけは面白かったわ。特に『空虚』

やめてくれ――あれは、俺の――

「読んで大笑いしたわ。それからもの凄く腹が立った。この程度の男が作家ヅラして私に指導？演劇部のアイドル様と同レベル？ 冗談じゃないわ。中学生に髪の毛サラサラされたくらいで興奮して。それで全校代表になれるんならいいわよね、アイドル様は。許せない。高瀬もあんたも、あんたに値踏みされた私自身も」

「盗んだ大木のスマホを高瀬のバッグに仕込んだのはそのためか」

三枝子の顔が幸せそうに明るく歪む。

「いつ鳴らしてやろうかとタイミングを狙ってたの。校内で、しかも高瀬がスマホに気づく前に鳴らさないと意味ないからね。あんたと白石が高瀬と視聴覚室に残るのを見て、絶好の機会だと思ったわ。結果は期待以上だった。廊下まで聞こえてきたわよ、高瀬の喚き声。もうサイコー。録音してなかったのがホント残念」

高らかに歌うが如く、三枝子は述懐する。その歌の節々が猛毒の錐《きり》となって汐野を抉《えぐ》った。

「どいつもこいつもスマホを持ち込んで、しかもすぐ分かるところに隠したまま放置って、ほんとバカばっかりだよね。校則なんて知ったこっちゃねーって公言して。自業自得ってヤツ？　ちっとは痛い目見ろっての」

初めて知る。無邪気さと邪悪さとは並立し得るものであると。

「もっと許せないのは、自分は政治家になってさっさと学校を出ていくつもりのクセして、のうのうと偉そうに読書感想文を審査してるってこと。そんな奴に見せるための感想文なんて真面目に書けるかって——そう考えたとき閃いた。このクズ野郎の将来を台無しにしてやる方法。そもそも、図書室に一番長くいるのはどう考えても私なんだから、伊藤のババアが出しっぱなしにしてあった作品集に気づいても不思議じゃないし、真っ先に私を疑うべきなんじゃないの？　なのにそんなことを言い出す奴は一人もいなかった。アイツが言ってた通りだわ、バカの集団よね、教師って」

「アイツ？　誰のことだ」

「オヤジに決まってるでしょ」

「教育長か」

「そうよ。もちろん直接じゃないわ。誰かとウチの応接間で話してるのを立ち聞きしただけ。聞きたくなくても聞こえてくるの。声デカイから、アイツ。でもおかげでずいぶん勉強になったわ。教育長とか教育委員会とかいっても、話してるのは人事とか根回しとか、そんなのばっか。電話口でも話してる。そうそう、何かまずいことがあったときには必ず隠蔽、隠蔽って打ち合わせしてるわ。小さい頃は、インペイって一体なんのことだろうと思ったものよ」

斯《か》くして暗鬼が育ったというわけか。そして育てたのは教育委員会の教育長だ。

「実の父親を巻き込んだりして、君の家庭はどうなる、生活はどうなる。家族全員を道連れにした自殺行為だ」

「それくらい考えてないとでも思うの？」

三枝子は心底憐れむように、

「野駒ニュースランドにタレ込んだのも私だと言ったらどうする？」

「まさか」

「新聞部の渡辺にメールしたときはまさか学校サイトにアップされるとまでは思ってなかったわ。いくらなんでも教師はそこまでバカじゃないだろうって。でもバカだった。せっかくアップされたんだもの、広く世間に教えてあげなくちゃ。それで選んだ送り先が野駒ニュースランド。なぜって、あそこのオーナーと浜田はつながってるの。全部アイツが勝手にくれた情報よ。騒ぎは広がるだけ広がった挙句、空振りということで終息する。だって県議会は浜田のものなんだから。海江田が妙なことを言い出したときはちょっと驚いたけどね。でも、アイツが書斎でスマホに向かって誰かにカラクリを全部喋ってたわ。それもすっごく得意げに。おかげですっかり安心しちゃった」

「それで終わったわけじゃない。おまえは白石に作品集を送りつけることによって自分から自白した。感想文の盗作をな。おまえも教育長もただでは済まない」

「先生もね」

その一言は、格別の悪意で以て汐野の胸を貫いた。

今や傲然と胸を張った三枝子は、不敵な仕草で両手をスカートのポケットへ突っ込んだ。

「私、汐野先生に脅されたって白状するわ。図書準備室で見つけた作品集を参考にしようと思ってこっそり読んでたら、先生に見つかって、『学校の備品を盗んだな』って。『違います』って言ったけど、そしたら先生が怖い顔で『内申書を悪く書かれたくなかったら、その作品集にある感想文の通りに書け。他の部員に疑われないよう、自分で考えてるふりをしながら夏休みいっぱいかけて少しずつやれ。おまえも全校代表になりたいだろう。市や県でも入選間違いなしだ。五十年前の感想文を覚えてる奴なんているものか』って」

「どうして俺がそんなことをやらなくちゃならないんだ」

「『教育長の娘をコンクールに入選させたら、恩を売れて教育委員会に推薦してもらえるから』と。先生は浜田議員のお嬢さんと付き合ってて、いずれは政治家になるんだって。でも私、みんなを騙してることに耐えられなくなって、信頼してる白石先生に作品集を送ったの。汐野先生には『終わったら作品集はすぐに破いて捨てろ』って言われたけど、実は私、捨てるのも怖くてずっと持ってたんです」

「もういい。誰が信用するか、そんな話」

「でも、本当の話だし」

「やれるものならやってみるがいいさ。おまえの嘘なんてすぐにばれる」

「ひどいわ」

「そういえばおまえは作家志望だったな。大した才能だよ。少なくとも読書感想文よりずっといい。書評家より作家に向いてるかもしれない。他の連中もそう思うだろう。よくできた創作だってな」

薄笑いを浮かべて三枝子は黙った。

「じゃあ聞くが、そもそもなんのためにＬＩＮＥに投稿したり、高瀬のバッグに盗んだスマホを仕込んだりしたんだ？　ほら、もう辻褄が合わないじゃないか。そんな嘘はすぐに破綻する」

「ＬＩＮＥに投稿したのは、騒ぎになれば誰かが気づいてくれると思って。でもダメだったから、今度は大木のスマホを盗んだ。すると先生が怒って私をぶった。それからみっともないくらいうろたえた末、あんたは状況を逆用することを思いついた。私に大木のスマホを高瀬のバッグに仕掛けろって。次に広野の携帯を盗み、自分が高瀬と話しているタイミングで鳴らせと命じた。高瀬や広野を巻き込むことによって、犯人も目的もまるで見えなくなってしまう。結局あんたの狙い通りに事は運んだ」

「野駒ニュースランドは」

「あれはまったく関係なし。保護者の誰かが面白がって匿名でやったこと。廃校やらなんやらで、大人は真っ二つに割れてるから、お互いに相手が怪しいと非難し合うことは目に見えてた。その結果、文化祭が見事に失敗して、私はいよいよ罪の意識に苛まれたってわけ。どう？」

悔しいことに、嘆声さえ漏らしてしまった。

「なるほど、筋は通ってる」

「ところで、私の口調が途中で変わってたことに気がついた？」

「ああ。気づいてた」

「本当に？」

三枝子は片手をポケットから抜いた。その手にはＩＣレコーダーが握られている。

「さっき両手をポケットに入れたとき、ボタンを押したの。私に都合のいい部分だけ録音されてるわ。これが動かぬ証拠ってやつ」

「俺に見せていいのか。力尽くで取り上げるかもしれないぞ」

「少しでもそんな素振りを見せたら、ドアまで走って大声で叫ぶわ。『助けてーっ』って。誰かが気づいてすぐに駆けつけてくる。揉み合いになっている教師と女生徒って、これ以上ないくらい絶好のシチュエーションでしょ」

「俺は絶体絶命というところか」

「全然違う。そんな段階はもう過ぎてるの。いい？　あんたはとっくに終わってんの。社会的にも人間的にも。あたしは教師に脅されていたかわいそうな生徒。怖くて誰にも打ち明けられなかった。アイツも教育長失格とかいろいろ言われるだろうけど、その程度よ。あんな奴、バッシングされるくらいでちょうどいいの。仮に辞職することになったって、野駒ニュースランドが報道してた通り、ファミリー企業の収入があるから生活に困ることはないし。私は私立校に即転校してほとぼりを冷ます予定。水駒《みずこま》女子附属とかどうかな」

三枝子は余裕でうそぶいた。狡猾《こうかつ》。周到。奸智。そんな言葉では足りないくらい考え抜かれている。

「そうか。見事に俺を嵌めたってわけだ」

「才能もないクズのくせして、私の足を引っ張るからよ。絶対に許せない」

「本当に許せなかったのは、全校生徒からちやほやされてる高瀬の感想文が、自分と同レベルだと言われたことだろう」

半ば悔し紛れであったことは否定しない。しかしそれは、まさに正鵠《せいこく》を射ていたようだ。

「違う！」

般若のように目を吊り上げて三枝子が叫ぶ。人が何かを指摘されて激怒するときは、それが誤っているからではなく、図星を衝いているからである。

「ゲスの勘ぐりかよ、クズが。私はあんたなんかと違うんだよっ」

夕陽のもたらす陰翳が、三枝子の顔の上でだけ単なる翳りではない闇を形作る。

その闇を凝視して、汐野は己の思考がかえって奇妙に研ぎ澄まされるのを意識した。

「それだけじゃないな。単に俺を嵌めて復讐するだけなら、もっと簡単な方法がいくらでもあったはずだ。他にも何か理由がある。あんな危険を冒す理由がな」

「バカはバカなりに知恵が回るようね」

日差しが弱まり、全体的に闇が深まる。暗鬼の全身が闇に沈む。

闇に在ってもはっきりと分かる陶然とした面持ちで三枝子は語る。

「私はこの事件のことを題材にして小説を書くの。今すぐじゃないわ。高校生、いいえ、大学生になってから。それまでもっと文章力をつけなくちゃ。きっと話題になるわ。夢の学生デビューよ。今は何か話題性がないとデビューしても注目されずそれっきり。でも、『読書感想文盗作事件』の当人が書いたならどう？　［盗作］、［LINEの告発］、［学校統廃合問題］、［県政の腐敗］。どのキーワードを取っても、マスコミが飛びついてきそうじゃない。そこにうまく乗っかれれば、私は必ず作家になれる」

唖然とした。

そして理解した。三枝子は子供だ。精神的に未熟な子供なのだ。

幼稚で、自己本位で、想像力が決定的に欠如している。他人の気持ちを思いやるという想像力だ。少しでもそれがあったなら、ここまで愚かな夢想を実行には移さない。

それは時代のせいなのだろうか。あるいは教育のせいなのだろうか。もし前者だとしたら、もう誰にも何も救えない。強烈な承認欲求に比例する、他者への徹底的な不寛容。嫌な時代が普通に見せる、ごくありふれた嫌な顔だ。一方後者だとしたら、〈教師〉という名で呼ばれる人間の根本的な誤り、もしくは失敗の証左である。いくら洞察に優れた読書感想文を書ける能力があっても、それはどこまで行っても作文技術でしかない。単に〈評価されやすい〉文章が書けるだけだ。

最悪なのは、それらがすべてそのまま、自分にも当て嵌まるということだ。そのことを自覚できる程度には大人であったことを、喜ぶべきか否か。汐野にはもう何も分からなかった。

「ここでの話、あんたに録音する覚悟なんてないと思ってた。だって、どんなとばっちりが飛んでくるか分からないもんね。だからこそあらかじめこっそり話をしとこうと思ったんでしょ？　そういう人よ、あんたって。だけど念のため、スマホを出してもらったの。私って用心深い質だから」

『羅生門』。黒澤明の有名な映画版は、確かタイトルと違って『藪の中』の映画化だったな——

なんの脈絡もなく、そんなことを考えた。

「どう、何か言うことある？」

手にしたＩＣレコーダーを掲げ、勝ち誇った三枝子が挑発する。

「特にはない。俺からはな」

汐野は体を横にずらし、背後のドアを三枝子に示す。図書準備室に通じるドアだ。

そのドアが開き、中から塙が歩み出てきた。

目を見開いて立ち尽くす三枝子に、

「塙先生に聞いたら五限は空き時間だと言うんで、無理にお願いして先に隠れててもらったんだ。俺がこの位置に立ってたのも、俺達の話がよく聞こえるようにさ」

文芸部室での末松との忌むべき会話を塙に聞かれたと知ったとき、咄嗟に思いついたのだ。三枝子との一対一の対決である。彼女の本音が奈辺にあるか知れない以上、絶対に証人が必要になると予感した。そこで恥も外聞もなく塙に頼んだというわけである。

実際に、末松の話を聞いた塙に対しては、もういかなる羞恥心も残っていない。

「こっちには録音があるわっ」

恐慌をきたした三枝子がヒステリックに叫んだ。

「同じ教師じゃない。塙が何を言おうと、仲間をかばってるんだってみんなに言うわ。それでなくても学校の隠蔽体質は問題になってるし。世間のバカがどっちを信じると思うの」

「悪いけど、僕も録音してたんだ」

塙が自分のスマホを示してみせる。

「君と違って、最初からずっと録音してる。実はまだ録音中なんだ……汐野先生、そろそろ止めていいですか」

「はい。ちゃんと録れましたか」

「ちょっと確認してみましょう」

塙はスマホを操作する。先ほどの会話が流れ出た。

《自分は政治家になってさっさと学校を出ていくつもりのクセして、のうのうと偉そうに読書感想文を審査してるってこと。そんな奴に見せるための感想文なんて真面目に書けるかって――そう考えたとき閃いた。このクズ野郎の将来を台無しにしてやる……》

「大丈夫です。ちゃんと録れてます」

場違いにもほどがある塙の明るい返事を受けて、汐野は三枝子を振り返る。

「覚悟はあったんだよ。こんな俺にも。自分の恥を録音してもらうくらいの覚悟はな」

偉そうに言えたことではないくらい承知している。一語一語を発するたび、自らの卑小さに我と我が身を切り刻まれる。

「どうだ藪内。何か言うことはあるか」

答えはなかった。

三枝子は心を失ったかの如く、ただそこに立っているだけだった。

哀れとは思わない。また勝ち誇る気にもなれない。

これからのことを考えると、ただ果てしなく暗鬱な気分になった。だが、後始末だけはやるしかない。

五限の終了を告げるチャイムが聞こえたように思ったが、確信は持てなかった。聞いたばかりの再生音声が頭の中で大聖堂のチャペルさながらに反響しているせいだ。

汐野はぼんやりと想う。三枝子は一つだけ目的を達した。すなわち、「クズ野郎の将来を台無しにしてやる」ことだ。

19

塙の知らせにより駆けつけた詠子が同行して、三枝子を保健室へと誘導した。

汐野は塙とともに、校長室で事情説明を行なった。自分の裏も表も知ってしまった塙という証人がいるのだ。何もかも隠さず打ち明けた。塙はそれを補足し、また、自ら録音したスマホの音声を最初から最後まで再生して汐野の話を証明した。

呪詛とも聞こえる三枝子の言葉の数々に、同席した安宅教頭は衝撃を受けると同時に戦慄を禁じ得ないようだった。それは汐野も同じであった。三枝子の悪意と狂騒は、聞くたびに魂を蝕む毒素を含んでいたからだ。

一人、ぽかんと放心しているかのような表情で聞いていた久茂校長は、汐野の話が終わると同時に、「分かりました」とだけ呟いて、その場から藪内教育長に電話をかけた。

三枝子の心身に異変が見られるのでこれから自宅へ送り届ける、ついては夜に予定されていた面談を繰り上げる形ですぐに自宅へ戻って頂きたい、という内容であった。

「当該生徒は急病で早退ということにして、私と淡水先生が車で藪内家まで送ります。私はたぶん今日はもう学校へ戻れないと思いますので、後のことは教頭先生にお願いします」

例によって合理的且つ機械的な指示だった。異議を唱える余地はどこにもない。

この事件が起きるまでは、単なる俗物だと思っていた校長の内なる不毛には慄然とするばかりだが、一方で、その真実の顔にもいつの間にか慣れてしまったというのが哀しくもあり、恐ろしくもあった。

校長は壁に掛けられた古い時計に目を遣って、

「六限は間もなく終わりますが、汐野先生と塙先生は勤務に戻って下さい」

「勤務って、帰りの会とか、部活とかですか」

聞き返した塙に対し、

「それ以外の何があると言うんです？」

感情のない声で言い、校長はテーブルに置かれた塙のスマホを取り上げた。

「塙先生、これはお預かりします。もちろん個人情報は厳守します。いいですね」

「はあ、構いませんけど……しかし……」

「音声の再生は私にもできますので、塙先生にご同行頂く必要はありません。何があろうと、変わることなく平常心で生徒に接する。それが学校運営の要諦です」

説諭とも韜晦《とうかい》ともつかぬ言葉を残して、校長は先に部屋を出ていった。

残された汐野、塙、安宅の三人は、互いに顔を見合わせてから、どこか釈然としない思いで立ち上がった。職員室では、事情を知りたがっている教師達が手ぐすね引いて待ち構えているはずだ。

事の顚末は、その日のうちに全教師の知るところとなった。教頭は何度も念を押して口止めしていたが、漏洩は時間の問題であると思われた。

汐野は木曜の説明会への出席を免除された。いや、禁止されたと言った方が正確だろう。校長は賢明にも、保護者に対し汐野に事の全貌を説明させない方針を選択したのである。

それだけでなく、心労による体調不良という名目で汐野に休暇を取らせ、当面生徒や保護者から遠ざけるという手を打った。その方が学校運営を円滑に行なえるという判断で、結果的に見ると正解であったと言わざるを得ない。

のちに聞いた話だが、説明会の会場では詰めかけた保護者に対し、校長が淡々と経緯を述べて終わったという。

盗作は事実であったこと。盗作した生徒は長期の療養を必要とする病気であること。その病気が盗作や一連の事件の原因と思われるが、現段階では推測でしかないこと。病気という極めてプライベートな問題であるため、詳しくは公表できないこと。当該生徒はすでに然るべき医療機関に収容されていること――等々。

事実もあれば、そうでないこともある。校長は新たな問題となりそうな部分についての言及を巧妙に避けたばかりか、生徒の病気を理由に質疑応答さえ行なわず、一切の追及を封じてしまった。見事に事態を収束させたというわけである。

息巻いていた一部保護者も真相が判明して気が抜けたのか、校舎移転問題に関する議論さえ、その後はなし崩しに下火となった。

三枝子が病院に収容されたというのは事実である。診察に当たった精神科の医師は、記憶するのも億劫になるほど長ったらしい病名の診断を下したらしい。父親の教育長が強引に病気の診断を下させた可能性もあるが、あのとき図書室で三枝子が見せた獰悪《どうあく》な表情と、口にしたおぞましい言葉の数々を思い出すと、病気であったというのも頷ける。

だが、それだけであるはずはない。彼女を狂執とも言える行為に駆り立てたもの。そこには、藪内三枝子という少女の根源的な何かに根ざす真実があった。少なくとも、彼女と直接対峙した自分の直感がそう告げている。

そうだ、あれはやはり病気ではない。人間が誰しも抱えている何かのせいだ。

その〈何か〉を言葉で表現できる力が自分にあったなら、こんな惨憺《さんたん》たる結果を迎えることもなかったろうとふと思った。それが不謹慎であり、無反省の証しであるとは分かっていたが、そもそもが情熱なくして教師となった人間である。今さら罪悪感など抱く要もない。

野駒ニュースランドでは編集長派の残党が勢いを盛り返し、藪内教育長の愛嬢Aによる盗作が事実であったと大々的に報じた。一説には例によって保護者の誰かがタレ込んだという。人の親でありながらこの期に及んでもまだ面白半分の通報とは、つくづく度し難い馬鹿であり、そうした愚か者を量産するのがＳＮＳに侵蝕された今という時代なのだ。

もっとも、記事では県議会の派閥争いや学校統廃合問題については一言も触れていなかった。さすがに心を病んだ女子生徒による盗作騒動を政治と結びつけるのは不適切であると判断したのだろう。今まで自分達が散々煽り立ててきたことなどなかったかのように良識ぶった記事を作る連中は、自らの厚顔無恥を晒していることにすら気づいていないに違いない。

ともあれ、自分の娘による不祥事の責任を取り、藪内教育長は辞任した。そしてその一か月後には、市の外郭団体である野駒教育支援研究会の副理事長に納まった。

汐野にはなんの処分も下されなかった。法にも服務規程にも触れていないのだから当然と言えば当然である。浜田議員の娘と付き合っていた件は、あくまでプライベートの話であって、非難される謂われはどこにもない。

独断で三枝子に対し図書室での聴き取りを行なったやり方は問題視されたが、そうでもしなければ真相は暴けなかったどころか、汐野がすべての罪を着せられていたのも確かなので、その後もしばらく続いた騒ぎの中で汐野を非難する声は次第に小さくなり、やがてすっかり聞こえなくなった。しかし、職員室での孤立を深めたことは間違いない。かつてのように、汐野に気安く話しかけてくる者は皆無となった。

末松が女子生徒に同僚教師の私生活について誹謗中傷を吹き込んでいたことは、明白に処分の対象であるとされた。しかし本性を暴かれて学校に居づらくなったのか、正式な決定の前に末松は自発的に退職した。末松が担任を務めていた一年二組はこの件が原因で学級崩壊に陥っていたから、責任を投げ出して逃げたのだと保護者も教師も口を極めて罵った。

汐野のクラスである二年二組は、かろうじて学級崩壊を免れた。生徒や保護者には汐野と浜田家との関係は伝えられていないが、噂くらいは耳にしているはずである。現に、それらしき仮名を用いた複数の告発がＳＮＳに流れたことまで確認されている。

それでも二年二組の生徒達が騒がなかったのは、ひとえに美月のリーダーシップや、彼女に協力する亜矢達の団結の賜物であると思われた。

ただし汐野は、クラスの平穏と引き換えに、生徒達の侮蔑の視線に耐え続けることを余儀なくされた。生徒が自分を内心嘲っていると知りながら、高邁《こうまい》な文学精神をしたり顔で講義するのは、ただでさえ引き裂かれた自尊心を、さらに細かく裁断するような作業であった。否、［講義］や［作業］といった表面的な言葉より、もっと簡明率直に言うと、それは汐野にとって際限なく続く［拷問］でしかなかった。

関係者全員の間に相互不信の火種を撒き散らした二学期が終わり、冬休みを挟んで三学期が始まった。

新学期を待たずして、養護の淡水詠子は退職していた。三枝子の件は、彼女にとってそれほどのショックであったらしい。退職の理由として、「職務に対する自信を失った」旨が記されていたともっともらしく噂された。

詠子だけではない。演劇部の部長であった高瀬凜奈も、ほとんど誰にも告げることなく転校していた。あれほど信頼関係で結ばれていた副部長の三隅小春さえ知らなかったというから徹底している。保護者である高瀬氏の、駒鳥中学に対する敵意のゆえかもしれなかったが。

凜奈の転校先は、水駒女子大学附属中学校だった。図書室で三枝子が自分の転校先の例として挙げた学校であったのは皮肉というしかない。

水駒女子附属は演劇や音楽教育に力を入れており、県の演劇コンクールでは常に上位入賞を果たしている有名私立校である。凜奈が中途入学できたのは、オフィシャルには存在しないはずの〈演劇枠〉へのスカウトではないかという、限りなくデマに近い噂がまことしやかに囁かれている。

凜奈の転校により、演劇部の部長は暫定的に小春が務めることとなった。しかしかつては凜奈に匹敵するほどの存在感を放っていた小春が、どういうわけか、太陽を失った月の如くに生気を失って、部の活動も以前ほどの活気は見られなくなった。退部者も相次いで、駒鳥中学演劇部の勢いはすっかり過去のものとなってしまった。

それは文芸部とて同様である。三年の哲平が受験のため顔を出さなくなったのは当然として、部長の将人も、ムードメーカーであった咲良も、受験準備を理由として滅多に部室へ来なくなった。一年の果穂は、掛け持ちしていた演劇部を退部したため、一時は文芸部に専念するかと思われたが、やはり足が遠のいた。同じ一年の由乃の話では、ネットの小説投稿サイトでライトノベルの執筆に熱中しているのだという。

もちろん汐野の指導に耳を傾ける部員など一人もいない。

いずれにしても、この調子では文芸部の自然消滅も時間の問題でしかなかった。

茉莉の瞳からは気の強さを窺わせる若い輝きが消え去って、生徒にも教師にも笑顔を見せることがなくなった。また冷笑を以て人に接するのが常であったはずの木崎は、もはや冷笑さえも忘れ果てたかのような、マネキンを思わせる容貌に変化した。

安宅教頭は、尊大で居丈高だった以前と違い、誰に対しても丁寧な物腰で接するようになった。それを温厚になったという人もいれば、小心になったという人もいる。少なくとも汐野の目には、わけもなくおどおどと常に周囲を警戒しているように感じられた。

ただ久茂校長のみが、うわべは何も変わることなく、今日も校長室で老いた墓守のように刻を過ごしている。

見せかけの平穏のうちに三学期が終わった。

年度の終了を見届けて、汐野は教師を辞めた。

20

退職した汐野は、野駒市から遠く離れた他県に居を移した。どこでもよかった。忌まわしい記憶に満ちた土地から、できるだけ距離を置きたかったのだ。

それまで名前すら知らなかった地方都市で、汐野は学習塾の講師という職を得た。その街で小中学生を指導する、地域に根ざした補習塾である。中には難関とされる高校への進学を希望する生徒もいるが、そういう〈できる子〉はすぐに進学専門の塾へと移っていく。

本当は教育とは無縁の職に就きたかったのだが、それでなくても日本中が厳しい不況の只中にある。教員免許以外にさしたる技術も資格も持たぬ三十男に、まともな仕事は他になかった。

まともと言っても、正規の社員でもなんでもなく、こなしたコマ数によって定められたギャラが支払われるという取っ払いに等しい職場である。営業職も肉体労働もできない元教師に選択の余地はないに等しかった。

そもそも学習塾や予備校の講師は、よほどの大手や名門でない限り過去を問われることはほとんどない。もっと言えば資格すらも不要である。任せられた授業を確実にこなせる能力さえあればいい。汐野の場合、教員免許と実務経験があるため、即戦力として問題なく採用された。

教師時代に噂として聞いていたが、過去になんらかの事件を起こして依願退職したり、懲戒免職になった元教師が余所《よそ》の土地で塾講師になる例は多いという。汐野の場合は、極めて前者に近い例となったわけである。

周囲の同僚達を眺めてみると、実にいろんなタイプがいる。背広姿で小中学校のベテラン教師と見紛うような年配の男。給与が安すぎるためアルバイトに来ているという大学の研究者。アーティスト志望らしい若い女。明らかに挙動不審な人物は見当たらない。もっとも、そういう人物はまず面接で落とされるのだろう。言わば教育という名の戦場に補充される傭兵だ。ただしそれが〈教育〉と呼べるのならば、の話であるが。

斯くいう汐野も、表面的には真面目で礼儀正しい人物を装って新たな職場に入った。しかし同僚とは柔らかく接しつつ努めて距離を置く。過去は決して語らない。

そういうタイプは珍しくないらしく、誰も不審には思わない。つまり、塾講師という仕事を一時的な腰掛けと見なしている者が多いからだ。これが大手チェーンの有名塾となると事情は大いに違ってくるのだろう。

ボーナスや保証がない分、他の職に比べて時給はかなり高く、コマ数を稼げば年齢相応のサラリーマン程度の収入になった。

さらに夏期講習をはじめとする特別講習をこなせばそれだけ実入りは増える。将来や老後のことさえ考えなければ、まず生活はなんとかなった。

肝心の授業では、ひたすらカリキュラムを機械的に消化することに徹した。生徒個人の資質も生活も将来も関係ない。ただその日の課題をやらせるのみだ。本質を理解していようがいまいがどうでもいい。目の前にいるのは子供ではない。自分にわずかずつの餌を運んできてくれる小動物なのだ。そう割り切ればはかが行く。

そんな汐野の〈堅実〉な仕事ぶりを見た塾長から、正社員に誘われたりもした。ゆくゆくは管理職として塾の経営に加わらないかと。しかし汐野はこれを固辞した。理由は特に問われなかった。やはりそういう講師が多いのだろうと思われた。

気がつけば、そんな生活をもう二年も続けていた。

小中学生が対象の塾であるが、放課後の時間から始まるため、夜はそれなりに遅くなる。そういうところは以前の職場と変わらなかった。

やはり以前と同じくコンビニで値引きされた弁当を買い、日付が変わるか変わらないかといった時間にアパートへ帰る。築浅なので外見は洒落ているが、中は狭苦しい単身者用の安アパートだ。

食べ終わったコンビニ弁当の容器は分別ゴミの日に出すため流し台の横に積み上げているのだが、不思議なことに、昨日か一昨日にまとめて捨てたはずの容器が、朝見ると天井まで高く積み上がっている。時には容器の柱が二列も三列もできていたりする。時間の感覚がおかしくなりつつあるのかもしれない。流し台に容器の柱を発見した朝は、神経科のクリニックで処方してもらった精神安定剤を多めに飲む。すると柱はしばらく出現しない。時間は正しく流れてくれる。問題ない。

学生時代から集めていた蔵書はすべて処分した。野駒市のマンションからは夜逃げ同然に身一つで越してきたからだ。そもそも、よけいな荷物などこの部屋のどこにも収納する場所はない。後生大事に保管していた「文芸潮流」の自作掲載号も手放さざるを得なかった。いや、真っ先に捨てたと言っていい。己の虚妄、己の恥。もう二度と直視する勇気はない。

国道沿いのホームセンターで買った組み立て式のベッドに横たわり、スマホを弄ってネットニュースに目を通す。あちこちのサイトを眺めて最後に移動するのは、いつも決まって野駒ニュースランドだ。見まいと思っても見てしまう。それを未練というべきか、あるいは怖いもの見たさというべきか、自分でも分からない。

〈野駒市民のための情報サイト〉を標榜しているだけあって、野駒市の様子が手に取るように分かった。

公立小中学校の統廃合はなし崩しに進み、駒鳥中学はかつて汐野の担任していた学年の卒業と同時に廃校となった。

廃校賛成派であった相模ＰＴＡ会長は、夫の本社栄転に従って野駒市を離れた。会長の手下のようだった蜷川夫人や竹本は、今も同じ町に居るのだろうか。

また反対派だった駒旛産業の印旛社長は、県会議員選挙に立候補したが惨敗した。

県議会は依然として浜田の支配下にあるらしかった。浜田の推進する学校統廃合に反対していた印旛には、初手から勝ち目はなかったということだ。

浜田と言えば――

コンビニ弁当をついばんでいた汐野は、箸を置いてペットボトルの緑茶を直飲みする。不良品かと思うくらい、途轍もなく苦い味がした。

［浜田議員のお嬢さんご結婚］。一年ばかり前にそんなニュースも載っていた。いや、それ自体がニュースではなく、何かの記事のついでに触れられていたものだったかもしれない。

ともかく、沙妃はあっさりと結婚した。相手は知らない。また興味もない。きっと浜田家の地盤を継ぐにふさわしい男なのだろう。

――あたしねえ、あなたと結婚して、毎日一緒に本の話ができたらいいなあって、ほんとに思ってたのよ。

俺もだよ、沙妃。

だが、そうはならなかった。君は本当に文学を愛していたのか。それとも、文学とはしょせん豊かな生活に彩りを添える程度のアクセサリーと割り切っていたのか。

――ディックだ、ヴォネガットだと語っていても、なんて言うか、空疎なの、話の中身が。

黙れ、黙れ、黙れ、黙れ。

汐野は割り箸を細かくへし折り、食べかけの弁当をゴミ箱に投げ捨てる。分別ゴミも生ゴミもどうでもいい。下手に分別していると、流し台に柱が出現するだけだ。

あの頃は愉しかったはずなのに。出会った頃はあんなにも――

だがいくら考えても、当時沙妃と何を話したのか、少しも思い出せなかった。

中上健次やブロンテ姉妹の話をしたはずだ。あんなにも、あんなにも。なのにどんなことをどう語り合ったのか、完全に頭の中から消えている。

まるで［語り合った］という記憶だけがあって、その中身など最初から存在しなかったかのように。もしかしたら、二人揃って幻を見ていたのかもしれない。文学について［語り合った］という幻。自分達だけが［文学を分かっている］という幻。

滑稽すぎて、幻想と呼ぶのもためらわれる。

――あなたって、ハイファンタジーとローファンタジーの区別もつかない人だから。

その通りだ。だからといって何が悪い。トールキンは尊敬する。その業績と名声には羨望を覚える。しかしトールキンは別格だ。オンリーワンの文豪だ。コンビニで弁当を買い、溜まったポイントで飲み物も買う。そんな日本人の生活を掘り下げず、安易なファンタジーに耽溺しているようでは、文学など永遠に理解できるものか。

ましてやライトノベルを手に取っているようでは。

その点で、自分と三枝子は同類だった――

そう考えた途端、吐き気が込み上げてきた。流し台に駆け寄り、胃の中の物をぶちまける。大した量ではない。今日一日、朝食代わりのクッキーを除けばほとんど何も食べていなかったからだ。

このところ食は細る一方だった。半ば義務感から一日二回は食事を取るようにしているが、何を食べても味はしないし、そもそも何かを食べたいという欲求が起こらない。食欲という概念を忘れてしまったような感覚だ。

すべて吐き尽くしてから、口をゆすいでスマホを眺める。野駒ニュースランドのサイトを覗く。

［水駒女子大附属高校　高校生演劇コンクールで全国優勝］

そんなヘッドラインが目に入った。より美しく成長した高瀬凜奈の写真とともに。

記事は同校演劇部の快挙を報じるものだが、紙幅のほとんどは主役を務めた凜奈の素晴らしさへの賛美に費やされていた。さながら凜奈の一人舞台であったかのようだった。肝心の舞台写真よりも、アイドルか映画スターのような凜奈のポートレートの方が大きいこともその感を強めている。

さらに、凜奈が新人発掘に狂奔する芸能界からもすでに熱い注目を集めているという一文で記事は締めくくられていた。

スマホの画面に広がる凜奈の笑顔。前途洋々といったところか。だが汐野には、その笑顔が記憶にある二年前のものより魅力的であるとはどうしても思えなかった。

確かに美しく華やかにはなっている。スマホサイズの写真からでも伝わってくるほどのオーラもある。だがそのオーラには、どこか昏く煤けたような濁りが混じっている。

思い出す光景があった。文化祭の芝居が台無しになったときだ。

舞台の上で、凜奈は自分を心配してくれている小春の手をうるさそうに振り払った。無二の親友であり相方であったはずの小春の手をだ。

小春の驚いた顔。そしてすぐに普段の顔を取り戻し、小春の手を取った凜奈。

小春自身が言っていた――「凜奈はお芝居以外のことには興味が薄いっていうか、私から見ても驚くくらい割り切ってるところがあって」と。

ふと想像した。三枝子は皆に愛される凜奈を密かに羨んでいた。その妬みもあって、常軌を逸した行動に出た。結果として文化祭の舞台を台無しにされた凜奈は、もちろん失望し悲嘆に暮れたことだろう。だが彼女はそれを恰好の口実と捉え、相棒の小春を切り捨てて一人水駒女子に移り、見事にステージアップを果たしたのだ。

その執念、その決断力には、どこか三枝子と相通ずるものがありはしないか。

人間界という闇の中には、暗鬼しか潜んでいない。

そうだ、全員が暗鬼だったのだ――

恐ろしすぎて、汐野はそれ以上考えるのをやめた。

流し台の横は弁当容器の柱で埋まっていた。捨てても捨てても、次の日には戻ってくる。今ではもう捨てる気力さえ失せていた。

［人生は何事をも為さぬには余りに長いが、何事かを為すには余りに短いなどと口先ばかりの警句を弄しながら、事実は、才能の不足を暴露するかも知れないとの卑怯な危惧と、刻苦を厭う怠惰とが己の凡《すべ》てだったのだ］

誰だ。朗読しているのは誰だ。凛奈ではない。小春ではない。三枝子でもない。

美月か、それとも亜矢か。

やめろ。授業はとっくに終わっている。

［己よりも遥かに乏しい才能でありながら、それを専一に磨いたがために、堂々たる詩家となった者が幾らでもいるのだ］

声はやまない。咲良でも果穂でもない。ようやく気づいた。

自分の声だ。

汐野は食卓兼用のテーブルの上にノートパソコンを置き、電源を入れる。

［羞《はずか》しいことだが、今でも、こんなあさましい身と成り果てた今でも、己は、己の詩集が長安風流人士の机の上に置かれている様を、夢に見ることがあるのだ］

声はやまない。だが止めるための方法は知っている。

書きかけの原稿を呼び出し、すぐに執筆を開始する。

小説を書く。何がなんでも書き上げる。自分がこのみじめな境遇を脱し、再起を図るには、小説によって世に出る以外に道はない。

今度は違う。『空虚』のような表層だけをなぞった文学の紛いものではない。今は書くべきことがある。自分にしか書けない体験がある。

題名は、『暗鬼』。

何時間も書き続ける。震える指でキーを連打する。そのうち目がかすんで画面が見えにくくなってきた。

疲労のせいだろうか。熱中しすぎて目が乾燥したか。

いや違う。目は乾燥などしていない。それどころか濡れている。大粒の水滴がキーボードの上にいくつも丸い輪を作っている。

書きながら泣いていた。見えにくいのはそのせいだ。

汚れたタオルで顔を拭い、構わずに続ける。

早く書かねば。一日も早く仕上げねば。三枝子が発表する前に。

そうだ。自分は〈あの事件〉について書いている。

舞台は地方の中学校だ。ある日、生徒の一人がスマホのＬＩＮＥに差出人不明の書き込みを見つける。そこにはこう記されている――［あの子の読書感想文、昔の入選作のパクリだって］

三枝子のアイデアだ。しかしこれは盗作なんかじゃない。紛れもなく自分の体験だ。自分には書く権利がある。だから書かねば。一日も早く。三枝子より先に。

三枝子はもう退院したのだろうか。それとも、病室ですでに書き始めているか。焦りばかりが募っていく。

あさましい――どこかで誰かが嗤っている。その行為を恥ずべきものと嘲笑する。

［では、己が引剝《ひはぎ》をしようと恨むまいな。己もそうしなければ、饑死《うえじに》をする体なのだ］

違う、違う――自分は『羅生門』の下人ではないし、三枝子も老婆ではない。ここは羅生門ではないし、今は平安時代でもないのだ。

薄暗い部屋に響くキーの音を聞きながら、どうしても涙が止まらない。

自分には書くことがある。同時に自分にはこれしかない。

どうして俺は泣いているのだ。己の創造力のなさから目を背ければ、泣く必要などないはずだ。

［己には最早人間としての生活は出来ない。たとえ、今、己が頭の中で、どんな優れた詩を作ったにしたところで、どういう手段で発表できよう］

分かっている。分かっているからやめてくれ。

［まして、己の頭は日毎に虎に近づいて行く。どうすればいいのだ。己の空費された過去は？］

俺は虎なんかじゃない。どうすればいいかも知っている。

空費された過去を取り返す。小説によって。文学によって。

［どうすればいいのだ］

書くしかない。書くしかないんだ。

だから黙れ。俺を一人にしておいてくれ。

狭いアパートの中で一心に小説を書きながら、汐野は月に向かって咆えた。

初出　『サンデー毎日』
２０１８年12月23日号から
２０１９年10月20日号

月村了衛（つきむら・りょうえ）
1963年生まれ。早稲田大学第一文学部文芸学科卒。2012年『機龍警察 自爆条項』で日本SF大賞、13年『機龍警察 暗黒市場』で吉川英治文学新人賞、15年『コルトM1851残月』で大藪春彦賞、『土漠の花』で日本推理作家協会賞、19年『欺す衆生』で山田風太郎賞を受賞。

暗《あん》鬼《き》夜《や》行《こう》

印刷 2020年4月10日
発行 2020年4月25日

著者 月村了衛《つきむらりょうえ》
ブックデザイン 鈴木成一デザイン室
装画 鈴木成一デザイン室
発行人 黒川昭良
発行所 毎日新聞出版
〒102-0074
東京都千代田区九段南1-6-17 千代田会館5階
営業本部 03(6265)6941
図書第一編集部 03(6265)6745
印刷 精文堂印刷
製本 大口製本印刷

ISBN978-4-620-10849-0